O TREM QUE LEVA A ESPERANÇA

O TREM QUE LEVA A ESPERANÇA

ALISON PICK

Tradução
Adriana Lisboa

1ª edição

Rio de Janeiro | São Paulo
2018

Copyright © Alison Pick 2010
Copyright da tradução © Paz e Terra, 2018

Proibida a venda em Portugal e demais países lusófonos, exceto Brasil.

Título original: *Far to Go*

Design de capa: Angelo Allevato Bottino
Imagem de capa: © Avalon_Studio/Getty Images

Todos os direitos reservados. É proibido reproduzir, armazenar ou transmitir partes deste livro, através de quaisquer meios, sem prévia autorização por escrito.

Direitos de edição da obra em língua portuguesa no Brasil adquiridos pela EDITORA PAZ E TERRA. Todos os direitos reservados. Nenhuma parte desta obra pode ser apropriada e estocada em sistema de bancos de dados ou processo similar, em qualquer forma ou meio, seja eletrônico, de fotocópia, gravação etc., sem a permissão do detentor do copyright.

Direitos desta tradução adquiridos pela
EDITORA PAZ E TERRA
Rua do Paraíso, 139, 10º andar, conjunto 101 – Paraíso
São Paulo, SP – 04103-000
http://www.record.com.br

Seja um leitor preferencial Record.
Cadastre-se e receba informações sobre nossos
lançamentos e nossas promoções.

Atendimento e venda direta ao leitor:
mdireto@record.com.br ou (21) 2585-2002.

Texto revisado segundo o novo Acordo Ortográfico da Língua Portuguesa.

CIP-BRASIL. CATALOGAÇÃO NA PUBLICAÇÃO
SINDICATO NACIONAL DOS EDITORES DE LIVROS, RJ

Pick, Alison

P66t   O trem que leva a esperança/Alison Pick; tradução de Adriana Lisboa. – 1ª ed. – Rio de Janeiro/São Paulo: Paz e Terra, 2018.
322 p.; 23 cm

Tradução de: Far to Go
ISBN 978-85-7753-378-7

1. Ficção canadense. I. Lisboa, Adriana. II. Título.

18-46957

CDD: 819.13
CDU: 821.111(71)-3

Impresso no Brasil
2018

Para Ayla — *miláčku* —
e para quem a trouxe até aqui, e que perdemos.

Tão somente guarda-te a ti mesmo e guarda bem a tua alma, que te não esqueças daquelas coisas que os teus olhos têm visto, e se não apartem do teu coração todos os dias da tua vida, e as farás saber a teus filhos e aos filhos de teus filhos.

— Deuteronômio 4:9

A criança de segunda-feira traz no rosto a beleza,
A de terça-feira tem uma graça atraente,
A de quarta-feira conhece a tristeza,
A de quinta-feira tem um longo caminho pela frente.

— *Mamãe gansa*

Herman Bondy 1876–1942
Ella Kafka 1886–1944
Oskar Bauer 1880–1943
Marianne (Grünfeld) Bauer 1894–1943
Irma Pick 1904–1944
Mary Pick 1908–1942
Jan Lowenbach 1933–1943
Eva Lowenbach 1938–1943

...

Jan Pick 1909–1986
Alžběta (Bauer) Pick 1917–2000
Michael Pick 1937–1987
Thomas Pick 1944–

O TREM NÃO VAI CHEGAR NUNCA.

Segue serpenteando pela eternidade: brilhantes vagões vermelhos, vagões pretos, vagões de gado, um após o outro. Um vagão vermelho por último, e a locomotiva *Princesa Elizabeth*. Os vagões de gado, frouxamente atados, como as vértebras da espinha de um réptil comprido. Ele se projeta adiante, rumo a um futuro desconhecido, avançando sempre, mas sem destino.

Do céu, parece insignificante, uma minhoca se enterrando no solo. E todas as pessoas pequeninas a bordo também parecem não ter importância, os funcionários dos correios e os confeiteiros. As mães e as crianças.

Os pequeninos.

Você.

Vi o seu rosto pela primeira vez num sonho. Era tão claro e verossímil que conhecê-lo pessoalmente, décadas mais tarde, de alguma forma diminuiu esse brilho. Você tremia diante do próprio ideal. Uma criança em duas gerações. Aqui e lá. Então e agora.

Você adorava aquele trem. Não sei como sei disso, mas sei. A pequena via férrea, como o trem cobria o mesmo chão repetidas vezes. O apito cantando o velho aviso de sempre: *O passado o está alcançando. Prepare-se.*

Você não poderia ter sido meu filho, mas eu o amei como se fosse.

Não, não era meu filho.

Era de outra pessoa.

PARTE UM

OS SUDETOS

7/12/1939

Querida sra. Inverness,

Embora eu pudesse escrever um livro inteiro, uma pequena nota dirá o que preciso dizer.

Há coisas acontecendo aqui — coisas inimagináveis. E, ainda assim, o nosso único filho, o nosso Tomáš, está a salvo em Londres com a senhora.

Querida sra. Inverness, não tenho como expressar a minha gratidão. E a sua carta detalhada sobre nosso menino nos levou às lágrimas.

Como a senhora é muito bondosa, a ponto de querer preparar os pratos favoritos dele, com todo o prazer lhe digo o que Tomáš gosta de comer. Ele gosta muito de frutas, especialmente bananas. Suas sopas preferidas são: de aletria, de cogumelo, sopa de batata, sopa de lentilha, sopa de cominho com aletria... Ele come poucas coisas feitas com farinha, mas gostava de torta de chocolate sem creme. (Primeiro, devo dizer, por favor, perdoe o meu inglês! É uma língua nova para mim.)

Sentimos saudades de Tomáš, é claro. Ele tem apenas 4 anos! Mas se o sacrifício da separação serve para livrar o menino de grandes sofrimentos, e sabendo que ele está tão bem mantido em segurança pela senhora, podemos controlar a nossa dor.

Nós o veremos em breve.

Agradecemos de todo o coração.

> *Cordialmente,*
> *Lore e Misha Bauer*

(ARQUIVADO SOB: Bauer, Lore. Morreu em Birkenau, 1943)

GOSTARIA QUE ESTA FOSSE UMA HISTÓRIA FELIZ. Uma história que o fizesse duvidar, e se desesperar, e depois ter as suas esperanças redimidas para que pudesse voltar a acreditar, no último minuto, na bondade essencial do mundo ao nosso redor e das pessoas nele. Há poucas coisas na vida, porém, com desfechos positivos, com verdadeiros finais felizes.

Mas o que eu estou fazendo, falando sobre finais tão cedo? A verdade é que não sei nem por onde começar. Como uma jovem acadêmica, ensinaram-me a emoldurar a minha pesquisa com termos analíticos, a tomar a postura de um observador desinteressado. Era o modo de cortejar bolsas, publicações e promoções. Foi-me dito que a relação entre professor e tema de estudo era como a que existe entre dois estranhos corteses, quando na verdade o que nos atrai para desvendar uma história, uma história em particular, é pessoal.

Se aprendi uma coisa na minha longa carreira foi o seguinte: pesquisamos o que reconhecemos. Estamos olhando para o interior da nossa própria escuridão.

Tive uma vida tranquila, trabalhando até tarde em meu escritório, encerrada ali por torres de livros e periódicos. Evitando festas do corpo docente e grupos de estudantes de pós-graduação bebendo cerveja no salão. Faço as minhas refeições do dia e da noite sozinha na minha mesa. Tenho estado solitária, sim. Nesse sentido, teria sido melhor se eu deixasse tudo isso para lá, e não fosse... — como é a expressão? — não fosse procurar encrenca. Depois de tudo o que aconteceu, o que me proporcionou esta história? Só fez acentuar a minha inquietude, aquela necessidade de buscar o que não existe. Naquilo que encontrei houve alívio, é verdade, mas também decepção. Quando não há mais nada a ser descoberto... Bem, é só isso. Não há mais nada a ser descoberto.

O que estou lhe dizendo agora é: não tenha muitas esperanças. Não espere que algo caia do céu, alguma explosão de iluminação. A vida não é assim, a sua não é, e a minha também não. Baixas expectativas criam os resultados mais satisfatórios.

Você vai entender o que quero dizer.

As cartas, devo mencionar, são apenas para sua informação. Elas me foram concedidas, em confiança, enviadas através dos oceanos, de lugares distantes e marcadas como "PRIORIDADE". As pessoas ainda as entregam a mim com urgência, como se eu possuísse algum tipo de poder mágico. A capacidade de colocar o que não faz sentido dentro de uma cartola e puxar um lenço atado de significado. Quando pressionam as suas cartas nas minhas mãos, eu não tenho coragem de lhes dizer que tão poucas pessoas se importam, que essas histórias pertencem ao passado e logo vão desaparecer por completo, como uma baforada de fumaça da pequena chaminé num daqueles antigos trens a vapor.

Às vezes, tenho a sensação de que eu também estou a bordo desse trem. Sinto que estou sendo puxada pela sua história, uma passageira passiva olhando para fora, enquanto os campos verdes e as fazendinhas passam num relance. A paisagem da Boêmia desaparece como um sonho. Estou sendo levada para algum lugar e ainda não sei qual é; pergunto-me quando vou chegar e o que vou encontrar lá. Durante toda a minha vida aprendi a torcer palavras, fazê-las dizer aquilo que eu queria. E agora, a partir daqui, posso lhe dizer que o oposto é verdadeiro. Pode parecer que sou eu quem conta a história, quando, na verdade, a história está me contando.

UM

SETEMBRO DE 1938

Era uma tarde de sexta-feira, o fim de uma longa semana. Misha Bauer fez uma última ligação; a telefonista lhe disse que havia uma linha passando por Berlim.

— Nossos telefonemas não passam por Berlim — disse ele. Ela, mais do que ninguém, deveria saber disso. Mas Misha não queria ficar com raiva; não no início do sabá. Estava ansioso para chegar em casa e ficar com a esposa e o filhinho Tomáš.

— Desculpe.

— Poderia reservar uma linha para segunda-feira? — perguntou ele.

— A próxima segunda?

— Às quatro horas. — Ele fez uma pausa. — Não, quatro e meia.

— *Sicher. Ja.*

— *Danke. Guten Tag.* — Misha devolveu o fone ao gancho, na parede. Afastou a pesada cadeira de carvalho e tirou o pincenê do nariz.

A secretária levantou-se quando ele passou pela mesa dela, de saída.

— Bom *Shabbos*, sr. Bauer — disse ela. O que ela não precisava dizer, em virtude dos tempos, e o que ele apreciou tanto mais por causa disso.

Misha tinha estacionado o carro próximo ao mercado da praça, onde as flores e os tubérculos eram vendidos. Nas proximidades, havia dois cavalos com antolhos e um carro de leiteiro, as latas brancas prontas para entrega. Planejava comprar um buquê para Lore. Passou pelos correios — viu um funcionário de uniforme azul na janela, inclinado sobre um guarda-livros de contabilidade. Quatro ou cinco jovens andavam em sua direção, do outro lado da avenida. Um deles, ruivo, carregava um balde d'água. Ele sabia que iam se oferecer para lavar o carro. Se até o Opel mais barato era uma novidade, um Studebaker americano como o seu... Bem, as pessoas queriam chegar perto. Misha acenou com a cabeça para o ruivo, sorrindo para mostrar que o jovem podia dar uma olhada. O que sentiu em seguida foi um golpe na barriga. Suas costas bateram nas pedras com força e seus dentes se fecharam sobre a língua.

Misha ficou ali deitado por muitos minutos, o céu um trapo sujo acima dele, o gosto metálico do sangue na boca. Quando conseguiu virar a cabeça para o lado, viu as canelas do rapaz ruivo, as longas meias de lã branca. O que estava prestes a acontecer permanecia obscuro, mas aquelas meias não significavam algo bom.

O rapaz de costeletas usou um serrote para cortar o cano de descarga do seu carro. Misha ouviu-o gritar, e então o metal sendo cortado. As janelas do carro foram quebradas uma a uma. Então eles chutaram Misha, obrigando-o a ficar de quatro e a encostar na calçada. O ruivo estava em cima dele, brandindo o cano de descarga como se fosse um bastão. "*Augen unten, Schwein*", disse. Misha não conseguia ver se alguém notara o que estava acontecendo; se notara, não parou para ajudar. Ele ficou ali por uma hora, e os criminosos de plantão. Quando pediu um gole d'água...

Nesse momento, Pavel parou de falar. Marta estava sentada ao lado dele, em frente à ampla janela da sala, evitando olhá-lo nos olhos. Ela observou alguns estorninhos se levantarem debaixo do beiral, dez ou doze pequenos pontos negros de luz no radar da noite.

— Quando pediu um pouco d'água — continuou Pavel —, eles o fizeram beber a água com sabão que traziam no balde.

O olhar de Marta estava fixo a meia distância.

— Eles o fizeram *beber?* — perguntou ela, esperando que tivesse entendido mal.

— Estava cheia de cacos de vidro.

— E depois?

— Bateram nele com o cano de descarga.

Marta não respondeu. Era como se as palavras estivessem vindo de muito longe ou de muito tempo atrás. Um vazio na sua mente a fazia se lembrar de quando era jovem, e ela teve que se concentrar para ouvir o que ele dizia.

Pavel ajeitou a gravata. Fez uma pausa, como se também tivesse dificuldade em acreditar no que estava prestes a contar.

— E depois? — disse ele, por fim. — Deixaram-no inconsciente e foram embora. Acreditando que ele estivesse morto.

Marta se virou para Pavel, fitando o seu confiável patrão à espera de uma explicação sobre como aquilo era possível, mas ele era um homem quieto e parecia ter dito tudo o que estava preparado para dizer. Ela abriu a boca e fechou-a novamente. O dia estava perdendo a forma, como uma roupa íntima gasta. Marta girou um fio de cabelo em torno do dedo indicador.

— Eu sinto muito — sussurrou ela, mas a neblina já havia se fechado na sua mente, e algo dentro dela descartou a ameaça por completo.

Estava claro que o sr. Bauer confundia os detalhes. Mesmo que... *Mesmo que* aqueles acontecimentos impensáveis tivessem de fato ocorrido com o irmão dele... Bem, era Viena. *"Ein Volk, ein Reich, ein Führer"* — Hitler deixara clara a sua intenção de anexar a Áustria, e foi o que fez. Enquanto isso, a Tchecoslováquia natal de Pavel e Marta ainda estava livre.

Um último estorninho mergulhou na escuridão de setembro, descendo na velocidade exata do ponteiro dos segundos de um relógio. Seu corpo compacto, negro como uma bala. E então, como se tivesse atingido o alvo, houve uma forte explosão por perto.

Ela se endireitou.

— O que foi isso?

— Uma arma — disse Pavel.

— Sr. Bauer?

Marta atravessou a sala e foi até a janela. Uma fileira de soldados atirava numa fileira de manequins sob o céu do fim da tarde. Pavel tinha um Winchester e um Steyr que levava em expedições de caça na Hungria, então a questão não era que Marta não estivesse familiarizada com rifles. Mas aquilo era diferente. Um tipo de luta inteiramente diferente. Marta tinha 23 anos. Nascera durante a Primeira Guerra Mundial, mas era jovem demais para se lembrar. Tudo o que ela conhecera durante a vida havia sido a paz.

— Precisamos mesmo de máscaras de gás? — Ela percebeu que estava com vontade de rir (a coisa toda era tão absurda), e pigarreou, levando a mão ao rosto para disfarçar. Por que estava se comportando daquele jeito? Deviam ser os nervos. Ela tirou a mão e disse, séria: — As máscaras me lembram a *Botanisierbuchse* de Pepík.

Pavel sorriu diante da referência ao vaso de espécimes botânicos do seu filho, mas estava olhando para longe.

— Os alemães querem a gente, em seguida — disse ele. — Mas os tanques da Wehrmacht são construídos para as planícies. — Ele apertou os olhos, como se pudesse ver o futuro. — Quando chegarem ao desfiladeiro de Šumava, vamos pegá-los. Temos 35 divisões e fortes ao longo de toda a fronteira dos Sudetos.

Marta ainda não conseguia conciliar a mobilização dos tiroteios com a sua sonolenta Boêmia. A cidade podia reivindicar a torre de igreja mais alta da região — dezessete metros, precisamente —, mas não havia nada de notável nela. Um açougueiro gentio, um alfaiate judeu, duzentas famílias agrupadas na margem leste de um rio sem qualquer lugar aonde ir. Era tranquila e segura; ela sabia que era por esse motivo que Pavel a adorava. Ele adorava uma semana em Londres, um mês na costa do Adriático, no verão, mas por trás disso tudo era um *vlastenec,* um nacionalista tcheco. O que ele mais adorava era voltar para casa.

Marta podia ver o seu reflexo na janela da sala. Seu cabelo era escuro e encaracolado; uma covinha no meio da bochecha esquerda parecia enfatizar a sua inocência. Pavel se levantou da cadeira e ficou parado ao lado dela por um momento, olhando para a praça da cidade. Havia uma mulher tentando enfiar uma valise enorme na mala de um Tatra, e vários destacamentos de soldados tchecos. Uma jovem se esvaía em lágrimas enquanto observava as costas uniformizadas de um homem que se afastava rumo à praça. Seu amado estava indo lutar. Ela segurava uma rosa, as pétalas apontando para o chão como uma varinha mágica que tivesse perdido o poder. E Marta sentiu, de repente, o mesmo pavor indefeso. O nevoeiro dentro dela se ergueu, e o velho sentimento retornou. As coisas estavam prestes a acontecer, ela sabia. Coisas que seria incapaz de deter.

Naquela noite, ela escapuliu da casa dos Bauer. Atravessou a praça de paralelepípedos, passou diante da mercearia e da alfaiataria, os pés nus e frios dentro das sandálias. O nevoeiro se erguia do rio em tufos. Pequeninas ondas de expectativa erguiam-se dentro dela também. Uma hora antes, estava profundamente adormecida, mas agora se sentia alerta, bem desperta. Ouviu o borbulhar tranquilo da água sobre as pedras e, num lugar não muito distante, o ruído de uma janela sendo aberta. Agarrava as chaves da fábrica do sr. Bauer.

Ele sempre as deixava penduradas numa alça de couro num gancho junto à porta dos fundos; ela aprendera a pegá-las pela sua longa extremidade de metal a fim de evitar o tilintar ao se chocarem.

Uma meia-lua saía devagar de uma nuvem cinza. *A barba do sr. Goldstein*, ela pensou.

A lua aparecia na superfície do rio. Ela cruzou a passarela, as sandálias batendo na madeira, tomando o mesmo caminho que vinha fazendo havia semanas. Seu corpo se movia sem pensar. A fábrica fora trancada por pesadas barras de ferro, mas o portão estava um centímetro aberto. Ernst havia chegado antes dela; estaria esperando lá dentro.

O trinco enferrujado fechou atrás dela como o fim de uma história com fundo moral.

Marta entrou pelo saguão da frente. A mesa da secretária fora arrumada ao fim do expediente, a máquina de escrever coberta com uma espessa capa de lona. Emoldurado na parede, estava um corte de renda feito no primeiro dia de funcionamento da fábrica de tecidos. Ela sentiu um breve desconforto, lembrando a história de Pavel: o que acontecera à fábrica do irmão dele, Misha? E ao próprio Misha? Afastou o pensamento, tentando prever, em vez disso, o que a esperava. Atravessou o saguão e parou ao lado do elevador, uma plataforma de madeira operada por uma corda. Seus mamilos estavam enrijecidos sob o suéter. Andou em direção à porta que dava para o piso da fábrica e girou lentamente a maçaneta.

Lá dentro estava tudo escuro. Uma vassoura enorme estava apoiada na parede. As máquinas gigantes eram como mamíferos adormecidos, os flancos prateados imóveis.

Ela não ouviu Ernst se aproximar. Ele a segurou por trás antes que Marta visse o seu rosto. Ela riu, tentando se virar nos seus braços para vê-lo, mas Ernst a segurava com firmeza, puxando-a contra o peito. Uma das mãos tapava-lhe de leve a boca.

— Você é a minha máscara de gás — disse ela.

— Estou aqui para protegê-la — sussurrou Ernst nos seus cabelos.

— Para que eu não sinta o mau cheiro?

Ernst hesitou; ela sentiu os músculos dele se retesarem atrás dela.

— Você acha... — ele começou a perguntar.

— Acho o quê?

— Os judeus. Você acha que eles cheiram mal?

Marta ficou tensa.

— Claro que não! Que coisa mais absurda de se dizer. — Ela tentou se afastar para olhar Ernst nos olhos, mas ele a segurava firmemente.

— Não sou o único a dizer isso. — Ele fez uma pausa, como se de repente caísse em si. — *Não estou* dizendo isso — acrescentou, depressa. — Não estou mesmo dizendo isso.

Marta notou que ele estava envergonhado e sentiu uma onda de compaixão. Ernst só estava repetindo o que as pessoas nas ruas diziam. E quem era ela para julgar essas declarações? Os judeus que conhecia melhor — o sr. Bauer, por exemplo — não eram de fato *judeus,* pelo menos não no sentido que ela concebia. Tentou pensar se conhecia algum judeu que fosse realmente praticante. Havia o sr. Goldstein, é claro, mas talvez fosse o único.

— O sr. Bauer disse que vamos precisar de uma máscara de gás — disse ela.

O polegar de Ernst traçava a linha do queixo dela.

— Talvez ele tenha razão.

— Você acha? — Isso a surpreendeu, e uma parte nela começou a entrar em pânico. — Eu não tenho família — falou, de repente, embora tivesse dito a si mesma que não faria isso, e girou nos braços de Ernst, e o seu rosto ficou diante

27

do dele: o queixo quadrado, as marcas de varíola, a leve aspereza da barba por fazer. A ideia da guerra a aterrorizava, e ela se agarrou a ele com força. — O que vou fazer? Se o combate começar a ficar sério?

— Pavel vai protegê-la — disse Ernst suavemente.

Ela ergueu o queixo e fitou-o nos olhos.

— Ele não é obrigado a fazer isso.

— Mas vai fazer. — Marta podia ver que Ernst queria dar a Pavel o benefício da dúvida, pintar o seu amigo da melhor forma possível, como se pedisse desculpas pelo comentário anterior.

— Você tem a sua esposa — Marta ouviu-se dizer com a voz petulante de uma criança.

O olhar de Ernst ficou mais suave; ele deslizou a ponta do polegar sobre o lábio inferior dela.

— E você tem a sua beleza — disse ele, como se isso resolvesse alguma coisa. Marta notara isso nos poucos homens com quem convivia: eles pensavam que a boa aparência de uma mulher poderia protegê-la, como uma espécie de escudo.

Ele a puxou para si e a beijou com doçura, segurando o seu lábio inferior entre os dentes por um breve instante. Segurou-lhe de leve o seio, e depois com mais firmeza, o seu toque ficando violento. A mão tapou-lhe a boca outra vez, mas ela cedeu, o corpo se submetendo ao comando dele. Ela não estava a ponto de gritar. Fazia parte do jogo deles e, para ser sincera, era a parte de que ela mais gostava.

Estava presa agora. Ele não a soltaria.

Da cozinha vinha o som da cozinheira cortando beterrabas, a água correndo e as mãos esfregando, depois o *tac tac* de uma faca sobre a tábua. Era o som do pulso de Marta, da dor nas suas têmporas. Tinha sido mais uma noite sem dormir.

— O jantar é às sete, sr. Bauer — disse ela.

Pavel, ela viu, fora ao vestíbulo e pegava uma capa de lã verde, aquela que ele usava quando ia colher cogumelos. Ele tirou o cachimbo da boca.

— Estou indo me alistar — sorriu.

Ela fechou os olhos e apertou-os por um momento; conseguia sentir as bolsas cansadas debaixo deles.

— Finalmente você poderá fazer alguma coisa — falou.

Durante todo o verão, Pavel se enfurecera com as manchetes do *Völkischer Beobachter*: "Polícia tcheca queima fazendas nos Sudetos"; "Mascate alemão morto por multidão tcheca". Mentira, dizia ele, cada palavra. Durante meses, os alemães dos Sudetos tinham recebido ordens de provocar os tchecos, e os tchecos receberam ordens de não se deixar provocar. Mas agora, finalmente, Pavel teria a chance de defender aquilo em que acreditava.

Marta parou e fechou os olhos de novo, por um breve instante. Deu meio passo na direção de Pavel e respirou fundo. Será que ele cheirava mal? Cheirava a tabaco, certamente, mas e além disso?

— E a fábrica? — perguntou ela. — Se o senhor se alistar? — Era uma pergunta corajosa da sua parte, mas Pavel não pareceu notar.

— Precisamos de homens para lutar — disse Pavel. — Precisamos de homens e de meninos! — Ele pontuou as palavras com o cachimbo, apontando para o ar com o cabo. Satisfeito, ela pensou, em ter um público.

— E os seus funcionários?

— Os funcionários vão lutar.

— Até mesmo Ernst? — Ela saboreou o nome do gerente da fábrica na sua boca.

— Vou suspender a produção amanhã — disse Pavel, sem responder à pergunta.

— Sério? Tem certeza?

Mas quem era ela para perguntar? O sr. Bauer obviamente tivera uma visão: retirara-a das profundezas de si mesmo. Ela o ouvira falar mais na véspera do que nos trinta dias anteriores somados.

— Se a Alemanha nos ocupar, não vai sobrar absolutamente nada para os funcionários — disse Pavel.

Bateram à porta com força. Era Ernst — ela sabia. Ele fizera a barba, ela viu, e o seu suéter fora substituído por uma capa de lã como a de Pavel. Uma pena de avestruz se projetava da lateral da sua boina. Parecia um homem diferente daquele com quem ela estivera havia pouco, tão distante dela. Pensar nas intimidades que haviam tão recentemente partilhado fez com que ela corasse.

— Estávamos falando de você. — Pavel sorriu e deu um tapinha no ombro do amigo.

— Falando bem? — Ernst olhou para Marta.

— É claro! — disse Pavel. — Eu estava dizendo a Marta como toda a fábrica vai se alistar...

Ernst fez um barulho gutural que pareceu, a Marta, evasivo. Mas Pavel não pareceu notar.

— Estamos atrasados — disse ele. — Vejo você daqui a pouco, Marta.

Ela baixou os olhos e ficou mexendo nas amarras do avental, depois se esgueirou para fora do vestíbulo.

— É um grande dia — ela ouviu Pavel anunciar a Ernst. — Um grande dia para nós. Um dia ruim para os alemães!

A voz de Ernst estava abafada; ela não conseguiu ouvir a sua resposta.

Quando os homens foram embora, Marta caminhou lentamente pela sala de estar, passando a mão sobre a mesa de carvalho polido, tocando as cadeiras de madeira que mais pareciam tronos, com as cenas de caça esculpidas nas costas. Um prato de cristal oferecia as cerejas com cobertura de chocolate de Pepík.

Lá em cima, a porta do quarto principal estava aberta. Dentro, havia um sofá vitoriano ornamentado no canto, do tipo que ficaria ali para sempre, porque era pesado e desajeitado demais para ser retirado, e portas francesas que davam para uma pequena varanda com uma mesa de ferro forjado, à qual ninguém jamais se sentava. Havia livros empilhados no lado da cama de Pavel: *Masaryk erzählt sein Leben*, de Karel Čapek, seu autor tcheco favorito, um garoto de sua cidade que fizera sucesso. E *Das Unbehagen in der Kultur*, de Sigmund Freud, o famoso médico que acabara de morrer de câncer.

Marta foi até a cama e afofou os travesseiros de penas de ganso. Havia uma escova de prata com pelos de javali na penteadeira, e o relógio estava do lado, simplesmente deixado ali, como se não valesse uma pequena fortuna. O estojo onde era guardado fazia um ruído igual ao rangido de uma porta. Ela experimentou o relógio no pulso e imaginou-se usando um vestido de seda e luvas até os cotovelos, rodopiando com Ernst num reluzente salão de dança. Como ela pareceria glamorosa e conhecedora do mundo! Pavel comprara o relógio ao voltar de Paris, a pulseira era coberta de diamantes, com uma fina linha azul de safiras no centro. Ele estava tentando, ela sabia, converter a sua riqueza em bens materiais. Se a guerra eclodisse, o dinheiro seria inútil.

Gravada no verso da pulseira estava o nome de uma mulher: Anneliese.

Marta fechou o estojo do relógio. Fechou a porta do quarto ao sair.

No andar de baixo, Pepík estava deitado de bruços, esparramado diante do seu trem de brinquedo, os pés em sapatos de fivela cruzados. Dois bonecos feitos de pregadores de roupa estavam nos seus punhos fechados. "Todos a bordo!", ela o ouviu sussurrar, convicto. Um menino tímido, em geral, mas no comando de seus domínios.

Marta ficou de quatro e sussurrou no seu ouvido:

— *Pepík. Kolik je hodin?*

Ele se alarmou como se despertasse de um sonho longo e febril. O rubor de prazer ao vê-la nunca deixava de surpreendê--la. Que ela reconfortasse alguém a tal ponto. Que poderia ser tão necessária. Pepík olhou para o relógio de pêndulo no canto da sala, mais alto do que ele, com a sua estatura majestosa e seus sinos.

— Duas horas. — Ele puxou o seu suspensório.

— Duas horas menos...?

— Onde está o meu homenzinho? — perguntou Pepík.

Ela lhe passou o boneco de pregador de roupa.

— Menos?

— Alguns minutos!

Marta riu.

— Menos *dez* minutos — disse ela. — Olhe para o ponteiro grande.

Pepík balançou o punho, fazendo com que o homenzinho fugisse e se escondesse atrás do vagão.

— Você quer um chocolate? — perguntou ela.

Ela sabia que ele recusaria: guardava-os para compartilhar com os amigos. Era uma bela atitude para uma criança tão pequena, mas ela sabia de onde isso vinha — Pavel era igualmente generoso.

Marta de repente se lembrou das primeiras semanas de Pepík em casa, vindo do hospital, como chorava à noite, e a emoção que sentira quando os olhos nublados do recém-nascido lentamente foram clareando até ganhar o mesmo azul vivo dos dela. Um estranho poderia vê-los juntos e comentar como a criança saíra à mãe.

Seria isso que toda governanta secretamente esperava?

Uma forte rajada de vento assobiou pela chaminé. No silêncio que se seguiu, outro tiro soou; os soldados na praça treinavam tiro ao alvo. Pepík pareceu não notar, mas Marta estremeceu involuntariamente; sempre esperava que aquela situação toda fosse aos poucos se acalmar, mas em vez disso parecia se intensificar. Voltou para junto de Pepík, cruzou as pernas e olhou para ele de perto.

— *Miláčku* — disse ela. — Você ouviu esse tiro? Lembra-se dos grandes caminhões ontem?

Ele olhou para ela sem entender. Piscou os longos cílios.

— Era o Exército tcheco. Eles estão aqui para nos proteger.

Pepík voltou-se para o trem, concentrado em seu objetivo.

— Todos a bordo — murmurou de novo. Mas Marta segurou o seu rostinho pelo queixo e virou-o na sua direção. Aquilo era importante.

— Seu *tatinek* — disse ela —, todos os empregados dele, todo mundo está pronto para lutar.

Ela fez uma pausa, perguntando-se se isso era verdade.

Será que Ernst ia mesmo lutar? De que lado?

E de que lado ela estava?

— Venha aqui, Pepík — sussurrou. Ela queria, de repente, abraçá-lo. Mas o garoto parecia tê-la esquecido por completo. Voltou à cena diante dele, a locomotiva *Princesa Elizabeth*, os vagões de gado frouxamente ligados como as vértebras da espinha de um réptil comprido.

Pepík ligou o interruptor.

O trem elétrico pareceu hesitar por um momento. Em seguida, soltou um suspiro nos trilhos, como um viajante carregando malas muito pesadas.

Pavel só chegou em casa às oito da noite. Marta ouviu-o agradecendo a Sophie, a cozinheira, ao lhe entregar seu chapéu de feltro. Foi para a sala, o paletó jogado sobre o ombro e um exemplar do *Lidové Noviny* debaixo do braço. Assobiava. Ele desafinava, mas Marta reconheceu as primeiras notas do patriótico "Má Vlast", de Smetana.

— Para onde vai o trem? — perguntou ao filho. — Vai lutar contra os alemães?

Pepík usava um gorro azul de flanela. Acenou com a cabeça em silêncio, satisfeito com a atenção do pai e ao mesmo tempo desconfiado. Sabia que algo estranho estava acontecendo, Marta percebia. O garoto pressentia os acontecimentos ao redor, pensou ela, da mesma forma que um animal poderia pressentir a chuva. Lembrou-se da fazenda onde tinha crescido, de como as galinhas faziam alarido numa noite quente de julho. À medida que o céu se enchia de nuvens com a promessa de chuva, havia uma crescente sensação de pânico. Ou talvez fosse apenas como ela se sentia; o tempo quente significava que seu pai ficaria inquieto.

— Como está o príncipe herdeiro? — perguntou Pavel ao filho, tentando mais uma vez chamar sua atenção. Mas Pepík só tinha direito a brincar por mais alguns minutos antes de dormir e ignorou o pai, concentrado no trem. Estava brincando com aquela pecinha na frente, como se chamava?, aquela peça em forma de leque que ficava presa como uma pá de lixo. Recordava a Marta o bigode de Hitler.

Vermes, Hitler chamara os judeus. Ele falava com uma convicção bem persuasiva.

Pavel desistiu do filho, virou-se e abriu a pasta de couro sobre a mesa de carvalho. Não vestia os habituais terno e gravata, mas roupas informais de soldado: calças de veludo cotelê e um suéter com reforço de couro nos cotovelos. Tirou da pasta vários dossiês de papel-pardo, cada um ordenadamente etiquetado, e sorriu para Marta.

— Você me traria uma xícara de café, por favor? — Refletiu por um momento, então deslizou os arquivos de volta para a pasta, fechando-a. — Não — emendou. — Vou tomar um uísque.

O decantador era de cristal esculpido com uma tampa no formato da Torre Eiffel. Pavel colocou dois copinhos juntos numa bandeja de prata redonda.

— Quer me acompanhar?

— Eu?

Não havia mais ninguém na sala.

— A que ocasião? — perguntou Marta.

— À vitória! — respondeu Pavel com entusiasmo, mas ainda sem levantar a taça. Olhou para ela, um ar desafiador, o queixo erguido. Por um momento, ela o visualizou quando criança: teimoso, impulsivo. Outra coisa que havia passado a Pepík.

— À derrota desses desgraçados — continuou, fazendo um gesto com a sua bebida na direção da janela e do inimigo implícito além dela. — Os russos estão a caminho com o apoio... — Ele criticou as fortificações, a "pequena" Linha Maginot. Marta nunca o ouvira falar de modo tão enérgico sobre algo. Perguntou-se, vagamente, se ele sabia que o dia seguinte era o primeiro dia de *rosh hashana*. Como ela própria sabia disso? Alguém devia lhe ter dito — Sr. Goldstein? Sim. Quem mais poderia ter sido? Não havia judeus na família dela, é claro — nenhum, até onde ela sabia —, mas ela achava curiosos os costumes da religião, as velas e os solidéus, as proibições a alguns alimentos. Marta refletiu sobre o ano novo judaico e o *yom kippur*, que se seguiria — o Dia do Perdão, Goldstein dissera, um dia dedicado a se arrepender dos pecados.

Será que ela poderia pedir perdão pelos próprios pecados? *Como se fosse assim tão simples*, pensou.

— Ou Hitler cede — dizia Pavel —, ou haverá uma guerra. — Ele fez uma pausa, e Marta percebeu, de repente, que ele havia lhe perguntado algo, solicitava a sua opinião.

Falou a primeira coisa que lhe passou pela cabeça:

— Aquelas meias de lã branca até os joelhos... Elas são usadas pelos nazistas?

Estava se lembrando da história de Pavel sobre o irmão Misha, como ele fora derrubado no chão pelos rapazes, vira as suas meias e *soubera*.

Mas Pavel a ignorou.

— Mesmo que o governo ceda — disse —, o exército jamais daria ouvidos. — A verdade nas suas palavras parecia ser confirmada no ato de falar em voz alta. — Você não tem ideia de como temos sorte agora. Se compararmos a como era antes.

"Antes", ela sabia, significava antes de Tomáš Masaryk, antes de 1918, quando a Tchecoslováquia não existia. *Ele estava certo*, pensou Marta; só lhe era difícil imaginar. Ela disse isso a ele.

— Esse é o perigo da juventude — falou Pavel. — A falta de experiência para comparar.

Pavel tinha 30 anos. Havia apenas sete de diferença entre os dois, mas ele acabou por destacá-la.

— Seu velho — disse Marta, sorrindo.

— E você é uma jovenzinha adorável. — Pavel ergueu o copo. — À derrota desses alemães — disse ele, fitando-a nos olhos, no instante exato em que ouviram a sua mulher subindo as escadas.

As unhas de Anneliese Bauer estavam pintadas com um tom profundo de escarlate. Ela carregava uma caixa branca e chata amarrada com uma fita azul, a marca registrada da *pâtisserie* Hruska. Por que comprava ela mesma o *medovnik* Marta não podia imaginar, e por um momento se sentiu culpada, ou negligente, como se aquilo de alguma forma se refletisse no seu trabalho de empregada doméstica. Havia algo de errado naquilo, algo fora de ordem. Contudo, Marta pensou mais uma vez, tudo estava de cabeça para baixo naqueles dias. E Anneliese, ela recordou a si mesma, não era de fazer algo que não quisesse.

— Posso ser incluída no drinque? — perguntou Anneliese, nesse momento, entrando no salão e abanando o rosto com a mão, como se o esmalte ainda não tivesse secado completamente. Seu cabelo castanho estava arrumado em ondas, os cachos largos pendendo de cada lado da cabeça. Parecia uma modelo de propaganda de spas alpinos, onde a mãe de Pavel ia convalescer todo verão. Marta se imaginou caminhando pelos tapetes persas, conversando com os homens com bengalas de ponta de ouro e as mulheres de véu. A elite europeia fofocando com as suas taças de vinho na mão, transitando facilmente entre os idiomas para falar o que quisessem com exatidão.

Marta fez uma mesura, Anneliese virou e cumprimentou-a, passando-lhe a torta.

— Coloque isto na geladeira, por favor.

— Claro — respondeu a governanta, em parte aliviada com o fato de a ordem natural das coisas não ter sido eclipsada pela mobilização. Anneliese ainda faria pedidos, e Marta ainda iria atendê-los.

Pavel tinha ido até o aparador e bebia a terceira taça.

— A que devemos o prazer? — perguntou Anneliese ao marido.

— À guerra — disse ele. Mal conseguia tirar o sorriso do rosto.

Do canto da sala veio o *tic-tic-tic* do trem elétrico de Pepík dando a volta no trilho.

Anneliese segurou os lóbulos das orelhas e retirou os brincos, um de cada vez. Abriu a sua bolsinha Chanel com um estalo e colocou-os ali.

— Esperemos que acabe rápido. — Ela procurou a cigarreira de prata na bolsa. — Os Fischl estão indo embora — anunciou ao marido.

Pavel estava sendo generoso com o uísque; não virou o rosto para ela.

— *Bon voyage* aos Fischl. — Voltou-se, então, e entregou o copo à esposa. — Isso só mostra a verdade. Ao menor problema eles vão embora tão rápido quanto Jesse Owens. — Fez uma pausa, satisfeito com a comparação.

— Eles vão embora amanhã. Hanna Fischl recebeu um telefonema internacional, da mãe, na Inglaterra.

Marta lembrou que segurava a caixa com a torta. Repousou o copo de uísque e foi para a cozinha, perguntando-se se teria entendido corretamente. Um telefonema internacional? Mas a Inglaterra ficava a um oceano de distância. Como era possível falar de tão longe? Imaginou um fio bem fino acima das nuvens e homenzinhos correndo de um lado para o outro pelo centro oco do fio, a fim de levar as mensagens aos ouvintes, que aguardavam.

Pôs a torta na geladeira, como a sra. Bauer pedira.

— Todos eles vão. — Marta ouviu Anneliese dizer a Pavel. — Até mesmo Dagmar e Erna.

— As sobrinhas?

— As filhas de Oskar.

— E Oskar?

— Todos, Pavel. — A voz de Anneliese deixava transparecer a frustração. Ela era uma mulher linda e jovem, inteligente e audaciosa, que tinha se casado com um industrial bem-educado de aparência comum. Marta adorava ambos, mas o fato de serem casados ainda a intrigava, às vezes. Anneliese precisava de alguém com mais... o quê? Mais *brilho*. Pavel era rico, educado, inteligente, mas Anneliese era de algum modo rebaixada por ele. Ela o amava, pensava Marta, mas uma parte dela fora desperdiçada.

— Fizemos a coisa certa comprando aqueles títulos da defesa — dizia Pavel quando Marta voltou à sala. Anneliese lançou-lhe um olhar penetrante que significava *não na frente da empregada*.

— À derrota rápida dos alemães — disse ela, para mudar de assunto. Os Bauer ergueram os copos.

Marta ergueu o seu, feliz por ter sido incluída, e aguardou uma pausa natural na conversa.

— Quer que eu faça o café agora, sr. Bauer? — Sophie era a cozinheira e ela a governanta, mas Marta estava ali havia mais tempo. Sabia exatamente como Pavel gostava do seu café, com o mínimo de açúcar.

Pavel levantou o dedo indicador mostrando que preferia outro uísque.

Marta foi pegar o decantador, mas viu que Anneliese a olhava, de cima a baixo, como se tentasse se decidir sobre algo.

— Sirvo? — perguntou Marta, subitamente incerta, e fez um gesto na direção da bebida.

Anneliese assentiu para que ela continuasse, mas ainda olhava para Marta, avaliando-a.

— Ernst tem aparecido muito por aqui esses dias — disse ela, por fim.

Marta engoliu em seco.

— Gostaria de um *boží milosti* também?

Anneliese ignorou a pergunta.

— Ele está sempre passando por aqui.

— Deixe-me trazer um prato de biscoitos.

Mas a patroa não a deixaria escapar tão facilmente.

— Por que será? Alguma ideia?

— Talvez por causa do que está acontecendo. — Marta fez uma pausa, ruborizando. — A mobilização, quero dizer.

Baixou o rosto e saiu apressada em direção à cozinha. Alcançou a prateleira de cima, afobada, e a lata caiu, pedaços de biscoitos espalhando-se pelo chão. Marta praguejou entredentes e se ajoelhou para limpar a bagunça, repetindo mentalmente as palavras de Anneliese. O que ela sabia exatamente? Teria dito a Pavel? Improvável, reassegurou-se. Anneliese tinha o seu próprio segredo, algo que o marido nunca poderia saber. Marta tropeçara nele, por assim dizer.

39

Elas estavam amarradas uma à outra, Marta e a patroa. Como corredores numa corrida de três pernas. Se uma caísse, a outra iria junto.

Na tarde seguinte, Marta segurava a mãozinha de Pepík a caminho da estação de trem. Ao atravessar a praça, passaram pelo sr. Goldstein, que levava um pedaço de pano com franjas dobrado sobre o braço.

— *Shana tova* — disse ele a Pepík.

Pepík chutou a ponta de um pé com o calcanhar do outro.

— Bem-obrigado-como-vai-o-senhor?

O sr. Goldstein riu.

— Tenha um bom ano — traduziu ele. — Lembra o que eu lhe disse? Sobre o *rosh hashana*?

Marta segurava Pepík contra a sua perna e passava os dedos pelos cachos do cabelo dele.

— Estava pensando nisso ontem — disse ela.

— Então, o meu ensinamento não foi em vão! — Havia rugas nos cantos dos olhos do sr. Goldstein. — E quanto a você, o pequeno *lamed vovnik*? — Ele fitou Pepík, que não respondeu.

Marta instigou o pequeno patrão.

— Você se lembra, *miláčku*? Sobre o ano novo judaico? — Claro que ele não se lembraria, mas que mal havia nisso? Marta sempre gostara do velho alfaiate, e ele era tão gentil com Pepík.

— O ponteiro dos minutos é o mais comprido — declarou solenemente o garoto, confirmando a hipótese de que não tinha ideia do que eles estavam falando. — Quer um chocolate? — Ele estendeu o seu saco precioso.

— Que gentil da sua parte. Mas não, obrigado. Tenho que voltar.

— O senhor vai trabalhar? — perguntou Marta educadamente. — Não é proibido trabalhar no feriado?

O sr. Goldstein balançou a cabeça.

— Trabalhar, não. Rezar. — Então ele levantou o braço com o tecido dobrado, que ela viu ser um xale de oração. Ele revirou os olhos, fingindo se curvar sob o peso dos rigorosos requisitos do feriado, mas Marta sabia como era devoto.

Ela riu.

— Feliz reza! — Ela apertou os olhos, tentando lembrar a saudação correta. — *Shana tova?*

— Para você também. — Ele sorriu. Olhou para o menino. — *Shana tova*, Pepík.

O menino esticou o braço para torcer a ponta da longa barba do alfaiate. Era uma brincadeira entre os dois. A barba do sr. Goldstein ainda tinha a forma de cone quando ele atravessou o restante da praça.

A plataforma da estação de trem estava abarrotada de soldados e donas de casa, além de moças empurrando carrinhos de bebê e chorando. Um homem com costeletas imensas usava uma fita no paletó, em preto e dourado, as cores do antigo império austro-húngaro. Marta segurava Pepík pelos ombros estreitos dele, guiando-o enquanto contornavam duas mulheres com chapéus de abas largas. Ouviu uma delas dizer:

— Faz sentido criar um grande país juntando dois de língua alemã.

— Você quer dizer a Alemanha e a Áustria?

— Eu quero dizer a Alemanha e os Sudetos!

No meio da multidão, ela pensou ter visto a parte de trás da cabeça de Ernst. Pensou se era mesmo verdade; ultimamente, via Ernst em toda parte. E o que ele estaria fazendo ali na estação?

Ainda assim, ela esticou o pescoço. Não tinha como evitar.

Pepík puxava o seu vestido. Queria que o carregasse no colo.

— Você é um menino crescido — disse Marta, distraída. — Já está na escola agora. — Ela se pôs na ponta dos pés. O homem

41

com as costeletas mudou de lugar, e ela teve uma visão clara do perfil de Ernst, as bochechas com marcas de varíola e a testa alta; era ele, afinal.

— A escola acabou — disse Pepík, triunfante. Ficou satisfeito com o raciocínio.

Marta esquadrinhou a plataforma, procurando a esposa de Ernst, mas não a viu em parte alguma. Ele devia estar sozinho. Levou a mão à lateral do rosto, tentando chamar a atenção de Ernst, mas discretamente.

— A escola acabou — repetiu o garoto.

— Não acabou. Vai recomeçar em breve. Os soldados só a estão usando como base. — Seus olhos estavam em Ernst, desejando ardentemente que os seus olhares se encontrassem.

— Será que eles vão aprender a ver as horas?

Marta fitou Pepík, e uma onda de afeto lhe subiu pelo corpo.

— Sim — disse ela, com grande seriedade. — Assim como você.

Era tudo de que ele precisava, ela notou: um pouco de atenção. Sentiu-se encorajado. Correu pela plataforma com o saco de cerejas com cobertura de chocolate na mão, gritando algo para um menino loiro que devia ter reconhecido da escola.

Marta o viu desaparecer no meio de toda aquela gente. Virou-se; Ernst estava caminhando determinado em sua direção. Ela ajeitou apressada os cachos com as mãos. Quando ele estava a poucos metros de distância, fez sinal com a cabeça para um canto ao lado da bilheteria.

Ela se abaixou e entrou no pequeno espaço atrás dele.

Não se falaram. O desejo de estar juntos era palpável, um tapete de calor estendido debaixo deles.

— Hoje à noite? — perguntou Marta, antes que pudesse evitar. O que eles estavam fazendo era errado; ela devia ser capaz de se libertar. Mas uma parte dela ficava sozinha o tempo todo, uma parte jovem e faminta, e acabou por vencê-la. Algo nela estava desesperado por ser notado, realmente *visto*.

Ernst baixou os olhos para ela; a diferença de altura entre os dois era de uma cabeça.

— Hoje não — respondeu. — Infelizmente. — Ele não precisava explicar; devia ter alguma obrigação com a esposa. — Amanhã? — perguntou.

Ela sorriu.

— Tem uma coisa aqui... — Estendeu a mão e pegou um cílio no rosto dele.

— Obrigado — disse ele. — Vou tentar amanhã.

— Está ocupado?

Ele balançou a cabeça para mostrar que, sim, estava ocupado, mas não queria perder seu tempo falando sobre isso. Inclinou-se em sua direção, os lábios a um centímetro dos dela. Marta queria empurrar o corpo de encontro ao dele, fundir--se com a sensação que ele acendia no seu peito. Em vez disso, tentou dizer algo que sabia que o agradaria.

— Acabamos de encontrar o sr. Goldstein. Você estava certo. Ele cheira mesmo um pouco mal.

Ernst recuou, ergueu uma sobrancelha.

— Lembra? Você disse...

— Eu disse o quê?

— Sobre os judeus.

— O que têm eles?

— Que eles cheiram mal — disse ela, finalmente. Mas o rosto de Ernst não revelou nada, e ela engoliu em seco, desejando não ter tocado naquele assunto. Sentiu um gosto errado na boca, como biscoitos feitos com sal em vez de açúcar.

— Eu não disse nada do tipo — repreendeu Ernst, com uma expressão confusa no rosto. — Talvez tenha pensado isso, mas certamente nunca teria dito em voz alta. Você também não devia. Não lhe cai bem.

Marta corou.

— Foi só uma brincadeira. — Como ele conseguira fazer com que ela parecesse tola quando tinha sido ideia dele, para começo de conversa?

Tentou de novo.

— Não lembra? Você disse... naquela noite...? — Mas ela percebeu que ele não admitiria nada. O que era de se esperar. Se o segredo deles fosse descoberto, ela sabia, aconteceria o mesmo; ele se salvaria à custa dela.

Marta enrolou uma mecha de cabelo em torno do indicador e puxou. Um fiapo de raiva crescia dentro dela; ficou pensando numa forma de corrigir o desequilíbrio, uma forma de machucá-lo também.

— Anneliese suspeita — ouviu-se dizendo.

Passou pela sua mente a imagem de uma banheira cheia de sangue.

A expressão de Ernst desabou no mesmo instante. Ele deu um grande passo para trás.

— De nós? Como?

Ouviram o rugido do trem chegando à estação. Marta não respondeu à pergunta; ele merecia suar frio, sentir o mesmo medo que ela sentia. Desviou o olhar, indiferente, e se inclinou por um momento para fora do canto onde estavam escondidos. Viu Pepík parado ao lado de um grupo de meninos: o filho de Hanka Guttman, Ralphie, e um daqueles louríssimos Ackerman, cujos olhos eram de um azul-gelo — qual era mesmo o nome dele? Todos eles eram idênticos, e muito parecidos com o pai.

— Marta — disse Ernst com urgência. — Você tem certeza? Como ela sabe? — Ele era um homem casado, o braço direito de Pavel na fábrica, e muito amigo de ambos os Bauer. Não podia ser pego saindo com a governanta. Mas ela não respondia, olhava Pepík agora. Ele estava de pé, de costas para ela; Marta o viu oferecer os seus chocolates para o menino Ackerman. O lourinho agarrou o saco e arrancou-o da mão de Pepík. Um homem gordo que vestia um uniforme de condutor tapou a sua visão, e o que ela viu em seguida foi o rosto chocado de Pepík e o saco de chocolates caído no chão.

Ernst agarrou o cotovelo dela.

— Marta — disse Ernst. Mas ela se livrou dele com um safanão e abriu caminho aos empurrões, passando por uma mulher que carregava uma caixa de violino e por um grupo de meninas que jogavam bolinhas de gude. Pepík estava atrás delas, de pé, imóvel. Desconcertado. Ela não conseguiu alcançá-lo a tempo. Uma pedra atingiu a lateral do rosto dele. O garoto levou a mão à parte de trás da cabeça e esfregou. Outra pedra atingiu a sua testa, e ele se encolheu, cobrindo a cabeça com as mãos.

Marta finalmente chegou até ele e pegou-o no colo, puxando-o para perto de si. Aliviada por tê-lo a salvo nos seus braços.

O menino Ackerman tinha parado de jogar pedras e agora pisava nas cerejas com cobertura de chocolate. Elas se romperam no chão, Marta pensou, como se fossem vasos sanguíneos.

— Chorão! — disse o menino a Pepík. — *Sehen Sie sich die Heulsuse an!*

Marta deu as costas para os meninos, com Pepík nos braços. Uma das pedras abriu-lhe um corte — era pequeno, mas bem profundo. Ela lambeu o polegar para limpar o sangue da bochecha dele.

— Você devia ter vergonha — disse, virando-se de novo para enfrentar o menino Ackerman, surpresa com a ferocidade na sua voz. — Espere até eu contar para a sua mãe.

Mas o menino não mudou de atitude.

— Minha mãe vai ficar satisfeita — disse ele, e cruzou os braços robustos sobre o peito, desafiador. Havia uma crosta de ferida, Marta viu, grande e infeccionada, no cotovelo dele. E por

45

trás do seu ombro, pendurada nas vigas da estação, estava uma bandeira com o brasão alemão, a águia negra com uma coroa de flores nas suas garras e uma suástica estilizada no centro.

No caminho de volta para casa, Pepík ficou quieto. Não quis ser erguido até a borda de pedra no limite da praça para se equilibrar com os braços abertos, como sempre fazia. Recusou a oferta de Marta de levá-lo nas costas. Quando entraram em casa, Anneliese estava junto à grande janela, usando sapatos de salto alto cor de rubi e uma saia cortada em viés, fumando um cigarro. Pepík largou a sua bolsa sobre a poltrona de couro e correu para a sala de jantar, a fim de se perder no seu império.

A mãe tragou o cigarro e se dirigiu a ele.

— Pepík — falou. — Volte e tire os sapatos. — Ela tocou o lábio inferior com o indicador.

— Está um dia lindo — disse Marta, tentando manter a voz alegre. Podia ver que Anneliese estava de mau humor e queria proteger o garoto depois do que tinha acontecido na estação. Mas Anneliese não mordeu a isca.

— Pepík. Tomáš. Bauer — disse ela, pausadamente. O *Tomáš*, Marta se lembrou, era em homenagem ao ex-presidente Masaryk. Muitos meninos tinham esse nome. — Volte aqui agora e faça o que estou mandando.

Ele hesitou, pesando as suas opções.

— Pepík — disse Marta, suavemente. — Ouça *maminka*.

O menino se virou para as duas, e Marta achou que fosse obedecer, mas, em vez disso, ele correu na direção dela e enterrou o rosto na sua saia.

Anneliese trincou os dentes. Deu outra tragada profunda no cigarro.

— Por que ele não está na escola? — perguntou, com a fumaça saindo das narinas.

— Minha bochecha está doendo — murmurou Pepík encostado na perna de Marta.

Mas a governanta manteve os olhos em Anneliese.

— A escola foi ocupada por jovens reservas tchecos, sra. Bauer. — Ela tentou retransmitir a informação como se fosse a primeira vez, embora já tivesse dito isso à patroa na noite anterior, enquanto brincavam com o dial do rádio à espera do início da transmissão da BBC. A vinheta de abertura do programa sempre deixava a casa inteira em silêncio, com os ouvidos voltados ao rádio. Pavel era o único que entendia inglês, porém. Cabia a ele traduzir.

— Então, onde vocês estavam?

— Fomos até a estação ver os trens.

Anneliese segurou o cigarro acima do ombro, entre duas unhas vermelhas.

— Vamos mandá-lo fazer algo relacionado à escola, está bem? Não o leve a lugares ocupados por vândalos nem atenda a todos os caprichos dele.

E, então, numa manobra para ganhar de volta o carinho do filho, ela suavizou a voz.

— Você viu os trens, *miláčku*?

Marta se ajoelhou na frente do seu jovem patrão. Abriu as mãozinhas dele. Suas bochechas rechonchudas estavam coradas, e a pele ao redor da pequena ferida, inchada e rosada. Ela puxou-o para perto e sussurrou no seu ouvido:

— Vá e dê um beijo bem grande na *maminka*.

Era uma aposta arriscada. Se Pepík não obedecesse pareceria intencional, ela dizendo segredos a ele na frente de Anneliese. O menino congelou, seus olhos de corça alternando entre as duas mulheres.

— Vá lá — disse Marta. Ela ergueu as sobrancelhas para mostrar que falava sério.

Pepík se soltou e atravessou a sala correndo até a mãe, assumindo a mesma posição — enterrando o rosto entre as pernas dela. Anneliese apagou o cigarro e correu os dedos finos pelos cachos do garoto.

47

— Pronto — disse ela a Marta. — Pobrezinho, ele só queria a mãe.

O comentário surpreendeu Marta, e ela corou de indignação. Duas palavras atravessaram-lhe a mente: *judia suja*. Ela corou mais, surpresa consigo mesma por pensar nessas palavras, mas deixou-as flutuar por trás de seus olhos, testando seu peso. Fora ela mesma que havia pouco incentivara o menino a ir até à mãe; como Anneliese tivera a petulância de desfechar um golpe como aquele?

Mas Marta respirou fundo, acalmando-se. Lembrou-se de que havia sido ela quem realmente criara Pepík. Sabia quanto chocolate polvilhar no seu *kaše* e por quanto tempo aquecer o seu leite à noite. Ela era generosa, também, compartilhando a criança com a mãe. E, embora nunca fosse admitir isso, no fundo sentia que Pepík a amava mais.

Anneliese se abaixou diante do filho. Olhou para Marta bruscamente.

— O que aconteceu com o rosto dele?

Marta hesitou.

— Ele caiu, sra. Bauer.

A mentira lhe rendeu uma breve excitação, um breve momento de vingança. Além disso, contar sobre o menino Ackerman significaria admitir que ela não estava supervisionando Pepík como deveria. Anneliese já estava desconfiada sobre Ernst; Marta não queria que ela achasse que estava prestando atenção nele em vez de no menino.

Marta convenceu-se de que não devia incomodar Anneliese com a verdade. A patroa ainda estava chateada com o discurso de Hitler na noite anterior: ele pedia a rendição dos Sudetos. Os Bauer ficaram de pé diante do rádio, fumegando. Hitler dissera que após a última guerra a Alemanha tinha renunciado a vários lugares — a Alsácia-Lorena e o Corredor Polonês — e que agora era a vez da Tchecoslováquia. Pavel traduzira rapidamente, quase num murmúrio.

— Ele não menciona que a Alemanha foi *forçada* a abrir mão desses lugares — dissera Anneliese ao marido, os punhos cerrados ao lado do corpo.

Não, aquele não era o momento para aborrecer sra. Bauer, ainda mais com essa nova injustiça contra o seu filho. Somente Marta saberia, ela que já sabia tudo sobre o menino. Guardou o segredo, junto com os outros. Disse a si mesma que era para o bem da própria Anneliese. E que ela merecia ser enganada.

No começo da noite, Marta chegou na janela de Pepík e viu Ernst olhando lá para cima, da rua. Ele sustentou o olhar dela por um momento e fez um leve aceno com a cabeça. Quase imperceptível, mas lá estava.

Ela cobriu as orelhas de Pepík com o gorro e beijou-lhe a testa, inalando o cheiro de sabão do banho.

— Tenha bons sonhos, *miláčku*.

A respiração dele ficou mais suave ao adormecer, antes mesmo que ela pudesse apagar a lamparina. Os Bauer estavam sentados ao lado do rádio na sala de visitas. Marta lhes deu boa-noite e foi para o seu quartinho. Tirou os sapatos grosseiros e se deitou em cima das cobertas, completamente vestida. As vozes subiam lá de baixo como fumaça de madeira, um murmúrio quente e ininteligível. Ela adormeceu, mas acordou com o ruído de Pavel subindo as escadas e a porta do quarto do casal se fechando, mais adiante no corredor.

Esperou por mais uma hora, só para ter certeza.

As chaves da fábrica estavam frias em sua mão, e ela lamentou não ter pensado em trazer luvas. As noites estavam ficando mais frias, pensou. Inverno, como um mau pressentimento. Atravessou a passarela, deixou o pesado portão de ferro se fechar atrás dela. O saguão da fábrica estava escuro; a sombra de um casaco preto pendia de um gancho junto à porta. O rosto de Ernst a fez pensar na estação de trem, nos meninos jogando pedras em Pepík, mas já não havia nada que pudesse fazer a respeito, e ela afastou o pensamento da mente.

Pó de linho cobria o chão como se fosse neve. Ernst a ergueu de encontro à parede fria, pressionando o peso do seu corpo no dela. O cimento áspero prendeu as meias dela. Ele se inclinou para beijá-la; Marta virou a cabeça timidamente.

— Não vai nem dizer oi?

Ele riu.

— Olá, gracinha. — Ele passou as mãos de leve no traseiro dela. — Alguma novidade?

Marta tentou pensar em algo de interessante, algo notável, mas os seus dias eram todos iguais.

— Os Bauer estão ficando nervosos — disse ela.

— Por quê?

— Por causa de Hitler.

Ela não retomou o seu comentário na estação de trem — de que Anneliese suspeitava da relação deles —, e Ernst também não perguntou nada. Sua cabeça parecia estar em outro lugar.

— Acho que talvez ele consiga, afinal — falou Ernst.

Marta retirou a mão dele do traseiro dela.

— Hitler? O quê?

Ernst colocou a mão de volta, sorrindo.

— Consiga nos libertar. Dos tchecos. — Apertou de leve o traseiro de Marta.

— Dos tchecos? Você não é um deles? — Ela fez uma pausa. — Um de nós?

— Eu sou alemão — respondeu ele rapidamente.

Ora, é claro que ele era — junto com uma enorme parcela da população dos Sudetos. Era por isso, Marta sabia, que Hitler era tão popular no território.

— A região dos Sudetos foi 85% nazista na última eleição — disse Ernst, oficiosamente.

— Então você é a favor dos alemães — esclareceu Marta —, mas não contra os judeus?

Ernst fez um ruído gutural que ela não conseguiu interpretar.

Marta se inclinou para trás, a fim de ver o rosto dele. Queria tocar-lhe a face, mas o braço estava preso atrás dela, entre as costas e a parede de cimento.

— Hitler é só um garoto que gosta de intimidar os outros — disse ela. Mas no mesmo instante ela se perguntava se era o que de fato pensava. Seus verdadeiros sentimentos, sobre Hitler, sobre qualquer coisa, estavam trancados dentro do peito, a chave perdida havia muito. Seu conteúdo, um mistério tanto para ela quanto para qualquer outra pessoa. E o que sabia de fato, acerca de Hitler ou de qualquer pessoa? Provavelmente só estava repetindo algo que tinha ouvido Anneliese dizer.

Ao pensar nela, Marta sentiu um lampejo de indignação. *Pobrezinho, ele só queria a mãe.*

Ernst olhou para ela de perto, vendo o rubor de raiva no seu rosto.

— Hitler pode ser só um garoto que gosta de intimidar os outros. Ou pode ser o homem do século — disse ele suavemente. — De qualquer modo, as perspectivas não são boas para os Bauer.

— Por que não?

Marta tentou libertar o braço, mas o corpo de Ernst contra o seu era pesado demais.

— Eles não são judeus — protestou ela. — Pelo menos não são *judeus*. Você sabe disso.

Ernst passava as mãos no cabelo dela; fez um nó com o punho e puxou os fios levemente.

— As pessoas estão dizendo que não é só uma religião. — Ele fez uma pausa. — Estão dizendo que é uma raça.

— Você realmente...

Ele fez que sim.

— Estou começando a concordar. Uma raça inferior. Eu estou participando de um grupo que... — Mas a sua voz foi sumindo, e Marta pôde supor exatamente de que tipo de grupo Ernst agora fazia parte. Será que ele estava certo?, perguntou-se ela. Parecia uma ideia ridícula — qualquer um podia ver que os Bauer eram exatamente iguais a todo mundo —, mas, ainda assim, algo sobre aquela afirmação soava verdadeiro a Marta também.

Ernst tossiu nas costas da mão.

— Você, pelo menos — disse ele —, você é 100% pura.

Ela ergueu as sobrancelhas.

— Uma beldade como você — completou ele.

Marta se contorceu novamente, e ele percebeu o desconforto dela, seu braço dobrado para trás de um modo que ela não conseguia movê-lo.

— Desculpe-me — disse ele, e recuou para que ela pudesse mudar de posição. Fitou-a com ternura, depois desviou o olhar, focando os olhos na parede centímetros acima da sua cabeça. Ele falou de repente, já sem qualquer suavidade:

— Os judeus são a causa de muitos dos problemas da Alemanha — disse. — Não dá para separar as duas questões.

— Como... — ela começou a dizer, mas Ernst parecia ter esquecido que ela estava ali. Parecia falar para si mesmo, como se consolidasse a resposta a uma pergunta com a qual estava lutando na sua mente.

— A Alemanha e a Tchecoslováquia também estariam melhor sem judeu algum.

Marta levantou o rosto para falar, para objetar, mas ele cobriu-lhe a boca aberta com a sua.

Alguma coisa fez com que Marta acordasse cedo no último dia de setembro. Geralmente ela ouvia Sophie esbarrando em coisas na cozinha, mas eram cinco horas, cedo demais até mesmo para isso. Calçou os chinelos e saiu para o corredor, onde havia várias fotografias de Pepík enfileiradas, uma para cada aniversário. Cinco, no total; a sexta ainda estava sendo emoldurada. Espantava-a, de fato, como ele havia crescido. O milagre cotidiano que era aquilo. Entrou em silêncio no quarto dele; Pepík estava deitado de costas, com os braços acima da cabeça e as bochechas gorduchas coradas. Desde o incidente na estação de trem, ele começara a dormir com um dos seus soldados de chumbo na mão. Agarrava-se a ele como a um frasco de poção mágica que o deixara inconsciente e que agora seria exigido para trazê-lo de volta ao mundo dos vivos.

Era quase como se todo o país tivesse adormecido, pensou ela. O dia 28 de setembro, dia da Festa de São Venceslau, padroeiro dos tchecos, tinha passado sem sombra da fanfarrice usual. Como a chama de um fósforo, ela pensou: uma luz breve, o retorno à escuridão.

Marta puxou as cobertas até o queixo de Pepík, beijou-o e deixou-o dormindo. Desceu para moer os grãos de café dos Bauer; era trabalho de Sophie, mas Marta não se importava em fazê-lo. Quando entrou na sala de estar, contudo, o rádio estava ligado, e Pavel estava de pé, de costas para ela, de frente para a grande janela. Ele vestia apenas um pijama de fino algodão branco, através do qual ela podia ver os contornos musculosos do seu traseiro.

Marta não conseguia imaginar o que ele poderia estar fazendo acordado tão cedo, e começou a recuar lentamente nas escadas. Ele ouviu o movimento, no entanto, e virou-se para ela.

Chamou-a pelo nome, apenas uma vez:

— Marta.

No seu rosto havia um olhar que Marta nunca tinha visto antes. A palavra que surgiu na sua mente foi *ferido*.

— Sr. Bauer? Eu estava indo... — Pavel pigarreou ruidosamente, interrompendo-a. Ele parecia não notar que ela própria não estava vestida com decência, que usava apenas o seu robe fino e chinelos, os cachos do cabelo ainda despenteados.

— Ele nos traiu — disse Pavel.

Marta puxou o robe ao redor do corpo.

— Ele quem?

Teve a repentina e desolada sensação de que Pavel tinha descoberto sobre Ernst — o que ela tinha pensado, pegando as chaves da fábrica debaixo do seu nariz? —, mas em vez disso o patrão falou:

— O bom e velho *J'aime Berlin*.

— Perdão?

— *J'aime Berlin* — repetiu ele. Esperou, mas Marta não entendeu o trocadilho francês. — *Cham-berlain* — disse ele, por fim. — Chamberlain. A Grã-Bretanha. E a França.

Ela piscou os olhos.

— Eu estava indo preparar o seu café — falou ela.

— Tínhamos um pacto. E agora eles foram se encontrar com Hitler e nos cederam à Alemanha. A região dos Sudetos inteira. Como se pertencesse a eles! — Pavel inspirou lenta e profundamente. — Eles nem sequer nos convidaram para a conversa — reclamou. — Descascaram-nos da Tchecoslováquia sem mais nem menos.

Marta imaginou a casca grossa de uma tangerina, daquelas que se comem no Natal.

Os Bauer comemoravam o Natal junto com quase todo mundo, como uma espécie de feriado popular, a oportunidade de se reunir com a família. Ela teria que lembrar isso a Ernst.

Pavel estava olhando diretamente para ela, pela primeira vez desde que Marta entrara na sala, e ela via agora que era sério — ele tinha lágrimas nos olhos.

— Hitler os convenceu. Daladier, Mussolini. Chamberlain está dizendo que será "a paz no nosso tempo".

Ele tocou o próprio rosto, como que para se certificar de que ainda estava ali.

Marta se perguntou o que deveria dizer. Talvez Ernst pudesse ajudar? Mas era uma ideia tola, considerando as recentes revelações dele. Ela resfolegou. Pavel ergueu os olhos bruscamente.

— O quê?

— Nada — disse Marta. — Eu simplesmente não posso acreditar que isso tenha acontecido.

E era verdade, ela não podia. Falaram tanto da Áustria e do *Anschluss*; meses e meses de Hitler no rádio, cantando os louvores das suas Leis de Nuremberg. A ideia de que os Sudetos pertenceriam a ele, de que ele viria até ali, parecia impossível. A vida acontecia nas grandes cidades, em Frankfurt e em Milão, em Praga, onde os Bauer ouviam sinfonias e participavam de reuniões de negócios. Nada jamais aconteceria ali, na sua cidadezinha. Nem agora, nem nunca.

O rádio tagarelava feito uma chaleira no fogo baixo. Pavel fez um gesto com a cabeça na direção do aparelho.

— É um ator do Teatro Nacional lendo um discurso. O presidente Beneš não teve coragem de nos dar a notícia ele mesmo. Ninguém do governo teve.

Ele estava de pé a uns trinta centímetros dela, em seu pijama. Mas Marta percebeu que podia deixar para lá o que ela própria vestia, o que ele vestia; Pavel não notaria.

— Covardes — disse ele, e ela não saberia dizer se estava se referindo ao seu próprio governo tcheco ou aos britânicos e franceses que o haviam traído.

A sala se enchia lentamente da luz do dia, como uma criança pequena catando flores no campo. Seria mais um dia quente. Marta e Pavel ficaram observando a praça. Ela nunca fora ao cinema, mas ouvira falar sobre a tela, e era assim que a governanta pensava na janela que dava para a cidade: como uma tela em que os acontecimentos do mundo se desenrolavam. Um som se aproximava deles, roncando sobre os paralelepípedos. Pavel praguejou num murmúrio e pôs o rosto entre as mãos. Ergueu os olhos de novo, então abaixou o rosto rapidamente, como se tentasse fazer desaparecer o que tinha visto.

Caminhões estavam entrando na praça. Caminhões de grande porte, com armas robustas, e tanques que levavam a insígnia da Wehrmacht. A luz da manhã se esgueirava atrás deles, um tom de rosa que quase chegava a embelezar o metal brilhante. Pavel endireitou os ombros desafiadoramente. Levantou um dedo e tocou o cotovelo de Marta, como se não pudesse enfrentar aquilo sozinho.

Marta se afastou automaticamente — não era correto tocar o seu patrão. Uma imagem fugidia lhe ocorreu de novo, de Ernst dizendo "cheiram mal". Mas o sr. Bauer tinha cheiro de sabão ou loção de barbear e, por baixo, de cobertores quentes e pele. Seu cheiro era como o dela: humano. Além disso, algo dramático estava acontecendo, algo extraordinário, e eventos extraordinários requeriam medidas extraordinárias. Era a melhor atitude a se tomar, tranquilizar alguém que estava nervoso. Marta não entendia nada de política, mas os Bauer eram a sua família. O que estivera pensando? Eles eram os mesmos de sempre, e ela estava do lado deles. Do lado do sr. Bauer. Ernst podia pensar o que quisesse.

Marta se aproximou outra vez de Pavel, e os braços dos dois se tocaram. Ficaram ali parados como uma equipe, um ao lado do outro, enquanto os tanques alemães ocupavam a praça da cidade.

No meio da manhã, quando Marta voltou para o andar de baixo, Pavel havia saído de carro para a fábrica. Ele podia pagar um motorista, como todos os que tinham automóveis, mas preferia não fazê-lo. Por que, ele gostava de perguntar, pagaria para que outra pessoa tivesse o prazer de dirigir?

Marta passou a maior parte do dia arrumando o quarto de Pepík. Varreu debaixo da cama, onde encontrou dois soldados de chumbo perdidos e um par de calças curtas marrons embolado. Sacudiu-o. Havia um buraco redondo no tecido, do tamanho exato de uma moeda de dez coroas, e ela se pôs

56

a remendá-lo, tentando o tempo todo não pensar na chegada dos alemães. A ocupação seria de curta duração, disse a si mesma; tinha que ser.

No fim da tarde, foi até a cozinha preparar uma xícara de chá de tília. Sophie estava de pé diante de uma tigela de maçãs descascadas, as cascas cortadas em espirais perfeitas, como os cachos no cabelo de Sophie. Claro, pensou Marta, Sophie dormia com grampos pregados no cabelo.

Sophie estava no fim da adolescência e seria quase bonita, não fosse o lábio leporino. Não era um caso grave — apenas um ponto debaixo do nariz, onde a pele parecia brilhante e lisa. Ainda assim, Marta achava difícil não notar.

— Você está fazendo *strudel* — disse Marta.

— Qual o problema?

— Não é... alemão demais? Principalmente hoje?

Sophie pegou uma maçã.

— Passe a faca.

— A mãe do sr. Bauer vem jantar. É sexta-feira.

— O que você quer dizer com "alemão demais"?

— Diante do que está acontecendo. — Marta ergueu as sobrancelhas, mas Sophie apenas deu de ombros.

— Não é maravilhoso? — Ela não se deu ao trabalho de baixar a voz, e Marta ficou preocupada se Anneliese podia ouvi-la, mas lá de cima veio o ruído das tábuas do assoalho rangendo e em seguida a porta do fogão sendo aberta e o baque surdo de um pedaço de carvão sendo jogado lá dentro.

— É? — questionou Marta. — Maravilhoso?

— Claro que é. Ele está arrancando todos pela raiz.

Sophie ainda segurava a faca, girando a fruta por baixo da lâmina.

— Os judeus? — perguntou a governanta, estupidamente. Por que todo mundo de repente estava tão preocupado com os judeus? Primeiro Ernst, e agora Sophie. Era cansativo. E preocupante.

57

Sophie assentiu.

— Se você tiver um avô que é *Juden* — disse ela —, você é *Juden* também. Precisa ter quatro avós puros para obter um *Ariernachweis*.

— Para obter o quê?

— Aqui. — Sophie passou para Marta a maçã descascada.

— O que é um...

— Aqui. — Ela passou a faca para Marta.

— Ai! *Cuidado*.

— Desculpe — disse Sophie.

Marta colocou o dedo na boca.

— Soph, para obter o quê?

— Um *Ariernachweis*. Um certificado dizendo que você é ariano.

Marta falava tcheco. O único alemão que sabia vinha de *Der Struwwelpeter*; Pepík poderia recitar as suas histórias de cor — sobre um menino que chupava o polegar e teve o dedo cortado por um alfaiate, com tesouras grandes; um menino que se recusou a tomar a sua sopa e morreu de fome; e por aí vai. Um livro sinistro, com certeza absoluta.

— Se você não tem um *Ariernachweis*, vai precisar — disse Sophie. — Em breve. — Ela abriu os dedos e começou a lamber o sumo deles, um por um.

Marta pôs a tigela de frutas descascadas de lado, cobrindo-a antes com um prato de porcelana lascada. Ela não conhecera a mãe, muito menos os avós. Podia haver inúmeros segredos naquela parte do seu passado.

Do seu pai ela se lembrava, apesar de preferir não recordar, mas os Bauer passaram a ser a sua família. Eles nunca tinham dito isso, não com essas palavras, mas ela sentia que tinham uma ligação.

— Chamberlain diz que haverá paz no nosso tempo — falou Marta.

Sophie jogou as cascas de maçã na lata de lixo debaixo da pia. Encheu a tigela vazia com água e esfregou.

— Paz no nosso tempo — repetiu. — Isso nós vamos ver. — Ela se inclinou para fora da janela a fim de despejar a água suja no ralo.

— "Isso nós vamos ver"? O que você...

Mas ouviram Pavel entrando em casa, o tilintar das chaves da fábrica quando ele as pendurou no gancho ao lado da porta. Através da arcada entre as salas, Marta viu o seu terno e as suas abotoaduras. Lembrou-se dele naquela mesma manhã, em seu pijama fino, e no momento de proximidade que tinham compartilhado. Mas ele vinha mudando de aparência tantas vezes aqueles dias. Agora, parecia alguém completamente diferente.

Marta ouviu Pavel gritar o nome da esposa para o andar de cima e, em seguida, os passos de Anneliese descendo as escadas. Não houve nenhuma conversa casual, nenhum beijo.

— Quero ir embora para Praga — disse Anneliese.

Um silêncio se seguiu, e Marta ergueu os olhos dos *chlebíčky* que estava preparando. Pavel estava acendendo o cachimbo — separava os fiapos de tabaco, segurava um fósforo sobre o fornilho e sugava a piteira para fazer o fogo pegar. Suas bochechas funcionavam como foles.

— Vou comprar novas bobinas — disse ele.

— Novas o quê? — perguntou Anneliese.

— Novas bobinas. Para os quadros de fiação de linho.

— Pavel. Você ouviu o que eu disse? — Anneliese não estava acostumada a ter os desejos contrariados. Houve um clique do próprio isqueiro; de onde Marta estava, na cozinha, ela podia ver a sala se encher de fumaça, o cinza do cigarro de Anneliese subindo e se encontrando com o azul mais doce do cachimbo de Pavel.

— Dois tipos de bobinas são possíveis — disse Pavel. — Ernst recomendou o mais caro.

— Que idiota — falou Anneliese energicamente. — Pensar em bobinas num momento como esse.

Marta perguntou-se se ela queria dizer que Ernst era um idiota ou o seu marido, de pé diante dela.

Houve outro silêncio, e Marta voltou à sua tarefa, colocando fatias de queijo sobre o pão escuro. Pepík gostava de cebola também, e ela cortou um pedaço — o aroma fez os seus olhos lacrimejarem. Quando Anneliese falou outra vez, sua voz vacilou.

— Hitler chegou, Pavel. Você não vê o que está acontecendo à nossa volta, em toda parte?

Do outro lado da janela, um fluxo de pessoas seguia rumo à estação de trem. Levavam cestos, caixas de chapéu e gaiolas, os casacos de inverno sobre os suéteres, apesar de ser um lindo dia de outono. Mas Pavel não cedeu à jovem esposa.

— Temos investido no nosso país, e vamos continuar a fazê-lo — disse ele, testando a sua recém-descoberta certeza. — A única maneira de funcionar aqui é basear as nossas ações numa crença na permanência.

— Praga é parte do nosso país.

— A fábrica fica aqui.

— Mas a sua mãe... ela quer ir.

Pavel zombou.

— É, assim como Jesus subiu aos céus!

— Ela está muito velha para ficar se as coisas continuarem desse jeito.

— Minha mãe não sairia daqui nem se...

— E quanto a Pepík?

Marta tinha ouvido um boato de que as crianças judias de Cheb tinham sido presas e fuziladas. No entanto, era só um boato, nada de que ela pudesse ter certeza. Tirou aquilo da mente.

Pavel estava dizendo algo que Marta não conseguia discernir; ela se inclinou na direção da sala, mas só entendeu as palavras "títulos" e "infraestrutura". Podia vê-lo tomando a esposa

60

nos braços, acariciando o seu cabelo escuro e encaracolado. Quando falou de novo, sua voz era clara e calma.

— Minha mãe vai ficar bem — disse. — Ela não iria embora daqui nem se você colocasse uma arma na cabeça dela. E Pepík vai ficar bem. Eu garanto. — Ele fez uma pausa. — Nós não podemos fugir, Liesel — continuou. — Temos que ficar e viver aquilo em que acreditamos. Caso contrário, Hitler vai vencer sem disparar um único tiro.

— Ele já não venceu sem disparar um único tiro?

Marta se deu conta de que Anneliese estava certa. Mas Pavel não morderia a isca.

— Nós vamos ficar — disse ele. — Você tem que confiar em mim. Tudo vai terminar bem.

Três dias depois, Marta entregou um telegrama a Pavel. A fábrica Bauer seria ocupada pelos nazistas.

Česky Krumlov, 1º/3/1939

Meu querido filho Pavel,

Onde você está? Já chegou?

Mandei uma carta para você pelo Ernst Anselm, mas ainda não recebi resposta. Também pedi a ele que enviasse um telegrama em meu nome.

Você não recebeu?

Espero que Anneliese esteja feliz por estar na sua cidade natal. Já se instalaram no apartamento de Max e Alžběta? E como está o novo trabalho? A fábrica continua funcionando apesar ▬▬▬▬▬*?*

▬▬▬▬▬▬▬▬▬▬▬▬. *Quero muito discutir isso. Temo que tenha cometido um grave erro ficando para trás. Tentei entrar em contato com você, mas não consegui. Fico pensando por que não recebi resposta e se* ▬▬▬▬▬▬▬▬▬▬.

▬▬▬▬▬▬▬▬ *Por favor, envie uma carta ou um telegrama quanto antes.* ▬▬▬ ▬▬▬▬▬ ▬▬▬▬▬▬ *linhas telefônicas, então é melhor escrever. Estou ansiosa para receber notícias suas, e confio que você vai me ajudar a me encontrar com vocês e que todos ficaremos felizes reunidos.*

Por favor, mande um beijo a Anneliese e ao pequeno Pepík.

Com todo amor,
Mamãe

(ARQUIVADO SOB: Bauer, Rosa. Morreu em Birkenau, 1943)

ÀS VEZES ESTOU ANDANDO.

Digamos que é de tardinha, no final de outubro. Os ônibus que saem da universidade são iluminados como aquários, e parece que eles mesmos nadam através da escuridão da noite. Os patos se esqueceram de voar para o sul e estão amontoados à margem da lagoa. Digamos que há um frio no ar; tenho resistido a usar a minha jaqueta de inverno, e agora o vento desliza a sua mão fria pelas minhas costas, o primeiro toque que eu sinto faz... muito tempo. Atinge-me, então. Tive um bom dia de trabalho, mas ainda assim tenho a sensação de que estou em falta, ou que algo dentro de mim está em falta, uma peça crucial que costumava me fazer funcionar. Fui desmontada muitas vezes, e o pino no centro do meu peito caiu na sarjeta e se perdeu.

É difícil imaginar que alguém um dia venha a encontrá-lo.

Está por demais escondido, por demais coberto de folhas.

Seria preciso uma pessoa pequena, alguém, alguém curioso, alguém perto do chão.

Seria preciso uma criança — e é claro que é tarde demais para isso.

As crianças foram as que mais sofreram. Foi o que a minha pesquisa me fez concluir. Alguns negariam, mas as crianças *sabiam*. Mesmo as menores — talvez sobretudo as menores — absorviam tudo. Os fatos se infiltraram nelas diretamente, um caminho reto até a corrente sanguínea. Todo o desgaste, a tensão incrível, o dia a dia implacável e insidioso: a fome avançando, os alojamentos restritos, os decretos grassando, uma fileira de botas brilhantes e armas polidas. Elas sugavam o medo do peito das mães como leite negro — isto é Paul Celan, é claro. Eram criadas com ele, recebiam o medo como alimento, até o medo fazer parte dos seus ossos, dos seus esqueletos visíveis, onde deveria haver a gordura normal dos bebês. Quando as crianças em Auschwitz foram enviadas para as câmaras de gás, elas sabiam o que estava para acontecer.

Diga-me, como posso ter fé no mundo quando sei o que sei?

As crianças a quem dediquei o trabalho de toda uma vida escaparam. Mas também não foi fácil para elas. Foram mandadas para longe das suas famílias, de casas cheias de brigas que não conseguiam entender, e se culparam. Foram entregues como Chamberlain entregou os Sudetos. Pensavam ter feito algo terrível para merecer aquilo. Mesmo quando tentava tranquilizá-las dizendo o contrário.

Às vezes, caminhando à noite, com um gorro cobrindo o meu cabelo branco e ralo, eu tento invocar a criança que devo ter sido. Tudo que vejo são lampejos: sapatos com fivelas de metal, um cacho de cabelo sobre a minha testa, um fragmento de riso feminino e alguém que lhe dá as costas e desaparece.

Tenho a sensação de que poderia ter feito algo. E vergonha por não ter conseguido salvá-la.

Sob a vergonha, há o medo. Sob o medo, há a tristeza. Sozinha em meus pequenos aposentos, com a vida já tão avançada, as batidas vêm do centro do meu corpo. Alguém está trancado lá dentro. Por anos. Rolo para o lado, puxo o travesseiro por cima dos ouvidos. E ainda assim ouço a vozinha, o pedido. *Mamãe.*

Passei quase toda a minha vida sem ela. Não há motivo para esperar que, durante uma caminhada no fim de novembro, as mãos nos bolsos, eu possa virar uma esquina e vê-la, seu casaco fino, sem lenço. Sua face encovada, tal como me lembro da última vez que a vi, no inverno de 1945. Não há motivo para que eu ainda espere encontrá-la, levá-la ao meu apartamento e aquecê-la com cobertores, servir-lhe sopa quente na boca e sussurrar até que adormeça.

Nunca vou cantar para ela — uma antiga canção popular em iídiche — enquanto a neve cai silenciosamente.

É vergonhosa, de verdade, a fraqueza da minha saudade. E, no entanto, o coração continua. Há essa vibração dentro de mim. A esperança de que toda perda possa ser de alguma forma redimida.

Ah! — ah, é o telefone. Provavelmente a nova secretária do departamento. Mara? Marsha? Deem-me licença um minuto. Não, não precisa. Vou deixar tocar.

O que eu estava dizendo? Sim, as crianças. Houve, claro, entre as crianças com quem eu estudo, situações que transcorreram bem. Houve as pessoas que hoje chamamos de "gentios justos". Cristãos que arriscaram as suas vidas. Houve famílias na Inglaterra que abriram mão de tudo o que tinham, e muitas vezes do que não tinham, para oferecer a um pequenino viajante algo parecido com um lar. Houve histórias de amor e de comovente humanidade; mas não são a maioria.

O que eu encontrei com muito mais frequência foram casos de trauma e transtorno. Muitas das crianças do Kindertransport que foram enviadas da Tchecoslováquia não falavam inglês. Chegaram a um país que não desejava a guerra, lutando contra as tensões sobre o próprio papel no conflito além do Canal. As crianças chegavam a casas onde o dinheiro era escasso, ao encontro de pais adotivos que agiram por vergonha. No que hoje chamaríamos de "fase crítica do desenvolvimento", tudo o que era sólido foi puxado de debaixo dos pés delas. As crianças não esquecem. A lembrança fica com elas, um muro que se ergue ao primeiro sinal de intimidade.

Nós, acadêmicos, somos orientados a enquadrar o mundo em termos objetivos, mas eu estou contando agora, como você já deve ter percebido, a minha própria experiência.

Eu me lembro de algumas coisas sobre a minha mãe.

Seu estômago roncando tarde da noite.

Seus dedos penteando suavemente o meu cabelo.

As primeiras notas de, o quê?, uma canção de ninar? Não. Algo menos determinado, menos sólido.

Lembro-me de uma rua quase escura, no fim do outono, e a minha mãe no fim da rua, com um lenço amarrado na cabeça. Já naquela época, ela olhava para mim como se através de um grande abismo de tempo. Tentei andar na direção dela, mas a rua era muito comprida, e havia gente bloqueando o caminho. Quando voltei a vê-la de relance, havia tirado o lenço. Estava amassado numa bola na sua mão, e ela segurava-o de encontro ao peito. O vento sacudia o cabelo em torno do seu rosto. Ela me olhava nos olhos — estava me dizendo algo, algo que ela precisava que eu soubesse. Toda a história da nossa família estava contida naquele olhar. Então ela virou a esquina e desapareceu.

Passei anos tentando voltar a essa memória. É tão clara, tão real. E ainda assim... O que ela estava fazendo deixando uma criança tão pequena sozinha na rua? Os primeiros flocos de neve já estavam caindo.

O tempo é um globo de neve; você o agita e tudo muda. Uma fina camada de branco, e o mundo desaparece. Tenho esta memória da expressão no seu rosto — deve ser algo que inventei.

A mente prega peças, inventando o que não estava lá.

Do meu pai, não lembro absolutamente nada.

DOIS

PAVEL BAUER ESTAVA SAINDO DE CASA quando o telegrama chegou. Ele leu. E leu uma segunda vez. Colocou-o dentro do bolso do casaco.

— Estou de saída.

— Para onde? — perguntou Anneliese.

— Para onde você acha?

Ele falava como se a resposta devesse ser óbvia para a esposa, mas Marta também não tinha ideia de para onde ele poderia estar indo. Ele agora fora proibido pelos nazistas de pôr os pés na própria fábrica. Embora ela não admitisse, isso irritava Marta. Irritava que alguém tivesse essa autoridade sobre Pavel — Pavel, que ela só tinha visto no comando. Percebeu que estava incerta sobre como exatamente falar com ele agora. Não podia evitar a sensação de que um impostor tinha tomado sorrateiramente o lugar dele.

Anneliese também agia de um jeito estranho, Marta pensou, embora isso talvez fosse de se esperar. A praça estava tomada por garotos da Hitlerjugend e da Wehrmacht, afinal; com rifles e botas polidas e tanques. A Alfaiataria Goldstein ainda estava fechada. Não tinha como Pepík ir lá fora brincar. Todos os bons cidadãos estavam confinados como coelhos nas tocas, Anneliese dissera a Marta, e todos os vadios desfilavam por ali como se fossem donos da cidade. Ainda assim, a situação não impediu que Anneliese saísse no meio da manhã, logo depois de se certificar de que Pavel tinha ido mesmo embora, com os seus grandes óculos escuros estilo Greta Garbo e batom vermelho. Sussurrou para Marta que ia ver como os Hoffman estavam passando. Ficaria fora por algumas horas, mas voltou vinte minutos depois. O leite não pasteurizado fervia no fogão; Sophie estava no pátio brincando com o seu tabuleiro de Ouija. O ponteiro fazia ruído ao varrer o tabuleiro.

— Sophie! — chamou Marta. — A sra. Bauer está de volta.

— E?

Marta se crispou ante a insolência da adolescente; estava mais difícil lidar com Sophie naqueles últimos tempos. À luz de tudo que estava acontecendo, porém, à luz da ocupação, o velho rancor de Marta pela patroa foi esquecido. Era assim com Anneliese; num instante Marta lhe guardava rancor, no instante seguinte a adorava. Bem, assim eram as coisas com todas as famílias, ela supunha. Era como uma filha talvez se sentisse com relação à mãe, ou uma mãe diante dos filhos. E era verdade, ela se sentia quase protetora agora, enquanto observava Anneliese tentando desfazer o nó no seu lenço. Os dedos dela tremiam, foi preciso tentar várias vezes. Finalmente conseguiu, alisando o triângulo de seda acetinado, só para amassá-lo novamente e enfiá-lo de volta na bolsa.

— Os Hoffman foram embora — anunciou ela a Marta. Remexeu dentro da bolsa em busca da sua cigarreira de prata, que colocou sobre a tampa de vidro da caixa de charutos. Vasculhou um pouco mais.

Marta viu uma fina película de suor na testa de Anneliese. Ofereceu-lhe o isqueiro de casco de tartaruga que estava sobre o console da lareira, protegendo a chama com a mão em concha.

— Sra. Bauer?

Anneliese ergueu os olhos, o cigarro pendendo dos seus lábios, como uma heroína num romance.

— Ah, sim, muito obrigada, Marta. — Ela se inclinou e sugou o cigarro até que um brilho vermelho surgisse na ponta. Reclinou-se para trás e exalou demoradamente.

Seus dedos se agitavam no pescoço.

— Eles deixaram a porta aberta — continuou. — Não há mais nada lá. Aquele belo lustre.

— *Hanna* Hoffman?

Marta pensara que Anneliese tinha ido visitar Gerta Hoffman. Hanna vinha depois dela na sua lista de prioridades. Era alguém em quem a sra. Bauer pensava quando todos os convidados mais importantes do jantar já tinham sido chamados.

— A cristaleira ainda está lá, e o armário, mas o aparador não, nem o tapete persa. Olhei dentro do guarda-roupa dela. De ambos. Vazios.

Anneliese parecia hesitante em transmitir a última informação — de que tinha ido até o andar de cima e espiado os armários dos amigos —, mas Marta assentiu de modo encorajador, para mostrar que entendia a situação. Que Anneliese estava agindo de acordo com os tempos difíceis.

— Imagino que eles tenham deixado a porta aberta para evitar que as janelas fossem destruídas. Devem ter deduzido que os vadios iam entrar, de todo modo, se quisessem. — Anneliese deu de ombros. — Um baú foi deixado para trás também. Vários vestidos pendurados do lado do guarda-roupa. Como se tivessem ido embora às pressas.

Marta ouviu Sophie se esgueirar de volta para a cozinha e começar a bater panelas e frigideiras bem alto. Parecia fazer barulho de propósito, como se fosse uma criança imitando a cozinheira. Marta queria que a sra. Bauer repreendesse Sophie, mostrasse que, apesar do caos da ocupação, a casa dos Bauer continuaria funcionando normalmente. Mas Anneliese só fez uma careta na direção da cozinha e disse que ia tomar algo para acalmar os nervos e se deitar, e que não deviam incomodá-la.

Ela fez uma pausa, porém, antes de subir a escada.

— Hanna nem mesmo é judia! — disse. — Mas Francek é o suficiente para eles, parece. — Ela hesitou novamente. — E quem sabe Hanka. Talvez ela tenha um avô ilegal no seu passado.

Com a palavra *passado*, um silêncio se ergueu entre as duas mulheres. Marta preferia fingir que ninguém sabia da depravação de onde ela vinha, mas é claro que não era o caso. Anneliese sabia. Talvez não tudo, mas sabia o bastante. E era gentil o bastante para fingir que não sabia. E se as coisas fossem de outro modo? E se ela não fosse tão gentil? Anneliese exalou a fumaça do cigarro e abanou acima da sua cabeça como se tentasse limpar o ar do que de repente se materializara. Os fantasmas pareciam respeitar o que a sra. Bauer desejava — o momento passou e Anneliese apagou o cigarro, subindo a escada para o seu quarto.

Pavel ficara fora por horas, voltando somente no meio da tarde, com Ernst. Eles entraram em meio a uma conversa.

— Talvez seja sensato — dizia Ernst.

— Todas as contas?

— Só por medida de precaução. Para que fiquem sob o nome de um gentio.

Marta ergueu os olhos. O que Ernst estava tramando? Ela tentou fitá-lo nos olhos, mas os homens subiram a escada em direção ao escritório sem nem tirar os sobretudos. Ouviu a porta pesada se fechar atrás deles. Quando voltaram para o andar de baixo, o sol tinha escapulido da praça como um velho gato de rua. Anneliese ainda não reaparecera, e Marta estava dando *knedlíky* cortados em pedaços pequenos para Pepík comer.

Ficou claro que os homens haviam concluído, fosse qual fosse o negócio que discutiam. A conversa passara a assuntos mais leves. No vestíbulo de entrada, ela viu Pavel entregar a Ernst o chapéu dele.

— Qual é a definição do ariano perfeito? — perguntou Ernst.

Pavel fez uma careta para mostrar que não sabia.

— Número um — começou Ernst, levantando o dedo indicador —, ele é tão esbelto quanto o gorducho Goering. Número dois, tem olhos de águia, como o quatro-olhos do Himmler. — Fez uma pausa. — Número três? Rápido e furtivo como Goebbels e os seus pés tortos. E número quatro, é tão loiro quanto Hitler, com os seus cabelos escuros!

Pavel riu, e, em seguida, os dois homens baixaram a voz, falando por vários minutos em sussurros.

— Há mais uma coisa — Marta ouviu Ernst dizer a Pavel.

— O que é isso?

— Coloque na lapela.

— Mas eles devem saber que eu sou...

Marta olhou de soslaio para o vestíbulo e viu o pequeno brilho da suástica que Ernst colocava no peito do patrão. Ele ergueu os olhos ao fazê-lo, encontrando e sustentando o olhar de Marta. Ernst piscou. Ela sentiu, por um breve momento, que ia vomitar.

— Mal não vai fazer.

— Tem certeza? — perguntou Pavel.

— Só não se esqueça de tirar se for para a França!

Pavel deu um tapinha nas costas de Ernst.

— Bom rapaz — disse ele. — Obrigado.

Marta se virou para dar a Pepík outro pedaço. Ela ouviu o som da porta se abrindo e se fechando, e de Pavel girando o trinco.

Pavel Bauer era um homem magro; Marta chegaria até a usar a palavra *pequeno*. E ali, sentado à mesa, ele parecia, ela pensou, um menininho perdido. Seus ombros eram estreitos e a pele da nuca, onde o barbeiro raspara, estava tão rosada e exposta quanto a de um recém-nascido. Ela mal podia suportar olhar para ele, tão vulnerável, tão inconsciente às alianças cambiantes do seu amigo Ernst.

73

Pavel Bauer sentou-se por um longo tempo com as mãos unidas diante de si.

Lentamente, baixou a cabeça entre as mãos.

Agora que a fábrica tinha sido ocupada, Pavel não tinha aonde ir durante o dia. Ele levou Pepík ao outro lado da cidade para visitar sua Babi e o trouxe de volta a tempo para o jantar.

— Eu me sinto confinada — disse Anneliese, à mesa. — Como um coelho num buraco. — Ela segurou os talheres de prata junto à cabeça como se fossem orelhas compridas. Era uma analogia a que ela se afeiçoara no decorrer dos últimos dias, uma analogia que achava particularmente apropriada. Mas Pavel disse:

— As coisas vão mudar. Eu só preciso me tornar alguém indispensável.

Ele enfiou o guardanapo de linho na camisa.

— Pepík — falou ele. — Pare com isso.

Pepík tinha juntado o seu purê de batata feito uma cadeia de montanhas e colocava, com os dedos, ervilhas enfileiradas atrás delas. As ervilhas eram os soldados se refugiando atrás dos picos de batata.

— Esses são os soldados maus — sussurrou Marta no seu ouvido. — É melhor você comer todos eles!

Sophie tinha saído de casa mais cedo naquela tarde, e ainda não estava de volta às cinco horas, então Marta assumiu a tarefa de refogar um pequeno repolho vermelho que havia na despensa. Cozinhar não era tarefa sua nem era o seu forte, mas ela estava disposta, naqueles dias, a ajudar no que fosse possível. Pavel andava distraído, e Anneliese não parava de repetir que os seus nervos estavam à flor da pele; Marta sentia que cabia a ela preservar alguma aparência de normalidade. Junto com o repolho, havia preparado frango com manteiga e sal, como sabia que a sra. Bauer gostava. Eram sete e cinco, e ainda não havia nenhum sinal da jovem cozinheira. Marta esperava ainda haver um pouco do *strudel* do dia anterior, que pudesse servir de sobremesa. Inclinou-se e afastou as mãos de Pepík do prato, mostrando-lhe novamente a maneira correta de segurar os talheres.

— Mas, querido — disse Anneliese ao marido —, não há como você ser indispensável — pigarreou. — Para os alemães — esclareceu ela. — Claro que você é indispensável... para mim! — ela riu. — Mas eles não vão ver isso, de modo algum.

— Você tem razão — disse Pavel. — Como eles não conseguem ver isso? Precisam de linho. Precisam de tecidos. Se converterem a fábrica... *Pense* na área que nós cobrimos. Pense em todas as fábricas menores que vão acabar parando de funcionar. Lipna e Trebelice e Marsponova e...

Ele golpeou um pedaço de frango com o garfo.

— Pepík, eu disse *pare*.

— Sem mencionar Krumlov — acrescentou Anneliese.

— Mas o que eu deveria fazer? Deveria simplesmente ir embora? Abandonar o que meu pai levou cinquenta anos para construir?

Anneliese fez um gesto com o queixo na direção do filho.

— Existem coisas mais importantes com que se preocupar agora do que dinheiro.

Pavel Bauer suspirou.

— Eu não disse que era por causa do dinheiro. — Ele fez uma pausa. — Bem — falou —, é *claro* que é por causa do dinheiro. Você não tem ideia... Graças a Deus, Ernst sugeriu... — Então, disse ele, de modo enérgico: — Não é por causa do dinheiro. É por causa da família.

O que estava implícito era que Pavel ensinaria ao filho os segredos do negócio da mesma forma que o seu pai havia feito com ele, que desistir seria abandonar não apenas a fábrica, mas o próprio futuro de Pepík.

— Pepík é uma criança — disse Anneliese.

— As crianças crescem.

Marta pensou em como era difícil, naquele momento, imaginar isso. Resolvera dar a Pepík as suas ervilhas de colher, a mão em concha sob o seu queixo como se ele fosse um bebê. Ela concordava com Anneliese. Era difícil imaginá-lo no comando de uma indústria daquelas. Ele era sensível demais, introvertido demais. Seria apenas decepcionante para todo mundo.

Anneliese disse:

— Chegou um telegrama de...

Mas Pavel sabia sobre o telegrama e a interrompeu:

— Liesel, nós não vamos embora. Dê-me algum tempo! — Ele começou a falar rapidamente em alemão, a língua materna de Anneliese e a língua que os Bauer usavam quando brigavam. Marta não entendia as palavras, mas compreendeu o modo como Pavel apontou o garfo no ar, o frango pendurado por um triz, quase despencando.

Pepík deixara a batalha entre batatas e ervilhas se desenrolando no prato. Seus olhos agora se moviam do pai para a mãe, como se assistisse a golpes desferidos entre o famoso esgrimista italiano Aldo Nadi e o seu irmão Nedo.

Marta tentou se retirar da discussão dos Bauer concentrando-se no filho deles.

— *Miláčku* — falou, curvando-se sobre ele —, tente mais um pedaço. — Mas Pepík foi salvo quando bateram à porta da frente.

A família ficou em silêncio e esperou durante um segundo que Sophie fosse atender, antes de lembrar que a cozinheira não estava. Marta se levantou de um salto e alisou o avental.

— Devo atender, sra. Bauer?

Pavel ajeitou a gravata e largou o garfo. Tentava reorganizar as suas feições, esconder a frustração.

Na porta, Ernst entregou a Marta o casaco. Olhou por cima do ombro dela para se certificar de que estavam sozinhos, então estendeu a mão e beliscou seu mamilo.

Marta fez uma careta, e depois riu.

— O que você está fazendo aqui? — sussurrou ela. De perto, as marcas de varíola de Ernst pareciam ainda mais fundas do que o habitual, mas havia algo nelas que Marta considerava vagamente bonito.

— O que você quer dizer? — indagou ele.

— Você está aqui o tempo todo — disse ela.

— E?

— Achei que você sentisse... O sr. Bauer é...

Ela estivera a ponto de lembrá-lo a religião de Pavel, mas Ernst a interrompeu:

— Pavel é meu velho e querido amigo. — Ele a fitou intensamente, como se isso explicasse as coisas, mas Marta ainda estava perplexa. Isso deve ter transparecido no seu rosto, porque Ernst falou de novo: — Meu velho, querido e *rico* amigo. — Ele segurou o lóbulo da orelha por um breve instante entre o polegar e o indicador.

Então a suspeita de Marta foi confirmada: Ernst estava se aproveitando da ocupação para tentar se apossar do dinheiro de Pavel. Uma onda cresceu dentro dela — culpa e vergonha, e algo ainda mais sombrio que não sabia nomear. Uma parte sua queria se desenredar daquilo, outra parte não permitiria. Ela pressionou o corpo contra Ernst, tentando apagar os seus sentimentos, esquecer o que ele dissera. Ergueu o rosto para ele, esperando ser beijada. Os Bauer estavam bem ali, na sala ao lado, mas algo nela de repente desejava ser surpreendida, desejava que tudo viesse a público. O caso amoroso era exaustivo, para não mencionar o segredo — e essa nova informação sobre a motivação de Ernst. Mas ele ergueu as sobrancelhas indicando que um beijo era muito arriscado.

— Sinto muito — sussurrou ele.

Marta deu de ombros, fingindo indiferença.

— Não fique assim — disse ele. — Preciso de você ao meu lado. Não sabe disso?

Marta não respondeu, mas viu de imediato que ele falava sério. Ernst estava mais inseguro do que demonstrava, sobre os seus sentimentos em relação aos judeus e como o seu velho amigo Pavel poderia se encaixar neles. Queria apoio, segurança. Também Ernst, Marta percebeu, sentia-se culpado. Ainda que ele próprio não tivesse consciência disso.

Ele piscou para Marta, mas se afastou rumo à sala de estar, rumo ao som das vozes dos Bauer. No meio do vestíbulo, porém, ele se virou para ela. Marta pensou que ele ia beijá-la, afinal, mas só a puxou para perto, de modo um tanto rude, e pressionou a boca sobre sua orelha.

— Você me ouviu? — sussurrou ele. — Eu preciso de você ao meu lado. É melhor decidir de que lado está.

Na sala de jantar, Pavel e Anneliese conseguiram se transformar num casal feliz. Ernst disse:

— Não, não, não se levantem. — Mesmo assim Pavel se levantou, a perfeita educação em pessoa. Inclinou-se sobre a mesa e apertou a mão do amigo.

— O que está acontecendo na fábrica? — perguntou ele, tão rapidamente quanto a educação permitia. Pavel tinha sido demitido por causa da religião, mas Ernst, o seu gerente gentio, ainda tinha que bater o ponto todos os dias. — O que Herrick está fazendo lá? Alguma notícia?

— Quer um pouco de frango? — perguntou Anneliese.

Ernst aproveitou a deixa de Pavel para se sentar.

— Herrick está lá se atrapalhando todo, como o idiota que é. Quer saber do cartel da juta. Quer saber sobre o sistema de contabilidade e do investimento da Fraser norte-americana. Eu disse que ele teria que perguntar a você, que se o trouxessem de volta...

Ernst fez uma pausa e sacudiu a cabeça de novo.

— Não — disse ele. — Nenhuma notícia.

Mas ele retirara um pedaço de papel dobrado do bolso, deslizando-o por cima da mesa na direção de Pavel.

Marta se perguntou qual seria a extensão da fraude. Primeiro a piada zombando dos nazistas, e agora isso. Ernst apresentava o seu rosto habitual a Pavel — um rosto gentil, amigável. Parecia disposto a fazer esforços extremos para apresentar-se de modo diferente do que realmente era.

Um traço, ela percebeu, que reconhecia em si mesma.

Anneliese mexia no pimenteiro de prata.

— Estamos vivendo um momento histórico — disse ela, largando os talheres para espiar o mecanismo do moedor. — Quando foi que aconteceu... isto é, quando na história do mundo já aconteceu... de um Estado abrir mão voluntariamente de parte do seu território?

Ela olhou para o marido interrogativamente. Então se virou para Marta.

— Acho que você deve encher isto — ordenou, segurando o moedor de pimenta como se fosse um martelo.

Marta fez um gesto com a cabeça e começou a se levantar.

— Pode ser depois do jantar — disse Anneliese.

— Você está certa — respondeu Pavel à esposa. — Mas temos um bom exército. Temos — ele parou e enxugou o canto da boca com o guardanapo de linho. — *Tínhamos* a fábrica Skoda e as munições. Pense em tudo aquilo de que abrimos mão. No que eles tomaram. A indústria.

— A indústria, sim, e 70% do nosso aço — concordou Anneliese. Ela se virou para Ernst. — Você sabia que perdemos 70% do nosso aço? E 70% da nossa energia elétrica? E 3,5 milhões de cidadãos!

— Bem — disse Pavel —, eles talvez não vejam as coisas dessa maneira.

Ele se referia, Marta sabia, aos muitos tchecos alemães que viam a chegada de Hitler como algo que os reuniria, finalmente, à sua *Vaterland*.

— O presidente Beneš é que foi traído — continuou Pavel. — Mas ele vai fazer o que for necessário por nós. Como, exatamente, eu não sei. Mas acredito...

— Acredita em quê? — desafiou Anneliese.

— Pepík, *por favor*.

— Beneš não pode evitar se...

— Masaryk não teria deixado isso acontecer, é verdade. Mas ouça bem o que eu digo, Beneš vai estar muito zangado quando tudo isso acabar.

Ernst estava sentado em silêncio, com os cotovelos sobre os joelhos e os dedos pressionados uns contra os outros na frente do rosto. Nesse momento, ele se endireitou. Tocou a gravata e disse:

— Eu não sei se Beneš...

Pavel olhou para o amigo.

— Você não sabe se Beneš o quê?

Mas Ernst, Marta pensou, pareceu perceber que responder poderia expor a sua fidelidade.

— Não — atalhou ele, depressa. — Deixe para lá — pigarreou; os cantos da sua boca se levantaram num sorriso fraco. — O que Marta acha de tudo isso? — perguntou.

Anneliese levantou a cabeça bruscamente, olhando de um para outro. Marta amaldiçoou Ernst em silêncio, e o desejo de ser descoberta desapareceu por completo. Para Ernst era muito fácil brincar — ele tinha uma família à qual regressar, uma casa. Sentiu os olhos de Anneliese sobre ela e não disse nada, seus próprios olhos baixos e as mãos no colo. Por fim, o momento passou, e os Bauer continuaram falando.

— Você entende — disse Anneliese ao marido — que se vivesse na Alemanha neste momento não teria permissão para ir ao teatro? Não teríamos permissão para assistir a um concerto. Ou ir ao cinema. — Ela fez uma pausa, batendo na mesa polida com uma unha vermelha lixada à perfeição. — Não teríamos permissão para nos sentar num banco na rua!

Ela deu uma risadinha.

— O que estaríamos fazendo sentados num banco na rua eu não sei, mas você me entendeu.

— Isso é só na Alemanha — disse Pavel, obstinado.

Anneliese estendeu as mãos abertas à sua frente.

— Bem-vindo à Alemanha — falou ela.

A escola recomeçou poucos dias depois, em 5 de outubro — Marta sabia que era melhor não mencionar o fato de que era o *yom kippur,* o Dia do Perdão. O sr. Goldstein tinha dito isso a ela. Também não disse nada aos Bauer sobre o bilhete que encontrara sob o travesseiro de Sophie: ela estava indo embora para sempre — recusava-se a se humilhar trabalhando para judeus. Marta pensou que Sophie devia ter deixado um bilhete semelhante para Pavel e Anneliese, mas eles não mencionaram. Estavam todos, Marta sabia, tentando fingir que nada tinha mudado.

Ficou claro, porém, quando ela foi buscar Pepík no fim do seu primeiro dia de volta à escola, que as coisas estavam de fato muito diferentes. As aulas haviam recomeçado, mas sob controle alemão. O garoto a esperava do lado de fora da sala de aula, segurando a sua lousa, a esponja pendurada pela corda. Parecia tão indefeso, tão vulnerável, pensou ela, com o seu boné e as suas calças curtas, os seus joelhinhos expostos.

— Eu tive que me sentar no fundo da sala — disse ele.

— No seu lugar habitual?

Ele balançou a cabeça.

— De costas para a turma. Com Fiertig.

Fiertig, ela sabia, era a única outra criança judia na turma.

Marta correu para Pepík e se ajoelhou na frente dele, beijando as suas bochechas, a direita e a esquerda, repetidas vezes, e não perguntou mais detalhes. Não conseguia tolerar ouvi-los. Quando eles estavam deixando a escola, ela viu que uma grande suástica se destacava na entrada principal, junto com três novas fotos do lado de fora do escritório do diretor. A primeira exibia Hitler, com o bigodinho que lembrava a Marta a locomotiva do trem elétrico de Pepík; a segunda era de Heinlein, o líder do Partido Nazista dos Sudetos; a terceira exibia um homem que Marta não reconheceu — havia óculos redondos empoleirados no nariz. Talvez fosse Himmler, o quatro-olhos da piada de Ernst sobre o ariano perfeito.

Quando chegaram em casa, Pepík correu escada acima para brincar com o trem. Marta ouviu um barulho na despensa, um ruído de como se algo pesado estivesse sendo levantado e então o ranger de uma cadeira sendo empurrada pelo piso de linóleo.

— Sophie? — chamou. Não a surpreenderia nem um pouco se a cozinheira tivesse mudado de ideia e voltado; ela era assim. Não confiável. Facilmente influenciável. Marta tirou o casaco, perguntando-se onde a garota tinha estado. Talvez servindo *strudel* no "refeitório popular" aberto pelos alemães para os seus pobres compatriotas famintos que viveram tanto tempo sob domínio tcheco. Isso sim era *Greuelpropaganda*! Se Sophie queria discutir a disseminação de boatos de atrocidades...

— Sophie — chamou de novo.

Mas foi um traseiro mais esbelto e quadris mais estreitos que receberam o olhar de Marta quando a governanta enfiou a cabeça na despensa. No lugar onde a saia de Anneliese tinha levantado, na parte de trás dos seus joelhos, era visível a orla de renda bege da sua anágua. Ela se virou, quase perdendo o equilíbrio.

— Oh, Marta, pelo amor de Deus. Não faça isso.

Anneliese colocou a mão sobre o coração e fechou os olhos.

— Desculpe. Você me assustou. Pensei que estivesse sozinha em casa.

Estava abafado e quente na despensa. Marta abriu os dois botões superiores do casaco. Olhou ao redor e viu várias caixas grandes de mantimentos e um saco enorme de batatas.

— *A senhora* comprou tudo isso? — perguntou ela à sra. Bauer.

O *yom kippur*, Goldstein lhe contara, deveria ser um dia de jejum, e ali eles estavam cercados de alimentos. Havia uma pilha enorme de sardinhas enlatadas, umas sobre as outras como os blocos de madeira de Pepík. Um enorme pedaço de banha que Marta sabia que ia acabar estragando. Havia quinze ou vinte frascos de conservas — *lindenberry*, aparentemente, e ameixa. O profundo roxo azulado era da mesma cor das safiras no relógio de diamantes, o relógio comprado em Paris que ela se imaginara usando enquanto valsava por um glamoroso salão de dança. O relógio que, agora viu, Anneliese estava usando.

Anneliese seguiu o olhar de Marta, em seguida estendeu o braço para lhe dar uma visão melhor.

— É lindo, não é? — Ela fez um gesto com a cabeça indicando que Marta podia tocá-lo. Os diamantes eram frios e perfeitamente simétricos, como os dentes de leite de uma criança.

Marta desejou tê-lo por um momento, ser a pessoa com o privilégio de exibi-lo. Mas teve que fingir que nunca o vira antes.

— Bonito — respondeu, com os dentes trincados. E então pensou em como era estranho Anneliese usar aquele relógio no meio do dia, já que ele claramente fora feito para jantares ou bailes. Olhou para a patroa de perto: sua pele parecia subitamente pálida. E ela toda hora esticava o pescoço para olhar por cima do ombro de Marta, como se suspeitasse estar sendo observada.

— Está tudo bem, sra. Bauer? — perguntou Marta.

Anneliese se eriçou.

— É claro que não. Veja o que está acontecendo ao nosso redor! Os alemães agora estão reivindicando lugares inteiramente tchecos. Usam alguma razão técnica ou estratégica, como no caso da linha ferroviária. Estão engolindo tudo o que não é...

Marta pigarreou.

— O que estou perguntando é... — Ela pensou com cuidado, tentando dizer de forma delicada. — A *senhora* está bem, sra. Bauer?

Anneliese pegou o estojo de maquiagem e passou ruge na face, olhando de soslaio para a governanta.

— Não estou entendendo o que você quer dizer. — Ela fechou o estojo com um estalo e pegou os seus cigarros.

Marta passou-lhe o isqueiro de prata, abrindo a tampa com o polegar.

— Eu estava preocupada que talvez a senhora... Eu estava pensando na ocasião...

— Que ocasião?

Havia censura na voz de Anneliese, uma espécie de aviso, e Marta sabia que devia esquecer. Em vez disso, ela disse:

— Eu estava me lembrando de quando a senhora...

Anneliese fechou o isqueiro com um estalo antes que Marta pudesse terminar a frase.

— Sei no que você está pensando, Marta. E lhe pedi para não tocar no assunto.

Marta sentiu-se corar.

— Claro, sra. Bauer. Foi apenas preocupação com o seu bem--estar. — Porém, ao dizer isso, ela sabia que era apenas uma meia verdade. Não queria jamais que o que tinha acontecido se repetisse, mas também, se fosse honesta, uma parte dela encontrava prazer no fato de que podia guardar ou contar o segredo de Anneliese. O poder que tinha nessa única arena. Percebeu que ainda estava chateada com o que acontecera no outro dia, quando Anneliese tinha diminuído o seu papel como governanta de Pepík. Não esquecera a estocada, afinal; não esquecera nenhuma das estocadas. Ao contrário: deixara-as crescer dentro dela como uma grande pilha de *palačinky*. E, agora, como se não bastasse, surpreendia-se com inveja do relógio. O que, percebia, era ridículo. O que ela fizera para merecer algo tão bonito? Sem mencionar que não teria onde usá-lo...

— Como eu disse antes — falou Anneliese —, aquelas foram circunstâncias especiais. — Ela inalou, segurando a fumaça nos seus pulmões por um bom tempo. Então exalou. — O bebê — disse.

Marta viu que as mãos de Anneliese tremiam, e se deu conta de que realmente a irritara. E por nenhuma razão em absoluto.

— É claro, sra. Bauer. Eu entendo. Sinto muito. — Mas Anneliese ainda estava pálida, e Marta sabia que agora ela pensava na menininha que perdera, sabia que estava sendo lentamente sugada para dentro do redemoinho de tristeza. Ah, o que ela havia feito! Anneliese já tinha motivos suficientes para se preocupar sem que precisassem lhe recordar a maior tragédia da sua vida. Ocorreu a Marta arrepender-se ainda mais, distrair Anneliese, compartilhando com ela outro segredo. — Sei de outra pessoa que tentou se matar — disse ela. Assim que as palavras lhe saíram da boca, porém, o rosto de Anneliese desabou, e Marta se amaldiçoou pelo seu mau julgamento. Por que ela simplesmente não parava de falar?

— Quem? — perguntou Anneliese, com a voz cansada. Ela realmente não queria saber, Marta viu, mas não tinha escolha, a não ser prosseguir a conversa.

— Hella Anselm — falou.

Anneliese lançou-lhe um olhar penetrante.

— A esposa de Ernst? Quando?

— Muito tempo atrás.

— Ela não conseguiu? — Anneliese riu da própria pergunta. — Óbvio que não!

— Acho que não era o que ela queria.

— A maioria das pessoas não quer.

— Ela não é a pessoa mais estável do mundo — disse Marta, cautelosa.

— Não vou perguntar como você sabe disso.

Os silêncios alinhados entre elas, uma fila de crianças com rostos inexpressivos.

— Como foi que ela... — começou Anneliese, mas se interrompeu no meio da frase. — Não, não me conte.

Marta suspirou, aliviada. Poderiam finalmente deixar o assunto de lado.

— Sra. Bauer — disse ela, ansiosa. — Deixe-me ajudá-la a desempacotar isso. — Ela estendeu a mão para levantar o saco de batatas, mas Anneliese bloqueou-lhe o caminho.

— Eu faço isso — falou. — Preciso fazer alguma coisa. — Ela ergueu o saco de estopa e o colocou na prateleira, visivelmente tão aliviada quanto Marta por ter algo mais em que se concentrar.

— Peço desculpas de novo — murmurou Marta. Mas ou Anneliese não a ouviu, ou preferiu ignorar o comentário.

— Estou enlouquecendo ficando aqui dentro o dia inteiro — disse, em vez de responder. — Feito um coelhinho assustado dentro da toca.

Ergueu os olhos e viu Marta sorrindo.

— O quê?

— Nada. Entendo o que quer dizer.

Anneliese segurou o cigarro longe do rosto com a mão esquerda e esfregou os olhos com a direita.

— É mesmo? — perguntou. Tocou o olho novamente. — Eu simplesmente não posso continuar vivendo desse jeito. E não sei por que Pavel não enxerga. É perigoso ficar, porque você se acostuma. Você se acomoda. Pense bem, não é tão ruim se os Herring não querem estar conosco. E não é tão ruim se a Companhia do Reichstag não quer mais vender para nós. Não é tão ruim se... — Ela ergueu os olhos para Marta. — Mas é ruim, não é? Deveríamos ir embora, você não acha?

Marta descansou a mão num pote de conserva.

— Não sei — respondeu devagar. — Acho que eu...

— Não deveríamos ir embora? — perguntou Anneliese. — Não faz sentido para nós ir embora "o mais depressa que os nossos pezinhos possam nos levar"?

Era um trecho de *Der Struwwelpeter*, um verso que Pepík gostava de repetir. Marta sorriu com nervosismo, mas podia ver que Anneliese estava frustrada, que teria que dar uma opinião ou arriscar desagradar a sua patroa pela segunda vez. Será que ela achava que eles deveriam ir embora?

Era uma pergunta que tinha tantas outras atreladas, uma ligada à outra como as linguiças no açougue.

Para onde eles iriam?

O que aconteceria com a casa?

E quanto a Ernst?

E a pergunta final, aquela que para Marta dava peso a todas as outras: se os Bauer fossem embora, o que aconteceria com ela?

Ela abriu a boca para falar, e, ao fazer isso, ouviu-se um estrondo no andar de cima. Foi seguido por um momento de silêncio, e então um gemido lento ganhou força até encher o ar ao redor como uma sirene.

As duas se entreolharam.

Pepík.

— Eu vou — disse Anneliese, mas ela não se moveu. Marta entendeu.

— Não, eu vou — disse ela, grata por finalmente ter alguma utilidade. — Sra. Bauer, pode deixar comigo.

Marta subiu e acalmou Pepík, e colou um pedaço de gaze sobre o corte quase invisível; ele derrubara o abajur de cabeceira da mãe na tentativa de pegar as suas balas de hortelã. Para um ferimento tão pequeno, fazia um drama enorme. Parecia, pensou ela, estar chorando pelo desmoronamento da ordem mundial ao seu redor. Marta abraçou-o e deu-lhe tapinhas afetuosos nas costas até o choro diminuir, e em seguida passou um sermão não muito sincero sobre não entrar no quarto dos pais na ausência deles. Vestiu-o com o pijama, acomodou-o na sua cama verde com pés pintados de amarelo e colocou

Der Struwwelpeter diante dele. Era como baixar uma agulha num gramofone. Qualquer um acreditaria que Pepík estava realmente lendo.

Marta ficou andando pelo quarto, arrumando-o. Juntou os soldados de chumbo e colocou-os na sala de brinquedos do outro lado do corredor, o quarto que antes se destinara à menininha. Fora pintado de um bonito amarelo-ouro no quinto mês de gravidez de Anneliese, e tinham comprado cortinas de renda da fábrica Weil, em Nachod. Marta lembrava-se da seriedade com que Pavel e Anneliese debateram onde colocar o trocador de fralda. Ao lado da porta? Ou debaixo da janela, para que o anjinho pudesse olhar para o céu azul de onde viera?

O bebê morreu com três semanas de idade. Os médicos não sabiam dizer o que tinha acontecido: Anneliese fora verificar se a menina precisava de uma fralda limpa e a encontrou com a face para baixo no berço. Foi tudo. Não houve necessidade de repintar o quarto, mas as cortinas de babados foram removidas. Pavel devia ter feito isso ele próprio no meio da noite. As cortinas estavam lá uma noite e na manhã seguinte tinham desaparecido. Assim como o trocador e as fraldas de linho com os seus alfinetes de segurança e o móbile de borboletas feito de marfim entalhado à mão, o marfim do safári de Pavel no Quênia. Anneliese não apareceu por dias. Dasha, a cozinheira na época, deixava uma bandeja de café da manhã com um ovo e uma torrada junto à porta do quarto e buscava-a várias horas mais tarde, intocada. Pavel lidou com a morte da filha como se tivesse sido apenas mais um negócio malsucedido.

"Perdemos Eliza", foi tudo o que ele dissera a Marta, e ela assentiu para mostrar que entendia.

As lembranças que Marta tinha do bebê eram vívidas. O nó do cordão umbilical escurecendo na sua barriguinha. O choro que se parecia tanto com o miado de um gatinho. E, logo após o seu nascimento, uma fotografia de família em que Marta tinha sido incluída: a emoção de posar para a câmera, de pé atrás de Pepík, e Pavel com o embrulhinho nos braços. O garoto, no entanto, ainda era pequeno demais para se lembrar. Até onde Marta poderia afirmar, ele não fazia ideia de que um dia tivera uma irmã.

Não houvera nem mesmo um funeral, nenhum *shiva*. Marta nem sequer vira o corpo.

Quando Pepík acabou de recitar a história, ela o ajudou a lavar o rosto e a escovar os dentes.

— Vamos medir a minha altura! — Ele pressionou as costas contra a fita do lado de dentro da porta do armário. — Eu estou maior?

Ele estava obcecado, depois de apenas um dia de volta à escola, em ser um garoto crescido. Marta sabia o que pensava: se já estivesse alto o suficiente, poderia voltar a se sentar com o amigo Villem, lá na frente, em vez de ter que ficar no canto de trás ao lado de Fiertig Goldberg.

Marta não tinha coragem de lhe dizer que não era assim que a banda tocava.

— Você está maior — afirmou ela.

— Quanto?

Ele estava se esticando para chegar à altura máxima, o queixo encolhido, o peito estufado.

— Um pouco mais de um centímetro.

Ela fez uma marca com o lápis e mostrou a ele.

— Hora de dormir, *miláčku* — disse, dando um tapinha no seu traseiro.

Pepík fez beicinho por um momento.

— Meu machucado está doendo — falou, apontando para a gaze em seu cotovelo.

Marta ergueu as sobrancelhas para mostrar que falava sério.

— Tudo bem — disse ele, cedendo. — Hora de dormir. — E esfregou o rosto no braço dela.

Marta ajeitou-o nos lençóis e desceu. Anneliese tinha desistido de desempacotar as batatas. Havia um bilhete escrito com a tinta azul-escura da sua caneta-tinteiro dizendo "Fui para a cama, você se importaria de desempacotar o resto da comida?". A assinatura era uma letra A com um grande floreio. Marta sentiu-se um pouco insultada. Claro que ia desempacotar a comida; era o que pretendia fazer.

A parte mais quente do dia havia passado e deixado um frescor que era ao mesmo tempo prazeroso e ameaçador. Uma pequena amostra das noites mais frias que estavam por vir. A janela fora deixada aberta um centímetro, e Marta podia ouvir o barulho dos cascos de um cavalo sobre os paralelepípedos. Em algum lugar longe dali uma menina riu. Os braços de Marta estavam nus no seu vestido de mangas curtas, e ela estremeceu. Era tão raro estar sozinha... Teve súbita consciência de si mesma de uma forma diferente, como se o que considerava sólido fosse, em vez disso, um milhão de pequenos fragmentos. Como se todos os pedaços pudessem cair do fio a qualquer momento e se espalhar pelo chão da despensa.

Era estranho, realmente, como os seres humanos passavam os seus dias de modo tão corajoso, pedindo café, pesando meio quilo de batatas na balança do verdureiro, como se as suas vidas pudessem ser controladas, compartimentadas como desejassem. Quando na verdade bastava uma leve perturbação para revelar o... desequilíbrio das coisas. Marta lembrou como Anneliese ficara mais cedo e imaginou como seria a vida interior de outras pessoas; se, apesar dos seus exteriores polidos, o interior estivesse tão cheio de buracos como um pedaço de queijo suíço. Ela estremeceu novamente — não gostava de pensar nisso. Se os políticos, os vereadores, Ernst e até mesmo os Bauer eram tão incertos quanto ela própria...

Teve a súbita sensação de estar sendo observada e, ao se virar, deparou-se com Pavel. A gravata dele estava desfeita e a camisa puxada para fora da calça. Os braços cruzados sobre o peito. Marta corou, envergonhada por ter sido pega divagando.

— Perdão — falou. — Estou quase terminando. — Ela fez um gesto para o estoque de Anneliese, as batatas e os cubos para fazer sopa que estava arrumando por cima das conservas.

Pavel deu um passo para dentro da despensa. Ele estava perto o suficiente para que ela visse que havia uma mancha no seu queixo, e que ele não tinha se barbeado.

— Não há do que se desculpar, Marta.

Ele disse o nome dela como se experimentasse a água na borda de um lago, mergulhando o pé para verificar a temperatura.

— Queria lhe contar eu mesmo — falou Pavel.

— Sr. Bauer?

Ele hesitou, como se quisesse protegê-la do que tinha a dizer.

— É o presidente Beneš.

Marta prendeu a respiração, a incerteza invadindo-a outra vez. Será que o presidente havia sido baleado? Em vez disso, Pavel falou:

— Ele deixou o cargo.

Marta soltou o ar. Era muito melhor do que um assassinato. Ainda assim, o seu rosto desabou junto com a respiração. Ela sabia o que isso significava para os Bauer: suas últimas esperanças de salvar a terra natal varridas como pó de linho do chão da fábrica. Pavel viu a consternação de Marta e se confundiu. Estendeu a mão e tocou-lhe o pulso nu.

Marta olhou para a mão de Pavel. Suas unhas estavam cortadas e limpas. Havia pelos escuros e finos acima dos nós dos dedos. Eram pelos que também deviam continuar, pensou ela, pelos braços dele e até o peito. Ela corou ainda mais. Tentou se concentrar em outra coisa — a pilha de batatas, a sujeira ainda colada à casca —, mas não conseguia; a julgar pela sua expressão, devia ser como se estivesse de pé ao lado de uma fogueira na festa de Queima das Bruxas.

— Lamento muito ouvir isso — ela conseguiu dizer, por fim.

— No Dia do Perdão — falou Pavel.

Então ele sabia sobre as Grandes Festividades, afinal.

91

— Pelo quê ele está pedindo perdão? — perguntou ela.

— Ele foi para o exílio.

— Está pedindo perdão pelo que os Aliados fizeram com *ele*.

Pavel sorriu diante da ironia. Envolveu o antebraço dela com a mão e lhe deu um pequeno aperto, e quando se afastou parecia relutante, ou derrotado, como se ele, não Beneš, tivesse sido forçado a renunciar.

Pela porta da cozinha, ela o viu parar diante da grande janela. Ouviu o farfalhar das cortinas sendo abertas. Pavel ficou lá por um momento, olhando para baixo, para a praça, antes de se virar para subir as escadas, ao encontro da esposa.

Marta levou vários minutos para sair da despensa. De repente, estava exausta, e cada última gota de energia era espremida para fora de si, como um lençol que tivesse acabado de sair da centrífuga.

Ela ficou ali, encostada na porta da despensa, olhando para o próprio braço. Em parte, esperava ver uma marca onde ele havia tocado, uma bolha ou queimadura. Algum tipo de cicatriz. O aperto de Pavel deixara o oposto: um vazio, uma ausência intensamente sentida. Ela se sentia como uma caverna cheia de ecos. Havia um ruído alto no meio do seu peito; o barulho das cortinas sendo abertas, revelando uma praça completamente deserta no centro dela mesma. O vento soprava ali, empurrando as folhas secas caídas.

Data?

Meu querido Pavel,

Não sei onde você está. Estou enviando esta carta para a casa da sua mãe na esperança de que chegue até você. Na verdade, faz meses que sua mãe desapareceu, e por isso estou escrevendo para um vazio. De ausência. De tantos tipos.

Quero apenas dizer que sinto muito. Sinto muito pelos nossos mal-entendidos, pelas minhas ações que se colocaram entre nós, por Axmann, por tudo. Não posso deixar de pensar que, se eu tivesse agido de forma diferente, nós ainda estaríamos juntos agora. Espero que você esteja em segurança, onde quer que esteja. Protegido. Espero que sinta o meu amor.

A forma como as coisas aconteceram pode levá-lo a duvidar de mim. Precisa acreditar nisto: eu estava tentando nos salvar. Você não pode imaginar como eu sinto a sua falta agora. Você me conhece desde que eu era criança. É o pai dos meus filhos. Volte para mim, querido. De onde você estiver.

Anneliese

(ARQUIVADO SOB: Bauer, Anneliese. Veja Bauer, Pavel, para mais detalhes)

Eu amei, claro.

Há anos, muitos anos. Mas, ao contrário do que diz o senso comum, o tempo não diminui a perda.

Eu diria que na verdade é o oposto.

Minha nossa, como o meu quadril está dolorido hoje.

O que eu estava dizendo? Algo sobre a esperança. Por um tempo ela existiu, com certeza. Diante de tudo: os *pogroms*, a Kristallnacht, os atos de violência e traição pequenos e enormes. Os judeus continuavam planejando, tentando sair. O que dizem mesmo? Que a esperança é a última que morre? É verdade. Se eu pensar no suéter laranja dela.

Tive uma boa carreira: publicações, promoções. Coisas pelas quais sei que outras pessoas anseiam. Sinto-me quase inclinada a dizer que o meu sucesso veio fácil, embora isso não dê o devido crédito a um bocado de tempo e esforço empenhados. Como disse, eu vivia na minha mesa, abarrotada de velhas caixas de comida chinesa *delivery* e notas que eu ignorava. Ainda assim, houve anos em que me senti arrastada, quando o estudo vinha tão naturalmente para mim quanto o amor parece ir para os outros. Era difícil ficar sozinha.

Claro, eu nunca reclamaria.

Você deve achar que eu conseguiria esquecer, já que tanto tempo se passou. A memória sangra até secar, ou se cobre de neve. Temos bancos de dados — quem escapou e quem não teve a mesma sorte —, listas das datas em que foram transferidos para guetos ou enviados de Theresienstadt para Auschwitz. Há bibliotecas inteiras cheias de livros sobre o assunto. É até mesmo possível construir pequenas narrativas para tentar dar ordem à coisa toda. Mas tudo não é mais do que uma tentativa da memória de criar ordem a partir do caos. É um truque da mente, para evitar que vacile. Pode ser difícil demais lidar com a enormidade da perda.

Eu nunca viajei com a minha amante. Nunca dormimos numa hospedaria irlandesa, numa cama de solteiro, num quartinho no sótão. Nunca andamos por uma estrada de cascalho de mãos dadas enquanto os grilos começavam a cantar. E todas as coisas que deixamos de fazer retornam agora como se tivessem acontecido de fato. Esta é a natureza da saudade. Gostaria de acordar com o som da sua pá, ouvir a porta se abrir e afastar as cobertas. De observá-la despir as suas roupas de neve e se esgueirar para o meu lado. E ficar.

As pessoas desaparecem. Apesar de todas as informações disponíveis, há casos que nunca são resolvidos. Podemos tentar adivinhar o que aconteceu, mas não ter certeza. E não há nada a ser feito agora, já tão tarde. Mesmo nos casos em que existem telegramas sobreviventes, eles contam apenas uma fração da história. Da minha parte, entre todas as cartas que li, há uma que sempre levo comigo. "Sua *maminka* e eu lhe mandamos um abraço bem gostoso..." Acho que consigo recitar a carta de cor. E, no entanto, estou ciente do seu fracasso, de todo o espaço em branco ao redor das palavras.

Às vezes tenho a sensação, quando vou me encontrar com alguém para registrar um depoimento, de que estou prestes a abrir um livro usado a um terço do fim e a juntar as peças de uma trama muito complexa. Para recolher nem que seja uma parcela do que veio antes. A vida das pessoas, as suas histórias infinitamente entrelaçadas, são quase impenetráveis — a elas mesmas, quanto mais a um estranho. Meus alunos, claro, se assustariam se me ouvissem dizer isso, tão cheios de otimismo em relação ao método histórico. Alguns ainda acreditam na ideia de verdade; alguns acreditam até mesmo que vão encontrá-la.

Porém, admito que há algo compartilhado entre as histórias que ouço; algo comum aos que sobreviveram. A saudade que rói, o desejo de continuar procurando, mesmo quando a sua mente racional sabe que todos os envolvidos já se foram. Aquela dor específica no âmago da memória humana. Devo dizer que conheço essa dor.

Os votos que nunca fizemos têm seu gosto agridoce particular. Posso imaginá-la vindo da neve para dentro de casa, deslizando a mão fria sob o meu suéter. Imagino aquela dor, o oposto do prazer. O outro lado de estar viva.

Justamente porque a minha amante se foi, há algo por que esperar. E esta é a história das pessoas que estudo, também. A presença da perda cria um desejo de chegada. O outro lado da saída é o regresso.

A última vez que a ouvi foi pelo telefone. Quando ela disse o meu nome, a sua voz falhou. Era inverno; ela estava resfriada. Pigarreava. Provavelmente não era nada.

Ainda assim, fiquei deitada na cama com a luz vermelha piscando e ouvi.

Meu nome. Minha dor. Aquele rompimento.

Parece que faz tanto tempo que talvez nunca tenha acontecido. Seria possível que tivesse inventado tudo, o suéter laranja, um fragmento para me aquecer. É possível, eu acho, que a minha amante nunca tenha existido.

É possível que eu tenha passado a vida inteira sozinha.

TRÊS

O ROSTO DE MARTA ESTAVA pressionado contra a parede de concreto frio, a sua calcinha abaixada até os tornozelos. Ernst se atrapalhava com a fivela do cinto; ela não estava pronta, mas ele parecia não notar. Ele cuspiu em seus dedos e tocou-a por um breve instante, então resmungou, forçando-se para dentro dela. Marta respirou fundo, surpresa com a dor.

— Espere... — ela começou a dizer, mas estava de costas para ele e sabia que Ernst não podia ouvir, ou preferia não ouvir. A cada arremetida o osso da sua face era comprimido contra a parede áspera. Ela se protegeu com as palmas das mãos, empurrando-o para trás, mas Ernst era mais forte.

— Fique quieta — ele ofegou.

Ela sentiu algo escorrer na parte interna da sua perna. Ele já estava perto, ela sabia. A cabeça do seu pênis inchada. Por um momento ela pensou em Pavel — uma breve imagem da mão dele segurando o seu punho —, e Ernst deu uma última estocada e gemeu, esvaziando-se dentro dela.

Ele saiu de imediato. Colocou a camisa para dentro e fechou a braguilha, ajeitando sem pressa a sua calça. Marta se virou de frente para ele, apoiando-se na parede, sem forças. Seus joelhos tremiam. Ernst olhou para ela de relance, depois olhou de novo.

— Você está sangrando — falou ele.

Marta levou a mão ao rosto. Ele tinha razão.

— É melhor ficar de olho — disse ele.

— No sangramento?

— É melhor ficar de olho em você mesma.

A calcinha de Marta ainda estava em torno dos seus tornozelos; ela se curvou e puxou-a para cima, depois puxou as suas meias. Sentia o corpo dormente, como se fosse feito de borracha. De súbito estava tremendo de frio.

— O que você quer dizer com "ficar de olho"? — perguntou ela, mas sabia exatamente o que ele queria dizer. Era perigoso estar associada aos Bauer, já fazia dias que Ernst vinha lhe dizendo isso. Aquela incerteza que notara nele, a necessidade de que lhe dessem segurança, tinha desaparecido. De uma hora para outra era como se ele nunca tivesse tido dúvidas, como se tivesse se dedicado ao nacional-socialismo desde sempre.

Ernst estava vestindo o casaco. Olhou para o seu reflexo no brilho da máquina de fiação de linho e alisou o cabelo com a palma das mãos.

— Os judeus tomaram conta de tudo — disse ele, gesticulando ao redor para as outras máquinas no chão, a indústria que Pavel e o pai tinham trabalhado tão arduamente para construir. — Está na hora de acabar com isso.

Marta, no entanto, mal conseguia ouvir o que ele dizia; sua voz parecia vir de muito longe. Ernst estava abotoando o casaco. Ele se inclinou na sua direção, e de repente estava a um centímetro do seu rosto.

— Limpe-se — falou, depois se virou para sair.

Ela tocou o seu rosto novamente. Seus dedos ficaram sujos de sangue.

Na noite seguinte, Marta estava deitada na cama, respirando. A mão sobre a barriga, o subir e descer sob as suas costelas. Como a superfície do mar, ela pensou. Nunca tinha visto o mar, mas imaginava o seu brilho no fim da tarde, o modo como a luz devia resplandecer sobre as ondas.

Frios vultos negros escorriam pelas suas profundezas.

Ela mudou de posição em meio aos lençóis, deixou que os olhos se fechassem devagar. Tentou esquecer o que tinha acontecido com Ernst na noite anterior. Os dedos dele escavando a sua carne, a pequena fileira de hematomas que ele deixara ao longo do seu antebraço. Tentou esquecer por completo que ele existia. Parecera tão simples à primeira vista; não o amor, é claro, mas a atenção, algo para aliviar a monotonia do seu dia a dia. E por um tempo funcionou. Agora já estava feito, as sombras haviam voltado para ela. Ela devia saber que aconteceria desse jeito. O peso do corpo de Ernst sobre o seu era de repente o mesmo do seu pai; as mãos dele não eram uma distração, mas uma lembrança terrível. Ela trabalhava sempre para esquecer o que seu pai fizera, as noites em que ele escapulia para o seu quarto, deitava-se ao lado dela, colocava a mão sobre a sua boca. A irmã dela ficava congelada de medo no outro lado da cama, o rubor no seu rosto na manhã seguinte, sem conseguir fitá-la nos olhos. E agora a antiga vergonha regressava, com um novo disfarce.

Os judeus eram sujos, Ernst dissera, claramente. Mas os judeus eram tudo o que Marta tinha.

Ernst explicara o seu plano. Os bens dos Bauer seriam tomados; era inevitável. Se Pavel ia perder o seu dinheiro de qualquer maneira, com certeza ele teria utilidade para Ernst. Pavel sempre lhe pagara menos do que o justo, dissera Ernst. Marta sabia que não era verdade, mas o amante parecia inflexível. E agora, continuara ele, mantendo a amizade fingida, receberia o que lhe era devido. Já tinha convencido Pavel a transferir uma parte dos investimentos para o seu nome, "a fim de que ficassem protegidos". Havia mais, contudo. O processo ia requerer tempo e paciência.

Marta refletia se as motivações de Ernst não eram mais complexas; se, no fundo, ele ainda amava o amigo e se sentia mais indeciso do que se dava conta. De qualquer forma, ela sabia que precisava acabar com aquela relação — algo tinha se transformado no seu interior. O sentimento imundo, a repulsa, voltara mais forte do que nunca. Não podia continuar se encontrando com ele, não mais do que podia voluntariamente regressar ao país de sua infância. Mas Ernst ficaria com raiva. Ele poderia revelar o segredo a Pavel, que não teria outra escolha a não ser demiti-la. Quem era casado era Ernst, mas ela, a empregada doméstica, é que seria a culpada. A mesma coisa que acontecera com a empregada dos Maršíkov, Helga: ela teve um breve caso com o sr. Maršíkov e foi embora tão depressa que Marta nem havia chegado a se despedir.

Ela tentou deixar o enorme incômodo da sua situação para lá, mas as imagens não paravam de ressurgir, subindo para a superfície como detritos após uma tempestade. Um galho, uma meia rasgada. Uma chave de prata — para quê? Ela estendeu a mão para pegá-la, e a chave escorregou entre seus dedos; tampou o nariz e mergulhou a mão para recuperá-la. Ouviu o ruído da chave girando numa fechadura; sentou-se na cama, alarmada.

Devia ter pegado no sono.

Riscou um fósforo, levou-o ao pavio da vela e olhou para o relógio na parede: meia-noite e quinze. Voltou a se deitar.

Pavel disse:

— Aqui, me dê isso.

Os Bauer estavam de pé exatamente sob o respiradouro do fogão; a voz do patrão era tão clara que por um momento Marta pensou que Pavel estava falando com ela.

Mas Anneliese disse:

— O *slivovice*?

— O absinto. — Pavel fez uma pausa. — Você não vai me envergonhar assim de novo.

— Você não diria que toda essa situação é um tanto... Como foi que disse? Vergonhosa? Não ter permissão para sair depois das dez e ter que voltar para casa com o toque de recolher, feito crianças?

Marta ouviu o estalo delicado dos brincos da sra. Bauer quando ela os tirou das orelhas, e depois o estalo mais alto da sua bolsa se abrindo e se fechando.

— Mathilde diz que podemos ficar com ela e Václav em Praga, se necessário.

Pavel bufou.

— Será que vamos nos apertar para dormir junto com Clara e a pequena Magda?

— Ela só estava tentando ajudar. O que aconteceu com você? Você se tornou tão... teimoso.

— Nós não vamos embora.

— Mais uma razão para considerar minha ideia — apontou Anneliese.

Houve um clique quase imperceptível do seu isqueiro.

Marta soprou a vela. Puxou a colcha até os ombros e fez um esforço para voltar a dormir. Já era tarde, e ela estava completamente esgotada. E Pepík havia começado a acordar com o nascer do sol naqueles últimos dias. Quanto mais ela fechava os olhos com força e se concentrava no desejo de dormir, mais desperta ficava, e mais próximas as vozes dos Bauer pareciam.

— Aquela carne de porco estava mal cozida — disse Anneliese, e Marta sentiu que estava sendo acusada.

— Ouça, Liesel — falou Pavel. — Meu avô era um dos anciãos da sinagoga dele. Minha lembrança mais antiga é vê-lo ali nos dias santos, no seu lugar de honra.

— Isso não significa nada. Para nós. Para você. Quando foi a última vez que você pisou numa sinagoga?

— Mas é isso que estou querendo dizer. Percebi que na verdade isso significa, sim.

Anneliese zombou.

— Você escolheu o momento perfeito para se dar conta disso.

— Sabe há quanto tempo os judeus na Boêmia passaram a ter direitos iguais? — O assoalho rangeu quando Pavel começou a andar.

A esposa respondeu:

— Não. E sabe de uma coisa? Não me importo.

— O que é estranho, já que você é uma judia da Boêmia.

— Pssst, Pavel — falou Anneliese. Mas a voz estava mais forte também. — Eu não me sinto judia — disse ela, com veemência. — Não mais do que me sinto... Não sei... — Marta imaginou-a gesticulando em meio à fumaça do cigarro acima da sua cabeça — ... Católica.

— Sim, Liesel, eu compreendo — disse Pavel. Sua voz revelava uma tentativa sincera de manter-se paciente. — Não é da religião que eu estou falando. É da cultura.

— Da cultura?

— Da cultura judaica.

— Não se trata de uma cultura, trata-se de uma religião.

Ambos se calaram. Marta puxou os cobertores ainda mais para cima, até o queixo. Ela podia notar, pelo silêncio, que os Bauer estavam surpresos por ter tropeçado nessa diferença de opinião sobre a fé deles. Obviamente nunca tinham discutido aquilo antes, pelo menos não sob aquele ângulo; cada um havia pressuposto que o outro sentia o mesmo. Marta notara essa tendência em pessoas casadas — elas esquecem que o marido ou a esposa é uma pessoa separada, com um passado separado e com segredos guardados.

— Minha barriga está doendo — falou Anneliese, em voz baixa.

Pavel pigarreou.

— Foi em 1848 que os judeus da Boêmia passaram a ter direitos iguais. Menos de um século atrás.

— Isso não tem nada a ver com a nossa situação.

— Isso tem *tudo* a ver com a nossa situação. Meu avô era o prefeito da cidade judaica de Praga.

104

— Você disse que isso não significava nada. Disse que era uma instituição de caridade que dava dinheiro para os refeitórios populares.

— Significava algo para ele — disse Pavel, com veemência. — Tudo o que ele queria na sua lápide, a única coisa que queria, era *Adolf Bauer, ex-prefeito da cidade judaica de Praga.*

— Coitada da esposa dele — falou Anneliese. — E quanto aos filhos dele? Vejo que você vem de uma longa linhagem de homens indiferentes ao bem-estar dos filhos.

Pavel agora começara a gritar para valer:

— Não se atreva a me acusar de ser indiferente ao bem-estar dos meus filhos! — Houve um baque, como se ele tivesse jogado um objeto pesado no chão, e o som dos passos outra vez. — É *exatamente* disso que se trata. Não quero que Pepík veja o seu pai humilhado como um cachorro por um grupo de valentões do colégio! Ele merece um exemplo melhor.

— Minha irmã mandou batizar as filhas.

— Alžběta? Ela não tem mais princípios do que você!

— É uma boa ideia. Poderia salvar a vida de Pepík.

— Escute, Liesel. Isto é importante. Quero que você ouça o que vou dizer agora. — Pavel fez uma pausa. — Eu não me converteria ao cristianismo nem que fosse o último judeu da face da Terra. O último judeu da face da Terra!

— Tudo bem. Porque ninguém está pedindo que você se converta.

Havia uma nota de desespero na voz de Anneliese que não estava lá antes. Talvez, pensou Marta, ela soubesse de algo que ninguém mais sabia.

— É o oposto do que você pensa, Pavel. Estou pensando na situação como um todo. Por favor — disse Anneliese. Ela estava implorando agora. À beira das lágrimas. — Pelo sim, pelo não. Ele é o meu único filho...

A referência velada ao bebê morto funcionava a favor de Anneliese. As vozes vindas lá de baixo se acalmaram.

— Eu sei — disse Pavel, a voz suave. — Eu sei disso.

Como Pavel seria se a outra criança tivesse sobrevivido? Como pai de uma menininha?

A voz de Pavel era apenas um murmúrio, as palavras já mais suaves. Marta rolou e colocou o travesseiro sobre a cabeça. As brigas sempre terminavam dessa forma, ela pensou, numa espécie de impasse mútuo. Eles não estavam dispostos a ceder nem a ir para a cama com raiva. Precisavam demais um do outro. Estariam se aproximando um do outro agora, ela sabia, reconciliando-se, Pavel envolvendo a esposa nos braços.

Marta odiou-os por isso com uma ferocidade que não compreendia.

Não que estivesse com inveja por não ter ninguém para abraçá-la depois de uma briga; ela não tinha ninguém com quem brigar, para começo de conversa. O que a magoava era a suavidade dos Bauer. Ela precisava que eles fossem fortes, que estivessem acima dos meros mortais. Em vez disso, eles eram humanos.

O menino com a marca de nascença cor de vinho apareceu para entregar o carvão. Usava as cores nacionais na lapela e um boné popularizado pelo herói de Pavel, Tomáš Masaryk. Só ao ver o menino ocorreu a Marta se perguntar sobre a data. Era? Sim, devia ser. Dia 28 de outubro, o Dia Nacional da Tchecoslováquia. Pavel andara distante e preocupado, e Marta quis saber se a gritante demonstração de nacionalismo do rapaz melhoraria o seu humor. Ele pareceu não notar, porém, e, quando Ernst chegou depois do almoço, Pavel não mencionou o feriado nem uma vez.

— Vamos? — foi tudo o que ele disse.

— Estou pronto quando você estiver — respondeu Ernst sem deixar que o seu olhar cruzasse com o de Marta.

Os dois saíram às pressas e sem se despedir.

Marta recolheu as tigelas de sopa e envolveu o queijo com o pano. No salão, Anneliese segurava o seu pó compacto na frente do rosto, os lábios franzidos, passando batom.

— Não se preocupe em arrumar agora — disse ela a Marta.

Marta se deteve, confusa.

— Perdão, sra. Bauer?

— Você pode fazer isso quando voltarmos. Vamos sair.

Marta hesitou, com uma concha na mão.

— Tem certeza? Eu poderia só...

Mas Anneliese não estava ouvindo; olhava pela janela para ver se o marido já tinha ido mesmo. Então chamou Pepík:

— Venha aqui e vista o seu suéter.

Ele era grande o bastante para fazer isso sozinho — Marta levara algumas semanas para lhe ensinar —, mas Anneliese não tinha paciência. Energicamente, fez passar os braços pelas manguinhas. O zíper prendeu no queixo dele:

— Ai! — disse Pepík.

— Desculpe, *miláčku*.

Mas Anneliese não parecia sentir muito — parecia distraída, preocupada, os olhos se movendo repetidamente na direção da janela. Marta perguntou por que estava vestindo um suéter em Pepík se a tarde estava tão quente, o sol brilhando. Seguia sendo um outono admirável, as cores mais vivas do que ela se lembrava de anos anteriores: o dourado deslumbrante, e as folhas vermelhas como uma porção de mãos ensanguentadas.

— Aonde vocês estão indo?

— Eu lhe disse, você vem conosco.

Marta sabia que não devia fazer mais perguntas.

Eles saíram para a rua, os três, Pepík carrancudo, mas a mãe determinada. Ela foi na frente pelo portão e ao longo do trajeto pelo rio, em direção aos limites da cidade. Usava um conjunto Elsa Schlaparelli feito sob medida, com ombreiras volumosas, à la Marlene Dietrich. Grandes óculos escuros protegiam-lhe os olhos, como se ela fosse uma estrela de cinema tentando esconder a identidade.

Andaram por muitos minutos em silêncio, passando pelo carrinho do leiteiro, os recipientes vazios na parte de trás.

— Posso fazer carinho nos cavalos? — perguntou Pepík.

Mas Anneliese ignorou o filho, fazendo os dois passarem apressados diante da Sanger & Filhos, onde um gramofone Victrola era exibido na vitrine com toda pompa e circunstância, e da alfaiataria do sr. Goldstein, que tinha uma placa dizendo FECHADO na porta. Até mesmo Marta teve que se esforçar para acompanhar o passo. Seguiram por um beco de paralelepípedos e atravessaram a ponte de pedestres sobre o rio. A fábrica de Pavel assomava na distância, como algo pertencente a uma vida anterior. Marta pensou que talvez estivessem levando Pepík para dar comida aos patos, mas Anneliese parou em frente à Igreja Católica. Marta entendeu de imediato o que acontecia: Anneliese tomara a decisão apesar dos desejos contrários de Pavel.

A igreja era a maior construção da cidade, uma pedra cinzenta com um pináculo em forma de cone que lhe recordava a ponta da barba do sr. Goldstein. Anneliese foi na frente, subindo a escada lateral e entrando na nave mal-iluminada. Fazia frio ali dentro, e eles apertaram os olhos tentando enxergar o interior. O padre que saiu da escuridão devia estar esperando; apareceu diante deles como um fantasma.

— Desculpe. Assustei vocês? — Era um homem magro, de rosto comprido e pálpebras caídas. — Padre Wilhelm.

Estendeu a mão, mas era uma cidade pequena: todo mundo sabia quem era quem.

Quando o padre se virou, Marta viu que ele tinha um círculo careca na parte de trás da cabeça com o tamanho e a forma exatos de um solidéu.

Marta estivera na igreja apenas uma vez antes, mas se lembrava dos bancos de carvalho pesados, os vitrais mostrando as estações da cruz. O padre os conduziu por uma porta lateral até um espaço menor e muito mais funcional. Havia uma mesa forrada de couro com um tinteiro em cima. No canto, uma estátua da Virgem Maria com os olhos voltados para o céu.

Marta fez o sinal da cruz instintivamente, como alguém recuando ante um punho erguido.

Agora que todos podiam ver uns ao outros com clareza, o padre Wilhelm se dirigiu a Pepík.

— *Hallo, mein Kind.* — O rosto de Pepík estava enterrado no avental de Marta. Anneliese avançou.

— Pepík, venha aqui — falou ela, com firmeza. — Diga oi para o padre Wilhelm.

Pepík se adiantou e estendeu a mão.

— Eu não toquei nos cavalos — disse ele.

O padre sorriu e tomou a mão de Pepík na sua. Usava um anel de ouro, Marta viu, com uma cruz.

— Vamos começar.

O tcheco do padre estava enferrujado como uma faca velha — ele trocava os tempos verbais a toda hora —, mas quando Anneliese perguntou, em alemão, *"Denken Sie dass das Sonderbar ist?"*, o padre Wilhelm apenas deu de ombros e respondeu:

— O Senhor opera de formas misteriosas.

O sacerdote esteve ocupado por alguns instantes com uma pasta em cima da mesa, removendo várias folhas de papel carbono e dispondo-as uma ao lado da outra. Remexeu na gaveta da mesa e tirou dali uma pena. Então se virou para Anneliese e disse, com muita naturalidade:

— Se quiser, eu posso apenas assinar os papéis.

Houve um momento de confusão, e Anneliese e Marta se entreolharam. Entenderam ao mesmo tempo: ele ia batizar Pepík num gesto de bondade. Era o seu pequeno ato de desafio contra os nazistas. O padre sabia que aquela não era uma decisão religiosa.

Anneliese esclareceu:

— O senhor quer dizer sem a água? — Ela indicou com a cabeça a fonte no canto da sala.

Padre Wilhelm assentiu e disse:

— Fico feliz por ajudar da maneira que estiver ao meu alcance.

Pela primeira vez, porém, ele olhou por cima do ombro nervosamente, como se quisesse se certificar de que ninguém tinha se esgueirado pela porta lateral e os observava das sombras. Estava claro que ele preferia acabar logo com aquilo, o mais depressa possível. Tudo aquilo parecia uma transação escusa, refletiu Marta. Como um cadáver sendo descartado.

Ela pensou em Anneliese na banheira, a água vermelho-carmesim.

— Água ou papéis? — indagou o padre, olhando para o relógio que usava numa corrente de ouro em volta do pescoço. Anneliese espiava a fonte com cautela. Marta notou a preocupação de que a cerimônia não valeria sem a água. Não o batismo em si, mas qualquer que fosse a proteção que supostamente invocaria.

— Vamos fazer da forma correta. — O tom de Anneliese implicava que ela sabia estar sendo supersticiosa, mas estava disposta a assumir o risco.

— *Ganz richtig* — disse o padre. — Venha aqui, Pepík.

Pepík avançou de modo solene, um jovem Isaac prestes a ser abandonado.

Marta estava em parte esperando algo elaborado: um coro de anjos emergindo do alto, com vestes brancas e halos baços. Ou talvez o padre Wilhelm puxaria uma cortina de veludo e revelaria uma banheira galvanizada em que Pepík, nu, seria totalmente submergido — até mesmo mantido ali debaixo por um ou dois minutos, até que começasse a se debater. Mas o padre Wilhelm só pegou o garoto pelos ombros e disse "Feche os olhos", como se fosse lhe dar uma surpresa de aniversário.

Mergulhou os dedos na fonte, tocou a testa de Pepík e murmurou algumas palavras que Marta não conseguiu entender

Os olhos do menino estavam fechados com força, como se ele se protegesse de uma visão terrível. O padre Wilhelm teve que lhe dar uma sacudidela.

— Está tudo bem. Já acabou!

Pepík abriu os olhos e limpou as gotas d'água da testa com a manga. Olhou ao redor timidamente, como se esperasse ver algo maravilhoso — sua mãe transformada em São Nicolau, ou o padre num sapo. O garoto levantou os braços e olhou para si mesmo, inspecionando a manga do suéter. O padre riu.

— Você ainda é o mesmo, *mein Kind* — falou. — É o mesmo de antes. — Pepík balançou a cabeça; era difícil dizer se de satisfação ou de tristeza.

Padre Wilhelm levou as mãos ao peito e as uniu, seus dedos longos e ossudos entrelaçados. Marta pensou que iria começar a rezar, mas ele disse a Anneliese:

— Vou acompanhá-las até a porta, sra. Bauer. — Ele fez uma pausa, como se pudesse ter esquecido algo, e olhou de soslaio para a fonte. — A menos que a senhora queira... — Ele fez um som gutural.

— Perdão?

— A menos que a senhora queira fazer o mesmo.

Anneliese abriu a boca e depois a fechou de novo. Será que ela queria ser batizada também? Era óbvio para Marta que a ideia não tinha lhe ocorrido.

— Vejo que não somos os únicos... — Anneliese começou a dizer, mas as suas palavras morreram. Ela olhou atentamente para a fonte, como se uma resposta pudesse de alguma forma subir à superfície, como um bolinho num prato de *hovězí polévka*. Depois fitou Marta. — Você acha...?

A governanta hesitou; ela queria ajudar, mas a situação estava além dela. Sabia o que Pavel sentia. Mas, por outro lado, vejam só o que estava acontecendo ao redor.

— Eu não... — começou a dizer. — Não estou...

Mas a sua hesitação respondera por ela.

— Não, obrigada, padre — falou Anneliese, com um sorriso vivo. E se virou, procurando ansiosamente por Pepík, como se ele pudesse ter sido levado por algum demônio do mal.

O dia estava claro quando se viram do lado de fora, nos degraus da igreja, piscando os olhos.

— Não consigo enxergar! — Pepík riu. — Estou cego!

Segurou uma das mãos da mãe e uma de Marta, deixando que as duas o guiassem pelos íngremes degraus de pedra. Caminhava entre elas como se pertencesse a ambas, e Marta sentiu por um momento que afinal poderia compartilhá-lo.

Anneliese levou-os para casa dando muitas voltas, mantendo-se perto dos limites da cidade. Colocara os óculos escuros de novo, para proteger os olhos do sol, mas pela lateral Marta podia vê-la olhando de um lado a outro, nervosa. Anneliese parecia perplexa, como se estivesse pensando no que dizer sobre o que tinha acabado de acontecer.

— Foi como a minha irmã Alžběta e as filhas saíram — falou, por fim. — Conseguiram deixar o país. Com passaportes dizendo que são católicas. E os papéis, por via das dúvidas.

Ela olhou de relance para Marta.

— Até o bebê? — perguntou a governanta.

— Sim. — Anneliese levantou os óculos escuros, a fim de olhar Marta nos olhos. — Até Eva.

— Como eles conseguiram a sua *Uebertrittschein*?

— Não sei. Devem ter subornado alguém.

Pepík tinha se soltado delas, corrido na frente e subido no muro de pedra. Equilibrava-se ali ao caminhar, com os braços estendidos; parecia estar prestes a voar.

— Sabe de uma coisa? — disse Anneliese. — Eu me sinto melhor. Estou feliz por ter feito isso. Se não ajudar... Bem, mal não fez. — Ela parou e levou a mão em concha à testa. — Você não deve contar o que aconteceu ao sr. Bauer. — Havia uma expressão de dor no seu rosto, como se preferisse não ser tão explícita, mas não tivesse certeza se podia confiar em Marta. Era, Marta sabia, uma referência indireta à conversa que tiveram antes sobre a tentativa de suicídio, outro tópico que fora instruída a ignorar e que, no entanto, acabara por mencionar depois.

O fato aconteceu após a morte do bebê. Não imediatamente, alguns meses depois. Não que a esperança de Anneliese tivesse murchado ou que ela sentisse que uma grande parte de si mesma tinha morrido junto com a filha, embora as duas coisas certamente fossem verdade, dissera a Marta. Era como se alguém tivesse levado um machado e aberto uma rachadura no meio do peito de Anneliese. Só que ninguém conseguia ver; o buraco era invisível, assim como a dor, a dor excruciante e quase física que ela sentira. Em comparação, ela contara a Marta, o parto não tinha sido nada, uma comichão entre as pernas, um fiapo de sangue. Por outro lado, após a morte do bebê, ela não podia se virar na cama ou o seu coração partido cairia da cavidade no seu peito. Ela estava deitada de costas, com o peito rasgado, enquanto os lobos empapavam o focinho com o sangue do seu sofrimento.

Dasha trazia torradas. Marta mantinha Pepík a distância. Pavel tentava seguir em frente como se nada estivesse errado. Anneliese estava sozinha com o peso da morte do seu bebê, e foi simplesmente demais. Não conseguiu suportar.

Foi Marta quem a encontrou inconsciente na banheira. A governanta ainda estremecia ao pensar nisso, a pele de Anneliese amarelada, como se fosse feita de cera, os pequenos seios soltos e expostos. Seu pescoço pendia para trás num ângulo terrível que Marta tinha dificuldade em esquecer. E ali, em seu pulso...

Tinha sido Marta quem fechara a torneira, que interrompera o sangramento, que envolvera o corte em gaze. Tinha sido ela quem ficara com Anneliese, cuidando dela para que recobrasse a saúde, dizendo a Pavel que a sua esposa estava com uma forte gripe. Foi quando o elo entre as mulheres se formou.

Em outras palavras, Anneliese devia sua vida a Marta. As duas nunca mencionavam isso, mas a governanta sentia que essa verdade estava sempre ali, entre elas, afirmando-se, como o não dito tende a se afirmar. E mudaria as coisas de forma que nenhuma das duas podia imaginar.

Pepík correra de volta para junto delas e estava pulando como um pequeno *leprechaun*, fazendo zumbidos e estalos e agitando os braços. Então ele ficou parado num pé só, com o braço segurando uma baioneta imaginária, fingindo ser a estátua do centro da praça da cidade. Ele disse a Marta, muito sério:

— Eu fui batizado. Mas tenho que guardar segredo de *tata*. Fizemos um pacto.

Ele fez um movimento como se amarrasse o lábio superior ao inferior, como recentemente tinha aprendido a fazer com os cadarços.

Marta bateu continência.

— Sim, senhor! — disse ela. — Vou comer o segredo e engolir a chave, *senhor*. — Esse gesto era tanto para Anneliese quanto para Pepík, mas ela fingiu que toda a sua atenção estava voltada para o menino. Tirou a chave das dobras da sua saia e inclinou a cabeça para trás como se fosse engolir, fazendo a chave deslizar no último momento por sua manga.

— Onde ela foi parar? — Pepík arregalou os olhos para ela, boquiaberto.

Anneliese massageou o próprio ombro e disse para si mesma, distraidamente:

— Eu não tinha ideia de como estava tensa lá. Estou exausta!

— Eu engoli — disse Marta ao garoto. Deu um tapinha na barriga.

Pepík disse:

— Nham.

A tarde estava indo embora, a luz deixando o céu. Eles viraram a esquina e viram o sr. Goldstein saindo da alfaiataria. Ele sorriu para Pepík.

114

— Como está o *lamed vovnik*?

— Bem-obrigado-e-o-senhor-como-vai?

Goldstein riu.

— Lembra? Um *lamed vovnik* é alguém muito importante para o mundo. Alguém de quem o mundo depende. — Ele segurou a cabeça de Pepík com a palma da mão e balançou-a de leve para trás e para a frente. — Lembra que eu lhe contei?

Os cantos dos olhos do sr. Goldstein franziram, mas Marta achou que ele parecia cansado, desgastado. Apesar da sua natureza alegre, a ocupação o devia estar consumindo. Ele ergueu a mão para mostrar que estava com pressa, mas antes de partir deixou Pepík torcer a ponta da sua longa barba.

Marta olhou para o rosto de Pepík, o rubor de alegria pura. Esse era o dom da infância, ela pensou. Ficar encantado com pequenas coisas. Ele estava se jogando no ar, imitando o canto dos pássaros, feliz pela primeira vez nas últimas semanas. Era como se algo naquele bocado de água benta tivesse de fato lhe comprado algum tempo, tivesse agido para manter algum demônio afastado. Ele parecia alguém que de fato tivesse sido salvo.

Agora que Sophie tinha ido embora, fazer compras e cozinhar eram tarefas de Marta. Anneliese disse que contratariam outra pessoa assim que as coisas voltassem ao normal. Marta não se importava em ajudar, mas, juntando suas obrigações com Pepík, seu trabalho havia dobrado, e, assim, muitas vezes se atrasava. Foi o que aconteceu no dia 9 de novembro, já era fim de tarde quando voltou da mercearia. A noite estava caindo. Ela cozinhou às pressas — *česneková polévka* utilizando sobras de alho, *vepřové* para Anneliese — e comeu junto com os Bauer, mas se levantou da mesa antes deles para começar a lavar os pratos. Os Bauer terminaram de comer com calma e puseram a faca e o garfo paralelos nos seus pratos. Pavel, que sabia que já nenhuma família deixaria os filhos brincarem com um menino judeu, arregaçou as mangas e rastejou para debaixo da mesa com Pepík.

Marta voltou para a sala de jantar a fim de levar a travessa que estava sobre o tampo de mármore do aparador.

— O que vocês estão construindo aí embaixo? — perguntou ela. Os trilhos do trem de Pepík serpenteavam por entre as pernas das cadeiras; as pessoas feitas de pregadores de roupa estavam agrupadas numa das extremidades do tapete e os soldados de chumbo na outra, protegendo-as.

— Só um reino — disse Pavel, sem maiores preocupações. — Já temos o príncipe herdeiro. — Ele deu um tapinha no traseiro de Pepík. — Estamos procurando uma princesa. Você conhece alguém?

Ela colocou o saleiro e o pimenteiro de prata de volta no aparador.

— Acho que não.

— Tem certeza? Acho que você mesma poderia...

— Que tal eu? — perguntou Anneliese da sala de estar, onde folheava uma revista de moda.

Ela estava afetuosa com o marido novamente, agora que já tinha cuidado do filho.

Pavel ergueu os olhos, surpreso e satisfeito com o tom dela.

— Ora, querida — falou —, você já é a rainha!

Pepík estava fazendo o sino de prata soar sem parar na locomotiva. Levantou os olhos e perguntou:

— Onde está a chave?

Marta fez uma pausa, com a travessa na mão.

— Que chave, *miláčku*?

Mas ela logo se lembrou do batismo e disse:

— Ah, aquela chave. Eu engoli, é claro. — Levou o dedo aos lábios para lembrar a Pepík que ele não devia contar ao pai. Depois falou, depressa: — Seu trem ficou tão comprido! O que você fez para ele ficar tão comprido?

Mas Pepík não mudou de assunto.

— Ela engoliu a chave — disse ao pai. Colocou a mão em concha em volta da boca e disse, num sussurro: — A chave do nosso segredo.

Sob a mesa, Pavel ergueu os olhos para Marta, as sobrancelhas erguidas.

— Segredo? Que segredo?

Marta fingiu que não tinha ouvido a pergunta; olhou para o aparador, franzindo a testa, depois tirou da sua superfície um pedaço invisível de comida com a unha. Ouviu Anneliese entrar na sala atrás dela.

— Eu gostaria de um vinho do Porto — disse ela.

— Liesel? Que segredo?

— Não importa. Não seja bobo.

— Liesel... — disse Pavel, num tom meio de brincadeira, meio de advertência.

Anneliese se agachou para que os seus olhos ficassem no mesmo nível dos do marido; Marta viu o peito do seu pé e o brilho da sua meia de seda onde o calcanhar saiu da parte traseira do sapato.

— Não seria um segredo se lhe contássemos, seria?

Pavel fez uma pausa.

— Acho que não. — Ele sorriu para a esposa. — Uma rainha tem os seus segredos.

— Isso mesmo, querido.

— Já escondeu muita coisa de mim?

— Sou dissimulada com o meu rei.

— Você é astuta.

— Não nego.

Ela piscou, e Pavel corou. Marta pensou que o momento tinha passado, que Anneliese tinha se saído bem em desviar a atenção do marido. Ela pegou a travessa com uma das mãos e o saleiro e o pimenteiro com a outra, afastando-se em direção à cozinha, mas parou à porta quando ouviu Pavel perguntar:

— O que você acha dos segredos da mamãe, rapazinho?

Ela se virou a tempo de ver Pepík fazer o movimento de amarrar os lábios. Olhou para o pai com uma expressão cheia de significado.

— Não posso dizer.

Pavel pulou em cima dele e fez cócegas no filho novamente.

— Conte-me!

Anneliese se levantou, instável nos seus saltos altos.

— Cuidado com ele — avisou ela, suavemente. Havia um quê de pânico na sua voz. Marta sabia que isso incitaria Pavel.

— *Maminka* sabe! — gritou Pepík, alegre. Tentava se esquivar das mãos do pai.

— É mesmo?

— É! *Maminka!* E a babá! E Pepík! — gritou ele. Começou a imitar a cena do batismo, colocando dois dedos sobre a testa e fechando os olhos e murmurando algo ininteligível, que soou a Marta bem parecido com latim.

Anneliese congelou; alguém tinha que tomar uma atitude.

— Pepík! — gritou Marta, como se fosse repreendê-lo por alguma transgressão indizível. Ele ergueu os olhos, assustado: ela nunca, nunca gritava. Marta ficou sem saber o que dizer em seguida, mas, antes que fosse obrigada a falar, um estrondo veio lá de fora. Pavel levantou a cabeça, batendo-a na parte de baixo da mesa.

— *Kurva!* — xingou, esfregando a têmpora.

Arrastou-se para fora dali, esquecendo-se do filho, foi até a janela e abriu as cortinas. Foi como se tivesse aberto as cortinas de um teatro, no meio do ato. Eles viam, do outro lado da praça, um grupo de garotos da Hitlerjugend reunido na entrada da Alfaiataria Goldstein. A noite caía, mas Marta conseguia divisar as braçadeiras, os coturnos de amarrar. Os garotos empurravam uns aos outros, uma raiva reprimida, ou, talvez, ela pensou, só estivessem bêbados. Um deles, o mais alto, tinha um bastão nas mãos. Empurrou os outros para o lado e ficou na frente da loja, o bastão erguido acima da cabeça como se estivesse tentando atingir uma *piñata*.

Pavel estava paralisado.

— Liesel — disse ele, sem tirar os olhos da cena. Anneliese atravessou a sala até onde o marido estava a tempo de ver o jovem baixar o bastão, uma vez só, na vitrine.

Marta não conseguia ver — a distância até o outro lado da praça era muito grande —, mas imaginou os cacos do vidro quebrado se espalhando pela vitrine do sr. Goldstein como os territórios de um mapa do *Lebensraum* de Adolf Hitler, sempre em expansão.

Um pedaço de vidro caiu sobre os paralelepípedos. Em seguida, outro pedaço. O menino com o bastão chutou o que sobrara da vitrine com uma bota de ponta de aço, e a última parte caiu da moldura. Onde antes houvera uma superfície que parecia não ser nada, agora o próprio nada tomara o seu lugar. Anneliese arquejou.

— O quê...? — disse ela. — O que eles estão...?

Ela apoiou o peito nas costas de Pavel em busca de proteção, descansando o queixo em seu ombro.

Os Hitlerjugend entraram na loja do sr. Goldstein pela vitrine então sem vidro. Seis ou oito deles, de 18 ou 19 anos. O restante da luz do dia escorria como água suja pelo ralo. Marta apertava os olhos com força, tentando ver, mas os garotos haviam desaparecido dentro da loja. Vários minutos se passaram antes que surgissem novamente, o rosto deles agora completamente embaçado pela noite de novembro. Os Bauer estavam de pé diante da janela, juntos, sem dizer uma palavra. Surgiu uma labareda. Talvez o sr. Goldstein tivesse visto o que estava por vir e acendido a lareira. Um pequeno borrão de luz contra a escuridão.

Exceto pelo fato de que a chama estava ficando mais alta na noite escura.

A vitrine estava novamente lotada com a turma de *Jugend*; houve mais empurra-empurra entre eles. A luz do fogo rcfletida em todos os cacos de vidro tornava mais fácil ver. O garoto mais alto apareceu arrastando o sr. Goldstein pela orelha. Até então, parecera a Marta que ela estava assistindo a algum tipo de espetáculo macabro encenado como forma de diversão, mas, vendo o velho, tornou-se de repente real. Ela entrou em pânico, querendo proteger o sr. Goldstein e sabendo que não havia nada que pudesse fazer, que tentar intervir seria arriscar a própria vida. O alfaiate parecia pequeno na sua camisola, a barba chegando-lhe quase até a cintura. Estava andando como um caranguejo, de lado, com o lóbulo da orelha preso entre os dedos do líder do grupo. Se não fosse tão terrível, poderia haver algo de cômico naquela visão, os olhos do velho correndo confusos de um lado para o outro, o gorro escorregando pela lateral da cabeça. Em seguida, Marta viu o sr. Goldstein de joelhos rodeado pelos jovens. O fogo estava rugindo agora, devorando a loja, projetando longas sombras daquela cena.

Marta estava presa atrás da sua própria vidraça; era como assistir a um filme, ela imaginou, com o volume no mínimo.

Pela segunda vez, a governanta viu o bastão subindo e descendo.

Tapou um dos olhos com a mão, como se estivesse fazendo um exame de vista.

Cobriu ambos os olhos, incrédula.

Quando abriu-os novamente, a rua estava vazia. Exceto uma única pessoa — um corpo — disforme sobre os paralelepípedos.

Na noite seguinte, ninguém falou durante o jantar. Pepík estava livre para transformar os seus *knedlíky* em cadeias de montanhas, como desejasse. Parecia estar pensando que tinha feito alguma coisa para provocar o silêncio na mesa e ficou tentando adivinhar pelo que deveria se desculpar.

— Desculpem por eu brincar com a comida feito um bebê.

Os Bauer continuaram comendo.

— Desculpem por eu ter molhado a cama na noite passada.

Anneliese olhou para Marta com as sobrancelhas erguidas, e Marta assentiu, indicando que era verdade. Pavel se levantou e beijou a cabeça da esposa. Ligou o rádio. Eles ouviram estática, e então uma voz surgiu como um fósforo riscado. Pavel diminuiu o volume. Brincou com o dial até ouvir uma voz diferente, com sotaque britânico. "Não tenho dúvidas de que as ordens vieram de cima", disse a voz.

"Como pode ter tanta certeza?", perguntou outro homem. Marta não entendia as palavras, mas a voz deste era um pouco diferente; ela ouvira falar que na Inglaterra você poderia saber a cidade natal de uma pessoa pelo modo de falar. Na Tchecoslováquia, havia apenas quatro ou cinco sotaques. Se havia um tom ligeiramente diferente, vinha de Brno. E a cadência monótona nas vozes de Praga.

Marta queria saber o que estava sendo dito, mas não lhe cabia perguntar. Esperou pacientemente até que Anneliese pedisse:

— Pode nos ajudar, querido? — Ela segurava o punho do marido frouxamente.

Pavel traduziu a resposta do primeiro homem:

— Por causa da coordenação. A simultaneidade foi muito precisa, com lojas sendo vítimas de vandalismo não apenas numa cidade, mas em toda a Alemanha. — Ele fez uma pausa, tentando compreender o que era dito no rádio. — E na verdade em toda a Áustria, e nos Sudetos. Ambos, naturalmente, agora pertencem ao Reich de Hitler. A natureza... Qual é a palavra? Coordenada?... Não, a natureza *sincronizada* dos *pogroms* deixa pouca dúvida, eu pessoalmente diria que não deixa dúvida nenhuma, de que eles foram planejados por um organismo central.

A primeira voz foi interrompida, e Pavel olhou para o teto, concentrando-se.

— Ele está perguntando se poderia ter sido apenas uma série de saques realizada por bandidos — resumiu. — E agora o

121

outro homem está respondendo. — Pavel retomou a tradução simultânea. — Certamente os ditos bandidos e vagabundos podem ter aproveitado sem que precisassem insistir. Mas se os ataques aconteceram em muitas cidades diferentes, isso nos leva a crer, a *concluir*, que eles foram coordenados. Além disso, a natureza violenta de muitos dos... — O homem que falava procurou a palavra correta, e Pavel se interrompeu junto com ele. — ... de muitos dos ataques corporais.

Pavel desligou o rádio. Inclinou a cabeça para trás de modo que o seu queixo ficou apontando diretamente para o lustre de *art déco* cobre; respirou fundo, depois soltou o ar muito lentamente. Atravessou a sala até a prateleira de cachimbos, escolheu um e começou a colocar tabaco dentro do fornilho. O fósforo que pegou no console da lareira era comprido, destinado a alcançar o fundo da lareira de pedra maciça, e, calculando mal o seu alcance, quase chamuscou as sobrancelhas.

Pepík estava esmagando os seus bolinhos com a parte de trás da colher.

— Goldstein — falou Pavel, o cachimbo preso entre os dentes. — Eles estão falando sobre o que aconteceu com o sr. Goldstein. — Segurou o cachimbo longe do rosto. — Poderia ter acontecido conosco, querida — disse a Anneliese.

Marta olhou para a sra. Bauer, mas o rosto dela estava sem expressão, ilegível.

— É claro que não — zombou Anneliese. — Somos diferentes. Ele era... — Ela não precisava terminar a frase. Goldstein era ortodoxo, praticante. Os Bauer eram assimilados, seculares.

Pavel sacudiu a cabeça.

— Essas distinções não importam mais — disse ele.

— O que você quer dizer com isso?

Pavel puxou o ar do cachimbo; Marta achava aquele cheiro familiar, reconfortante. Havia algo quase doce nele, como biscoitos prontos para sair do forno.

122

— Eu quero dizer o que disse — disse Pavel. — As coisas mudaram. Os alemães só se importam com o fato de você ser judeu. É preto no branco. Na cabeça deles.

— É sério? — perguntou Anneliese. — Como isso é possível? Nós não poderíamos ser mais diferentes se...

Mas Pavel não respondeu. Ele estava fitando os castiçais de prata no centro da mesa; ergueu então o rosto para a esposa.

— Tenho orgulho de ser judeu — declarou. Marta se encolheu, à espera da resposta de Anneliese, mas ela ficou em silêncio. — Não tinha me dado conta disso — continuou — até agora. Até tudo isso. — Ele dirigiu o olhar para a janela. As cortinas estavam bem fechadas. Atrás delas, alguém levara o corpo do velho alfaiate.

— Orgulho, querido?

Marta podia ver que Pavel tentava explicar o que estava sentindo, descobrindo-o ele próprio enquanto falava.

— Isso me faz... Eu sempre tive tanto orgulho de ser tcheco, de ser um *vlastenec*... É como se eu tivesse esquecido este outro... — Ele pigarreou. — Isso que aconteceu com Goldstein. Isso me transformou.

— Espero que você não seja o próximo.

— O que eu quero dizer é que estou começando a entender o nosso próprio valor. Como povo.

— Espero que eu não tenha que observar o *shiva* e rasgar as minhas roupas! — A risada de Anneliese era estridente. — E cobrir... as janelas?

— Os espelhos — disse Pavel, em voz baixa. Então, acrescentou: — Eu finalmente entendo o que é importante.

— Ser *judeu*?

— Ensinar Pepík quem ele é.

Marta e Anneliese se entreolharam. A governanta sabia que o batismo ainda era recente para as duas.

— Você viu o que aconteceu com o sr. Goldstein? — Anneliese começou a dizer. — Viu *por que* isso aconteceu? Por causa da religião.

123

Pavel entendeu as palavras da esposa não como divergência, mas como concordância.

— Sim — disse ele. — Exatamente! Temos sorte, Liesel. Ainda há tempo para que o nosso filho cresça sabendo o valor do seu povo. Com um sentimento muito forte... — Ele estava sorrindo agora, ironicamente, ciente da ironia da sincronicidade. — Com um sentimento muito forte de identidade judaica! — Colocou as mãos nos ombros da esposa, sacudindo a cabeça. — Quem diria.

Marta estava paralisada na cadeira, a sua mente girando, como se ela, não Anneliese, tivesse que explicar o batismo. E ela não era igualmente responsável? Não tinha ido junto, voluntariamente? Poderia ter resistido, poderia ter defendido o que sabia ser o sentimento de Pavel. Uma parte dela queria deixar a sala, encontrar algo que precisasse ser lavado ou remendado, e escapar da consequência dos seus atos. Outra parte, porém, desejava ser responsabilizada. Algo de grande magnitude tinha acontecido, algo em que ela estivera envolvida, e a noção de importância era difícil de negar. Embora, claro, ela tivesse que se submeter à sra. Bauer.

Marta olhou para Anneliese; ela estava segurando o nó de um dedo da mão direita entre o polegar e o indicador da esquerda.

— Pavel — disse ela.

— Minha querida?

— Eu preciso lhe dizer.

— Precisa me dizer o quê?

Marta pensou por um momento que Anneliese estava prestes a confessar. Mas ela só fez uma pausa e ergueu os olhos das suas mãos.

— Preciso dizer que te amo — falou ela.

Pavel traçou um novo plano. Tentaria negociar com o governo — com o governo tcheco, em Praga — para ser enviado numa missão à América do Sul. Iria como uma espécie de embaixador dos fabricantes de tecidos tchecos tentar convencer os empresários de lá que a Tchecoslováquia, mesmo na sua forma reduzida, continuaria a ser um parceiro comercial confiável.

Anneliese concordou com a nova ideia de Pavel, mas não sabia como conseguiriam levá-la a cabo.

— Quem é você para representar toda a comunidade têxtil tcheca? — perguntou certa noite, enquanto ela e Pavel descansavam na sala de estar. Marta estava passando roupa em silêncio no canto. Podia ver um exemplar do novo livro de Henry Miller, *Trópico de Capricórnio*, e um dicionário tcheco-inglês aberto no colo de Anneliese. — Estou fazendo o papel de advogado do diabo — esclareceu Anneliese.

— Esse é um livro picante — disse Pavel.

— E você gosta dos meus óculos de leitura? — Ela piscou os olhos para o marido atrás dos aros grossos.

Marta sabia que ela só os usava na privacidade da sua casa.

— Ok — disse Anneliese —, vamos ver. — Ela bateu as mãos como uma professora. — Como podemos convencê-los de que você é a pessoa ideal para representar a indústria se a sua fábrica foi ocupada por Henlein?

— Minha reputação me precede — disse Pavel. — Talvez eu seja o homem certo para essa tarefa justamente porque a fábrica foi ocupada.

— Como assim? — perguntou a mulher.

Pavel fez uma pausa, e Marta percebeu que ele estava tentando encontrar uma explicação, que não conseguia fazer com que aquilo fizesse sentido.

— Agora que Hácha foi eleito... — começou ele, referindo-se à substituição de Beneš.

— Hácha não vai ajudar em nada. Ele é um católico sem passado político. Um advogado. Um *tradutor.* — Desgostosa, ela fechou o dicionário com força. — Mas tenho fé em você, *miláčku* — disse ao marido. — Sei que vai pensar em algo.

Pavel tirara do bolso a estrela de davi de seu avô. Tocou-a, agora, como se pudesse ajudar.

Houve uma batida na porta, três golpes curtos. Marta pousou o ferro de passar no apoio. Foi para o vestíbulo e destrancou a porta. Ernst estava ali, a cinco centímetros do seu rosto. As mãos dela subiram por conta própria para ajeitar o cabelo.

— Olá, sr. Anselm — disse ela.

Ernst murmurou algo que Marta não conseguiu entender. Ela olhou por cima do ombro para se certificar de que ninguém estava observando e se inclinou para ouvi-lo melhor.

— Hoje à noite — sussurrou ele. E em seguida: — Posso lhe dar o meu casaco? — perguntou em voz alta.

— É claro.

Marta estendeu a mão para a capa de feltro, e reuniu coragem. Meneou a cabeça. *Não, hoje à noite, não.*

Ernst ergueu as sobrancelhas, não com raiva, mas com preocupação. Aproximou-se dela com um passo.

— Marta — sussurrou —, o que houve?

Os Bauer ainda estavam na sala ao lado; Pavel dizia palavras em inglês e Anneliese as repetia. Marta deu de ombros, os braços cruzados sobre o peito. Mordeu o lábio inferior, com medo de que, se falasse, começasse a chorar.

— Aconteceu alguma coisa? — sussurrou Ernst. Era como se ele tivesse esquecido a outra noite por completo, como fora bruto com ela, como fora cruel. Seu olhar era suave, genuinamente preocupado, e uma parte dela queria relaxar, apoiar a cabeça no torso dele e senti-lo afagando as suas costas como uma criança. Mas ela tocou o próprio braço e sentiu a pele machucada, o lugar onde ele a agarrara com tanta força. Lembrou-se do sr. Goldstein, o modo terrível como o seu corpo caíra sobre a rua.

— Pavel confia em você — sussurrou ela de volta.

Um rubor subiu ao rosto de Ernst.

— E o que isso tem a ver conosco? — Sua voz endureceu, e ela se sentiu de repente muito jovem, com medo de confrontá-lo e perder tudo. A quem mais tinha?

Pepík, disse a si mesma. Tinha Pepík — e ele dependia dela. Poderia ter acontecido com ele, dissera Pavel.

Ernst olhou por cima do ombro de Marta para a porta atrás dela. Só tinham mais um ou dois segundos antes que os Bauer começassem a notar a sua ausência. Ele ergueu a mão no ar. Marta teve a sensação súbita e inconfundível de que iria bater nela — a memória do seu pai evocada mais uma vez — e recuou, levantando os braços automaticamente para se proteger do golpe. Mas Ernst apenas colocou a palma da mão no rosto dela.

— Não seja tola, querida — sussurrou. — Vejo você hoje à noite.

Ele nunca a chamara de querida antes, mas ela se protegeu do carinho. Pensou de novo no velho sr. Goldstein, no modo como os garotos o arrastaram pela orelha, e no quão impotente ele parecia à luz das chamas. Sua morte tinha tornado as coisas mais claras. Marta já não podia negar o que Ernst representava. Não para os outros. Não para si mesma.

— Está resolvido — decidiu ele.

Mas ela meneou a cabeça: *Não*.

— Vou pendurar seu casaco atrás da porta — disse ela. Depois se virou, antes que pudesse perder a coragem, e o deixou sozinho de pé no vestíbulo.

Na manhã seguinte, Max, o cunhado de Anneliese, foi visitá-los. Ele tinha o peito largo, bigode e cabelos brancos, e Marta sempre gostara dele. Ele não a ignorava, como alguns dos amigos dos Bauer, tratando-a como se fosse apenas outra peça de mobília que por acaso tinha pernas e rosto; ao contrário, perguntou como ela estava, lembrando pequenos detalhes como o bordado em que trabalhava quando ele a vira pela última vez, alguns meses antes. Talvez agisse diferente porque menosprezava a sua fortuna; Marta sabia que ele conhecera a irmã de Anneliese, Alžběta, já tarde, num baile de caridade oferecido para os bombeiros voluntários da fábrica do pai dele. Sua vida com Alžběta e as duas filhas era um presente pelo qual ele nunca deixaria de ser grato.

— Demiti Kurt Hofstader — disse Max, entrando no vestíbulo. Sorriu para Marta quando lhe entregou o chapéu.

— Seu chefe? — indagou Pavel.

Max fez uma pausa.

— Obrigado, Marta. — Olhou para Pavel. — Sim, por favor. Meio copo.

— É da safra de 1929.

— Não era o chefe. Era o gerente da fábrica.

— Um nazista?

— Você sabe que eu não deixaria a política atrapalhar os negócios. — Max baixou a voz. — Mas acho que ele estava trabalhando de informante.

Anneliese entrou na sala.

— Informando o quê? — perguntou ela, sombria, com o canto da boca, fingindo ser Sam Spade. Riu da sua imitação ruim e passou os braços ao redor do cunhado. — Olá, Max!

Marta foi até a saleta de costura adjacente ao salão. Vários pares de meias de Pepík precisavam ser remendados; as coisas andavam tão caóticas que se acumularam. Da outra sala, vieram os sons de uma rolha sendo puxada e de líquido sendo vertido. Cadeiras rangeram sobre o piso. Marta lambeu a ponta da linha — estava um pouco aberta — e apertou os olhos, guiando-a através do buraco da agulha. Tentou muitas vezes; a luz não estava boa, ela pensou, ou talvez a sua vista estivesse ficando mais fraca. Ouviu o estalo da Adler de aço de Pavel — ele estava rabiscando algo num bloco. Então, Max disse:

— Fiquei pensando se você aceitaria substituí-lo.

Marta fez uma pausa, a agulha apertada entre os lábios. Max queria que *Pavel* substituísse o gerente da sua fábrica? Será que isso significava que deviam ir a Praga? Ela mudou a cadeira de lugar para conseguir ver a sala de estar pela porta.

Pavel pigarreou. Um longo silêncio se instalou antes que ele fizesse a mesma pergunta.

— Em Praga?

Max riu.

— Do jeito que você fala, parece que é a Lua.

Pavel pigarreou novamente.

— Fico lisonjeado por você me convidar — respondeu. Levantou a mão e tocou o lustre acima da sua cabeça, como que para firmá-lo, ou a si mesmo. — Com certeza considerarei a proposta — disse, por fim.

Anneliese falou:

— Eu queria ir para Praga desde o início.

Pavel se voltou à esposa.

— E agora, minha querida, nós teríamos uma razão para ir.

— Um trabalho?

— Um emprego.

Mas Marta sabia que Anneliese não se deixaria ficar animada tão rapidamente.

— E quanto à fábrica?

Ele deu de ombros.

— Você sabe tão bem quanto eu.

— E a sua mãe?

— Ela não quer ir.

Max interveio.

— Eu poderia enviar alguém para cuidar dela.

— Um gerente judeu na sua fábrica não seria tão problemático quanto um nazista? — perguntou Anneliese.

Pavel sorriu para a esposa.

— Praga não está sob o domínio nazista. E Max é seu cunhado! — Ele agarrou o ombro de Max e sacudiu.

— Vocês poderiam ficar no nosso apartamento — disse Max.
— Vou passar um tempo fora do país, para visitar Alžběta e as meninas.

Anneliese se empertigou ante a menção à sua irmã e às sobrinhas, mas Max deixara claro que não podia contar a ninguém para onde elas tinham ido.

— Sim — falou Anneliese. — Sim, isso parece... — calou-se outra vez. E, então, de repente: — Fico muito animada!

Pavel passou o braço em volta dos ombros da esposa e a apertou.

— Partimos de manhã. — Ele estava de sobretudo; era como se planejasse correr porta afora naquele exato instante.

Marta ficou em silêncio, a agulha de costura pronta. Isso realmente estava acontecendo? Depois de todos os anos de serviço aos Bauer, ela seria abandonada, afinal. Eles estavam agindo de acordo com os seus interesses e esquecendo-se dela por completo. E por que não fariam isso, ela se perguntou. Nunca lhe prometeram coisa alguma; a sua posição na família era de empregada, nada mais. Ainda assim, ela sentiu um pânico crescer no peito. Tentou tranquilizar-se e se convencer de que as coisas iam se ajeitar, de alguma forma, mas outra parte sua não via de que jeito; ela morreria de fome, sozinha. Parte dela pensava que era o que merecia.

— Vamos precisar de algum tempo para fazer as malas — dizia Anneliese, na outra sala. — Para lavar a roupa e cobrir os móveis e esvaziar a geladeira e... — Ela fez um gesto ao redor da sala.

Max pigarreou.

— Sinto muito, Anneliese, mas preciso dele quanto antes. Hofstader já foi demitido. E eu tenho uma fábrica para tocar.

Ele sorriu para Pavel, como se dissesse que o mundo dos negócios estava além da compreensão das mulheres. Marta pensou que talvez ele não fosse tão gentil como imaginara. Sentiu as lágrimas brotando e piscou várias vezes, depressa, tentando desanuviar os olhos. *Seja paciente*, disse a si mesma; há tempo para pensar em alguma coisa. Mas não havia. A decisão estava tomada, os Bauer tinham entrado de imediato no modo planejamento.

— Sua mãe podia tomar conta da casa — disse Anneliese.

— Ou Ernst. Vou me encontrar com ele para lhe contar do plano.

— E a escola?

Pavel fez uma careta.

— Eles não estão ensinando a Pepík nada que valha a pena mesmo. Deixam-no virado para o fundo da classe. Você sabia?

Anneliese tossiu; discretamente levou a mão à boca. Baixou a voz.

— E quanto a... — Marta ergueu os olhos e viu Anneliese indicando a sala de costura com um gesto da cabeça.

— Pepík não pode ficar sem babá — disse Pavel em voz alta. — Marta vem conosco.

— Mas Sophie já fugiu. Talvez Marta esteja prestes a fazer o mesmo.

— Quer cuidar dele você mesma? — Pavel provocou a sua esposa. — Quer... quer... — Ele estava tentando se lembrar do que Marta fazia de fato. — Quer preparar o jantar dele? Quer dar banho nele? Toda noite? E enxugá-lo, vesti-lo e... — Mas Anneliese sorriu e fez um gesto com a mão indicando que ele podia parar. Ela não queria fazer nenhuma dessas coisas, e ambos sabiam disso, certamente não em Praga, onde havia casas de ópera, salas de cinema e os seus velhos amigos de adolescência.

— Marta! — chamou Pavel.

Marta fez um ponto e puxou o fio até esticá-lo. Esperou um momento antes de largar a agulha, levantar-se e entrar na sala.

— Estamos indo para Praga e você vem conosco — disse Pavel, magnânimo.

Fez uma pausa.

— Se quiser.

Marta teve que piscar um pouco mais para limpar as lágrimas dos olhos. Tanto medo, e agora tanto alívio. Ela não tinha mais ninguém — sobretudo não Ernst — e no fundo sabia que não era capaz de seguir por conta própria. Pavel saberia disso? Mas ele parecia estar à espera de uma resposta, então ela balançou a cabeça depressa e disse:

— Claro, sr. Bauer.

Marta sabia que primeiro devia aprontar as coisas de Pepík. Mas estava tão aliviada que não se conteve: correu ao andar de cima para embalar os próprios pertences.

Dois dias mais tarde, algo fez com que Marta despertasse no meio da noite. Ela acendeu a vela na mesa de cabeceira e ficou imóvel, esforçando-se para escutar. Era o barulho de alguém pisando o topo das escadas, parando, depois colocando lentamente o outro pé no chão. A imagem de Ernst surgiu diante dos seus olhos, e ela foi dominada pela velha sensação de estar suja, aquela compulsiva necessidade de lavar e limpar que sabia, no fundo, no fundo, ser o que fazia dela uma empregada tão eficiente.

Os passos continuaram, muito cuidadosos, diante da sua porta.

Marta começou a temer por Pepík. O quarto dele era no fim do corredor, para onde os passos se dirigiam. Recentemente, houvera o relato de novos saques, numa casa judia em Kyjov; uma jovem fora levada por um homem encapuzado e ainda estava desaparecida. Marta passou as pernas sobre a borda da cama e pisou no chão. A madeira estava fria, mas ela não buscou os chinelos; pegou o robe atrás da porta e segurou-o contra o peito, como uma toalha. Seus movimentos fizeram o piso ranger alto. Quem quer que estivesse do lado de fora parou de se mexer. Marta reuniu coragem e abriu a porta.

Ela e a intrusa ficaram ali, boquiabertas, uma diante da outra. O cabelo de Sophie estava solto e crespo, a luz da vela brincando sobre o seu rosto.

— Soph! — sussurrou Marta. — O que você está fazendo aqui?

— Ótimo ver você também.

— Veio pegar as suas coisas? Pensei que já...

— Eu esqueci algo. Voltei para buscar. — Sophie ergueu a chave de prata da casa. Brilhava como um dente de pirata.

— Que horas são?

— Não vou mais cozinhar.

— Mas o seu quarto, ele fica... — Marta apontou na direção oposta, para a outra extremidade do corredor.

Sophie parecia indecisa.

— Não é da sua conta. O que estou fazendo não é da sua conta.

Marta colocou um dedo sobre os lábios, depois se perguntou por que estava sussurrando. Não deveria chamar os Bauer, acordá-los?

— Pensei que os Bauer tinham ido embora — confessou Sophie.

— Shhh! Você ouviu alguma coisa?

— Pensei que eles tinham ido embora.

— Ainda não.

— O sr. Bauer ainda está aqui? — Sophie tocou o coração ao dizer o nome de Pavel.

— Sim.

— Mas ele vai embora?

— Nós só estamos...

Marta apontou para as malas abertas na sala. Viu o pincel de barbear de Pavel, com cerdas de pelo de javali, e as roupas

133

de baixo dele. Um pedaço de algodão branco a espiava dali, parecia uma das faixas de pano que Anneliese usava durante o período menstrual. Marta sentiu uma vontade súbita de fechar a mala, para proteger os pertences dos Bauer do olhar de Sophie.

— Você vai com eles? — perguntou Sophie, arregalando os olhos.

— Achou que eles não me levariam? — Marta apertou o robe junto ao peito.

Sophie zombou.

— Acho que você é que não devia levá-los — disse. — É muito... Você poderia... — Sua voz sumiu, e ela parecia incapaz de encontrar as palavras. — Você não deveria ir — disse, finalmente. — Ouvi dizer que há um homem, um homem muito importante, que está bastante zangado porque foi demitido pelo cunhado do sr. Bauer, e porque ele, Pavel, foi contratado no seu lugar.

Sophie inconscientemente tocou os lábios com a língua.

Marta disse:

— Eu não vejo por que isso...

Mas Sophie a interrompeu:

— *Sie sind dumm.* — Ela levantou a voz, e Marta levou o dedo aos lábios de novo, mas Sophie continuou a falar alto, revoltada. — Faça o que quiser, Marta — disse, e deu-lhe as costas. — Vejo-a por aí. Ou talvez — acrescentou, olhando para trás por cima do ombro —, talvez não.

Marta viu que Sophie carregava um grande saco vazio no ombro, como um pulmão murcho. Desceu a escada da mesma forma que subira, o saco pendurado nas costas. Marta esperou até ouvir a porta dos fundos se fechar. Voltou ao quarto e pendurou o robe. Envolveu a chama da vela com a mão em concha e apagou-a com um breve sopro. Os lençóis estavam frios, e ela esfregou os pés para aquecê-los. Virou-se de lado e puxou o travesseiro por cima da cabeça.

Só depois de um bom tempo deitada ali, a respiração cada vez mais leve, é que lhe ocorreu perguntar-se o que Sophie estava mesmo fazendo ali. O que exatamente ela voltara para buscar.

Anneliese ouviu um boato.

Ou talvez, ela falou, fosse a verdade. Havia um jovem corretor britânico que estava ajudando crianças tchecas a deixar o país. Em trens que chamavam de Kindertransports.

— O que você acha? — perguntou ao marido. — Poderíamos considerar mandar Pepík?

No dia 2 de dezembro, o Führer falara no rádio, anunciando a sua intenção de ocupar Praga. Mas Pavel estava firme. Ele tinha um emprego na capital, e queria o filho com ele. Com ou sem Hitler.

A partida foi adiada, porém, por uma chamada de última hora de Herrick, o alemão no comando da fábrica de Pavel. Ele foi convocado; não tinha outra escolha, sob o governo nazista, além de ir até lá e responder às perguntas do homem. Quando voltou para casa, disse que podia apostar, com base nas máquinas que foram removidas e no tamanho industrial dos tubos de metal cinza empilhados no saguão de entrada, que o lugar estava sendo convertido numa fábrica de munições. Talvez para fornecer à fábrica da Skoda. Queriam lhe fazer perguntas sobre a contabilidade, um sistema complexo que ele iniciara a fim de se adaptar ao cartel de juta. Sua presença foi requisitada ao longo de vários dias. No dia 6 de dezembro, Festa de São Nicolau, os Bauer fizeram o último jantar antes da mudança.

Eles estavam no meio dos *varenyky*, a primeira tentativa de Marta de fazer os bolinhos recheados com carne e ervas — não ficaram muito bons, ela achava — quando a campainha soou. Pavel pousou os talheres de prata. Pigarreou e sugeriu:

— Pepík, que tal você atender?

135

Pepík olhou para Marta em busca de confirmação. Ela fez que sim para mostrar que devia ir.

Ele foi até o vestíbulo, e dava para ouvi-lo se esforçando para levantar a pesada maçaneta. Pavel e Anneliese se entreolhavam, ambos sorrindo de expectativa.

— Precisa de ajuda? — perguntou Marta. Mas a porta foi empurrada pelo lado de fora, e Pepík soltou um gritinho.

— Quem é? — perguntou Anneliese, inocentemente.

Uma voz retumbante:

— É São Nicolau!

Pepík voltou à sala de jantar aos pulos. Fez uma expressão como o personagem Pinduca da história em quadrinhos que seu tio-avô lhe enviara dos Estados Unidos: a boca escancarada, as mãos nas bochechas e nenhum som. Então enfiou a cabeça de novo no vestíbulo para se certificar de que São Nick não havia desaparecido.

Ouviram mais alguns ruídos, e Pavel Bauer gritou:

— Não precisa tirar as botas! Apenas venha aqui para que possamos dar uma boa olhada em você.

Foi Ernst Anselm quem surgiu à porta. Estava usando o chapéu comprido dos bispos, uma barba falsa e o casaco de pele de raposa da sua esposa Hella. Marta corou e desviou os olhos. Encontrava dificuldade em recuperar o fôlego, de tão rápido que o seu coração batia. Reuniu todas as forças, esperando que ele se dirigisse a ela, mas ele apenas disse:

— Trouxe o Diabo comigo.

Havia algo estranho na sua voz — ele havia bebido. Olhou em torno da mesa, para cada um deles, e em seguida puxou uma cadeira. Dito e feito: um homenzinho de terno vermelho surgiu na sala.

— Está vendo? O Diabo. — Anneliese apontou para mostrar a Pepík.

Pavel jogou a cabeça para trás e urrou:

— Olhe só para vocês dois! O Gordo e o Magro.

— Que comparação perspicaz — disse São Nicolau.

Pavel ergueu uma sobrancelha para o amigo.

— Vocês têm sorte por eu ter aparecido — falou Ernst. — Quero dizer, vocês têm sorte que São Nick tenha vindo.

— Mas, São Nick, você vem todos os anos. Por que agora seria diferente? — Pavel estava contente por causa do filho, mas Marta podia ver que ele ficara confuso com o comentário de Ernst.

— São Nicolau — perguntou Anneliese —, gostaria de beber alguma coisa?

— Ele parece já ter bebido o suficiente para... — Pavel começou a dizer, mas o Diabo o interrompeu:

— Sim, ele gostaria. — Inclinou-se para trás nos seus calcanhares.

Marta reconhecia o Diabo, mas não sabia de onde.

São Nicolau tentou dar uma cotovelada em Pavel, mas errou e cambaleou antes de recuperar o equilíbrio.

— Sr. Bauer, troco a bebida pelos seus investimentos na Parker — disse Ernst. Então, olhou para Marta; seu rosto demonstrou surpresa, como se ele apenas agora se lembrasse da última conversa entre os dois, quando ela o deixara plantado no vestíbulo. Ele abriu a boca para falar. — E quem nós... — começou a dizer, mas Pavel agarrou seu ombro.

— Você não tem um assunto de que precisa tratar?

Ernst arrotou baixinho, cobrindo a boca com as costas da mão.

— Ah, sim — concordou ele sensatamente. — Tenho um assunto muito importante. — Fez sinal para que Pepík se aproximasse, a testa franzida, concentrado na tarefa. Desempenhara o papel de São Nicolau para Pepík desde que o menino nascera. Todos os anos a mesma charada. Ernst era bom naquilo, Marta era obrigada a admitir.

Ele era bom em todos os tipos de charadas.

137

— Você é... — Ernst consultou um pedaço de papel diante dele — ... Angus Bengali?

Agarrado à saia de Marta, o garoto espiava o Diabo com cautela. Fez que não com a cabeça.

Ernst fingiu confusão, franzindo a testa de novo.

— Ah — disse ele —, eu pensei...

Olhou mais de perto a lista que, como Marta podia ver, era um artigo recortado do *Lidové Noviny*.

— Herman von Winkledom?

— Não — disse Pepík, um sorriso começando a aparecer.

— Ludwig von Twicky-Twacky?

— Não!

— Diz aqui... — falou Ernst, aproximando o papel do rosto. — Eu deixei os meus óculos com Krampusse. — Ele correu o dedo indicador pela falsa lista. — Você não é... Não suponho que seja... Pepík Bauer?

— Sou eu! — gritou Pepík, que já tinha esquecido o Diabo por completo. — Eu fui um bom menino!

— Foi mesmo?

Pepík assentiu com entusiasmo e, depois, incapaz de se conter, fez uma investida na direção do saco de presentes. Ernst segurou-o acima da cabeça. Fez uma pausa, os olhos distantes.

— Você foi *mesmo* um bom menino? — perguntou.

Uma sombra atravessou o rosto de Pepík. Ele recuou e cruzou os bracinhos sobre o peito.

— Não — respondeu.

— Não?

— Eu fui um menino mau.

O Diabo deu uma risadinha.

— Finalmente vou poder participar um pouco!

Ernst também riu, mas Marta percebeu que ele não estava preparado para aquilo. Fazia um enorme esforço para manter o equilíbrio, tentando se manter estável nos seus calcanhares.

— Bem — disse ele, olhando para Marta com malícia —, todo mundo se comporta mal de vez em quando. Nunca é tarde para corrigir os erros.

Ela sentiu o calor subir-lhe de imediato ao rosto.

— Sábias palavras. — Pavel ergueu o copo, sem saber a que estava brindando.

— O que eu queria perguntar — prosseguiu Ernst — era se você foi um bom menino na maioria das vezes.

Mas era tarde demais. Pepík balançou a cabeça gravemente.

— *Ne.*

Todo aquele teatro assumira o ar de ritual religioso, algo parecido com as confissões de que Marta se lembrava na sua juventude, e por isso ela não se surpreendeu quando Pepík disse:

— Eu fui mau. Deixei o homem da água jogar a água na minha testa. — Ele ergueu os olhos para São Nicolau. — Para me tornar não judeu — esclareceu.

A sala ficou em silêncio. O Diabo e São Nicolau se entre-olharam. Anneliese abaixou a cabeça. Foi Pavel quem falou primeiro.

— Você foi... — Ele olhou de relance para a mulher, que tinha o rosto nas mãos, e de volta ao filho. — Você foi *batizado*?

Marta ouviu Ernst murmurar algo que soou como *amém*.

— *Miláčku*? O padre jogou água na sua testa?

Pepík concordou meio hesitante, seus olhos se movendo do pai para a mãe.

Pavel se levantou.

— Eu não posso... Eu não... — Ele fitou Anneliese, que não retribuiu o olhar. Pavel abriu a boca e fechou-a de novo. Olhou para o filho, para o Diabo e para São Nicolau, e disse, sem expressão: — Vocês me deem licença.

A sala ficou em silêncio. Apenas o Lúcifer adolescente parecia ignorar as implicações do que acabara de acontecer.

— Quem batizou você? — indagou ele a Pepík. Marta viu que o rosto do Diabo era magro e havia dois grandes furúnculos num lado do pescoço. Era o sobrinho de Ernst, ela se lembrou — Armin? Irwin?

O garoto lutava para conter as lágrimas.

— Padre Wilhelm — respondeu.

Marta se surpreendeu por Pepík se lembrar do nome do padre — ele mal conseguia decorar as letras que ela lhe estava ensinando. Talvez soubesse diferenciar quais eram as coisas importantes, aquelas em que devia prestar atenção. Talvez se lembrasse de mais do que todos pensaram.

Houve outro momento de silêncio tenso, os adultos restantes se entreolhando nervosamente. São Nicolau pôs os dedos por baixo da sua barba falsa e coçou o rosto vigorosamente, de repente louco para acabar logo com tudo aquilo.

— Pepík — disse —, estou vendo aqui na lista agora. — Ele olhou para a lista de novo. — Diz aqui que você foi um bom menino. Então eu lhe trouxe um presente.

Ele empurrou a caixa para Pepík, que a segurou sem muita segurança, como se fosse uma bomba prestes a explodir.

— Vá em frente, abra — disse São Nicolau. — Ainda tenho muitas outras crianças na lista. — Ele ergueu o saco, que obviamente estava vazio.

Pepík colocou o presente em cima da mesa e sentou-se diante dele. Puxou hesitante a ponta da fita.

— Vá em frente! — repetiu São Nicolau.

Era um presente terrível à luz do que tinha acabado de acontecer. Pavel dera ao filho o xale de oração do seu avô. O *tallit* estava aninhado entre duas folhas de papel de seda cor de marfim. Pepík desdobrou-o e segurou-o nas mãos, distante do corpo, como se fosse uma oferenda. Os adultos se entreolharam; ninguém sabia o que fazer.

Pepík também estivera esperando um vagão novo, ou um capacete de brinquedo com a insígnia do governo de Masaryk. Um *tallit* era inadequado para um menino da sua idade. Mas ele parecia compreender instintivamente o peso simbólico do presente. Desdobrou o xale de oração do bisavô e colocou-o sobre os ombros. As bordas penduradas, os *tzitziot* encostando no chão.

— Não sei se... — o Diabo começou a dizer, mas Ernst sacudiu a sua corrente para silenciá-lo.

Pepík olhou para os adultos, um por um, de modo desafiador. *Este é quem eu sou,* era o que dizia o seu olhar.

A família Bauer seguiu para Praga na manhã seguinte. O automóvel estava carregado até o teto com baús, caixas, a *Botanisierbuchse* de Pepík e a sua rede de caçar borboletas. A velha cidade ficou para trás como pele morta.

Havia um silêncio sepulcral no banco da frente. Os dentes de Pavel estavam trincados, e os olhos, colados ao para-brisa. Os nós dos seus dedos estavam brancos no volante. Quando entraram na faixa que contornava a praça, Marta viu que acontecia um comício ali, um grupo de Hitlerjugend amontoado usando braçadeiras e coturnos. Havia uns quarenta deles. Um homem diante da multidão gritava algo num megafone. A multidão respondeu gritando *"Sieg Heil! Sieg Heil!",* agitando os punhos no ar.

Veio-lhe à mente a imagem do sr. Goldstein morto sobre os paralelepípedos.

— Até logo, velha cidade — disse Pepík, num tom moroso.

Anneliese fingia que o marido não estava ali — era assim que lidava com a raiva de Pavel com relação ao batismo. Conversava animadamente com Pepík e Marta sobre a cidade para onde iam.

— Esperem até ver a Václavské náměstí. E todas as torres, e a ponte Carlos com as estátuas dos santos ao longo da sua extensão. — Ela olhou por cima do ombro para o filho no banco de trás. — No verão, podemos pegar um barco a vapor e ir para a ilha de Kampa, tomar um sorvete e nadar no rio! Você não gostaria de fazer isso?

— Esqueci a minha flauta irlandesa — disse Pepík, desamparado.

Mas a mãe insistiu.

— Assim que chegarmos vamos ver o relógio astronômico. A cada hora um alçapão se abre e Cristo marcha para fora com os seus apóstolos. O esqueleto da morte toca o sino a cada sessenta minutos.

Pavel disse, ironicamente:

— Como se precisássemos ser lembrados.

Mas Marta suspeitava de que ele estivesse aliviado por ir também, por estar fugindo do território ocupado pelos alemães. Uma parte dele, mesmo que Pavel não admitisse, também estava com medo do que acontecia ao redor, parte dele estava ansiosa para se esconder na fantasia de um piquenique na ilha, com pedaços de frango frio e limonada, e Hitler sendo apenas um pesadelo.

Tinham contornado a área e entravam agora na estrada de paralelepípedos. Marta se virou para olhar a sua casa pela última vez. A multidão de *Jugend* parecia maior daquele ângulo, ocupando metade da praça. Rapazes, na sua maioria, vestindo casacos leves de inverno, a insígnia nazista costurada na manga. Suas vozes num uníssono, junto com o homem ao megafone. Marta viu uma garota, uma garota de cabelos crespos — levou um minuto para perceber que era Sophie. Seus cachos estavam amarrados atrás da cabeça e a sua boca estava aberta, gritando. Havia um rapaz magro que se esticava ao lado dela. Marta também o conhecia.

Era o sobrinho de Ernst Anselm. Armin? Irwin?

A última coisa que Marta viu, a sua última lembrança da velha cidade, foi Sophie de mãos dadas com o Diabo.

PARTE DOIS

PRAGA

19/1/1939

Caros Pavel e Anneliese,

Desculpem por ter ficado incomunicável por tanto tempo. Tudo vai bem. Os negócios continuam em ritmo acelerado.

Imagino que estejam desfrutando os livros, como de costume. O que vem antes de O castelo é excelente.

Por favor, mandem um beijo a Alžběta, se a virem. E às meninas.

Atenciosamente,
Max

(ARQUIVADO SOB: Stein, Max. Morreu em Auschwitz, 1943)

Eu VIVI MUITO.

— Posso perguntar quantos anos tem? — indagou você, quando nos conhecemos.

— Não pode, não! — Sorri, fingindo ofensa. Era o tipo de provocação que geralmente acontece entre pessoas que se conhecem a vida toda. Senti que, de um modo particular, eu o conhecia.

Fazia anos que eu procurava por você, Joseph. Mesmo quando não sabia que procurava.

Na Tchecoslováquia de Hitler, graus de religiosidade não importavam. Havia famílias, na Europa Oriental, que eram completamente assimiladas — palavra feia, mas era como chamavam —, famílias que tinham batizado os filhos, que comemoravam o Natal... Até mesmo eles tinham muito pouca esperança. Tudo o que importava era se houvera um único avô judeu. Pessoas que estavam afastadas das famílias, que nunca tinham conhecido os pais... Bastava uma breve investigação por parte das autoridades e eram condenadas. E, claro, havia os judeus praticantes, aqueles profundamente enraizados na riqueza e na beleza da tradição, que acendiam velas no sabá e aguardavam a vinda do Messias — não preciso lhe dizer o que aconteceu com eles.

Tentaram arduamente, mas quase sempre avançavam muito pouco, era tarde demais. Depois do *Anschluss* na

Áustria, eles emigraram, mas só até Amsterdã, por exemplo, ou Praga. Depois que Hitler deixou claros os seus planos para a Tchecoslováquia, emigraram de novo, mas dessa vez só até a França. Em alguns casos, as pessoas tinham vistos de saída, mas optaram por não usá-los. Embora a maior parte dos judeus europeus implorasse e apelasse para o suborno, ainda existiam alguns que se agarravam à sua casa e ao seu futuro, mesmo que o chão estivesse desaparecendo debaixo dos seus pés.

Quando eu estava trabalhando em meu segundo livro, entrevistei a neta de um sobrevivente cujos pais foram assassinados em Birkenau. "Eles tinham vistos de saída", repetia a mulher, como se tentasse encontrar um sentido. "Por que não usaram?" Tentei explicar que seus bisavós não poderiam ter adivinhado os campos de extermínio, que os judeus tchecos haviam gozado de décadas de paz e prosperidade, que achavam que estavam fazendo o que era melhor para suas famílias e para o país que amavam. Percebi que ela não conseguia entender, só pensava no sofrimento da mãe e na própria infância terrível como resultado disso.

Podem parecer egoístas, os sobreviventes e seus filhos. Feito nós escuros de sofrimento, fechados e apertados. Também foi esse o legado de Hitler: o veneno que nunca foi totalmente eliminado.

Após a guerra, ninguém queria falar sobre o que tinha acontecido. As coisas ainda eram difíceis na época em que fiz o meu doutorado: lembro como era complicado encontrar quem se dispusesse a ser entrevistado. Só muito mais tarde as histórias começaram a ser contadas. Os sobreviventes estavam envelhecendo, e de repente compreendeu-se que, se não fossem ouvidos naquele momento, não haveria mais nada para ouvir. Algumas crianças do Kindertransport começaram a falar também, mas ainda eram consideradas sortudas, aquelas que tinham escapado. Em comparação aos outros, essa era a opinião vigente, elas não tinham nada a contar que valesse a pena.

Não que alguém tenha dito isso na minha cara.

Foi mais tarde, quando os sobreviventes mais velhos de Auschwitz e de Bergen-Belsen começaram a morrer, que essas crianças, naquele tempo já adultos, começaram a sair da toca. O primeiro encontro das crianças do Kindertransport provocou uma reação incrível. Os participantes compreenderam que tinham feito parte de algo maior, peões numa história da qual não eram culpados. Eles se sentiam ligados uns aos outros pelo trem da memória. Compararam anotações e ao fim já não se sentiam tão sozinhos.

Contar-lhe isso agora me faz desejar ter presenciado esse encontro. Ainda seria alguém de fora, porém. Isolada, porque a minha história é diferente da deles. A verdade é que me é conveniente ser solitária. Coloque-me no meio de uma multidão e eu só me sinto mais solitária. Olhando sempre para o formato das costas das pessoas. Procurando alguém com um suéter laranja. Um lenço.

Poderia me dar licença, por favor? Preciso de um momento.

Não se preocupe. Não vou chorar.

É assim: desde o aniversário de sessenta anos da reunião em Londres, em 1999, houve uma enxurrada de histórias sobre as crianças do Kindertransport. A palavra em voga é *testemunho*, embora não me soe bem, por implicar um sistema de justiça, a possibilidade de retaliação. Ainda assim, as coisas que as pessoas me dizem são muitas vezes notáveis. Por exemplo, a história de duas irmãs. Os pais delas as levaram à estação no dia do transporte que Winton combinara e as colocaram no trem. Mas a menor era apenas um bebê, e estivera doente com uma gripe que era comum por ali; no último minuto, os pais a puxaram para fora. A garota mais velha se lembra de entregar a irmãzinha pela janela, o peso do corpinho como um pão quente. Foi a última vez que a viu. E os pais.

149

Outra história: um menino cujos pais demoraram demais. O Kindertransport já estava cheio. A lista de espera tinha três vezes o número da capacidade do trem, mas a secretária de Winton afeiçoou-se ao menino. Algo no modo como as suas orelhas se projetavam da cabeça, ou como os seus joelhos ossudos eram mais grossos do que as coxas. Ele tinha apenas 6 anos e não se lembra das palavras do pai, mas ainda pode descrever a felicidade dele quando a secretária passou o nome do filho à frente na lista. Talvez tenha havido suborno, mas o homem não se lembra disso. Lembra-se de ver o pai chorar lágrimas de alívio; ele talvez morresse — morreu, de fato —, mas o filho conseguiria escapar.

Por vários anos — muitos anos — fui capaz de me perder na vastidão dessas histórias, as histórias de perdas, buscas e descobertas. Elas me permitiam esquecer a pessoa que eu procurava. A criança da carta que eu carregava comigo. Quando finalmente procurei você, me surpreendi com a facilidade. Sabia o seu sobrenome — procurei na lista telefônica.

Lá estava você, na minha cidade. Simples assim.

Olhei pela janela quando o telefone tocou, tentando ignorar o fato de que conseguia ouvir o meu coração. Um único tênis, amarrado pelo cordão, pendurado no varal do vizinho. Ouvi a sua voz na secretária eletrônica e me atrapalhei com o sotaque confuso. Fiquei parada, piscando rapidamente os olhos, respirando fundo. Finalmente percebi que a máquina estava gravando o meu silêncio. Obriguei-me a falar antes que fosse tarde demais: disse-lhe o meu nome e falei um pouco sobre a pesquisa. Então me atrapalhei com o número do meu telefone, e tive que repetir várias vezes. Devo ter parecido uma velha idiota e chorosa. O que, suponho, eu era.

Quando desliguei o telefone, não me afastei dele. Ficou claro para mim que você não telefonaria de volta. Por que haveria? Eu deveria ter falado algo diferente.

Mas o quê?

A verdade, eu dissera a mim mesma.

Que é?, respondera.

Que é a peça mais importante do quebra-cabeça.

Assenti. E de imediato cada parte de mim concordou: eu devia ter lhe dito o que somente eu sabia. Que sou a irmã que você nunca soube que existia.

QUATRO

HAVIA NA CASA DE MAX E ALŽBĚTA um berço que pertencia à filhinha Eva. Anneliese não aguentava olhar para ele. Marta sabia o que ela pensava: quantos anos teria a própria filha se estivesse viva? A governanta tentou imaginar como a menina seria. Teria cachos escuros, como Anneliese, ou o cabelo castanho um pouco mais claro do pai? Uma criança gentil ou petulante? Havia um fantasma na família, cada vez maior, no entanto, jamais alcançaria o seu irmão, Pepík, no mundo dos vivos de carne e osso.

Os Bauer desempacotaram os seus pertences. Aguardaram notícias de Max, mas não havia sinal dele. Talvez ainda estivesse a caminho de encontrar Alžběta e as filhas, ou talvez tivesse outras razões para se esconder. De qualquer forma, o apartamento estava vazio, e eles se mudaram para lá como atores para um *set*. Pepík escolheu o quarto que fora do tio Max quando menino: havia ali um beliche e uma cabeça de veado pregada na parede. Marta tinha toda uma série de quartos destinada para ela — da cozinheira, do mordomo, do motorista. Era muito mais espaço do que estava acostumada, mas tentou fingir indiferença, caminhando pelo vasto apartamento urbano como se aquele lugar tivesse sempre sido seu. À noite, dava para ver, pela janela da frente da sala, até o coração de Praga, os postes acesos e brilhantes como debutantes indo a um baile.

— Aquela é a ópera — apontou Anneliese, na primeira noite, as bochechas rosadas de emoção. E atrás dela ficava o Castelo de Praga, iluminado, como a maior joia numa coroa.

— A nova residência de Hitler — disse Pavel categoricamente. Não olhou para a esposa nos olhos, ainda zangado.

— Eu prefiro o Belvedere — falou Anneliese.

— Ouvi alguém chamar o Castelo de "a nova residência de Hitler" hoje mesmo — insistiu Pavel. Ele cruzou os braços sobre o peito. — Só por cima do meu cadáver — continuou. Mas a sua voz soou vazia para Marta. O novo apartamento elevava Anneliese, mas tinha o efeito oposto sobre Pavel. Ele parecia mais jovem ali, Marta pensou, ou menor. Parecia derrotado.

Uma carta chegou à noite, e Pavel saiu cedo na manhã seguinte para conhecer o chefe de Max, Hans, na fábrica. Anneliese levou Pepík e Marta para conhecer a cidade. O inverno estava começando, já havia uma camada de neve por cima de tudo, como açúcar de confeiteiro. A respiração de Marta formara fumaça diante do seu rosto. Ela mexeu os dedos dos pés para aquecê-los nas suas duras botas de amarrar e esfregou as mãos de Pepík nas luvas dele. Desceram a Vinohradská, passando pelas ruas Italská, Balbínova e Španělská, pelo Živnostenská Banka e a galeria de arte Myslbek, em Na Přikopě, que exibia pinturas nazistas. Caminharam pelos arredores da ampla avenida arborizada, e Marta olhava ao redor, tentando assimilar tudo. Nunca vira tantas pessoas num só lugar. Mulheres de casacos Chanel e lenços de seda amarrados no pescoço, grupos de adolescentes amontoados como cachos de uva, idosos andando de bicicleta. Havia uma sinagoga ortodoxa num canto: através das janelas com tábuas, ela viu um calendário com a imagem de um rabino soprando o chifre de um carneiro. As caixas sionistas de coleta azuis e brancas abandonadas. Anneliese indicou a padaria, que ainda era a mesma de quando ela era menina. Passaram pelo açougue e viram carcaças, rosadas e sangrentas, penduradas em ganchos na vitrine. Pareciam, pensou Marta, estranhamente humanas. Na agência de viagens Wagons-Lits havia uma fila sinuosa saindo pela porta da frente, pessoas tentando desesperadamente deixar o país. Bondes vermelhos cruzavam a praça aleatoriamente como as linhas da palma da mão.

Marta tinha criado na sua mente uma imagem de Praga, uma imagem que nem sabia estar lá, e que agora percebia ser apenas uma versão ampliada da velha cidade: duas lojas de cada tipo em vez de uma. Mas Praga era algo completamente diferente.

— Eu me sinto como se estivesse em outro país — disse ela.

Anneliese deu de ombros e sorriu.

— Bem-vinda de volta à Tchecoslováquia. — Um cartaz sobre o ombro direito de Marta chamou a sua atenção. — Olhe o que está passando! *Branca de Neve e os sete anões*. É daquele americano, Walt qualquer coisa.

Marta olhou para Pepík, as bochechas dele rosadas como maçãs.

— E então? — Ela apertou as mãos na frente do peito, radiante. E, antes que pudesse perceber, estava prestes a ver o seu primeiro desenho animado.

O cinema estava escuro, os assentos dispostos como numa arquibancada. Tinha um cheiro de mofo, de poeira e balas de hortelã velhas. Foram mergulhados na escuridão, e Marta segurou a mão de Pepík. Fez-se silêncio, alguém espirrou, alguém abriu o zíper do casaco. Por um momento, eles ouviram o *tique-tique-tique* do projetor, e então de repente a tela se iluminou. Uma garota de pele sedosa, cabelos negros e olhos enormes apareceu. Uma princesa, pensou Marta. Era como entrar em outra dimensão, a enorme face da garota, o brilho. Marta não sabia para onde olhar. O cenário mudou para uma floresta, e tudo à sua frente tinha vida — as árvores, as pedras, os animais. Todo o campo de visão fervilhava de cores. Ela queria dar uma olhada em Pepík e ver como ele estava reagindo, mas descobriu que era incapaz de desgrudar os olhos da tela.

Depois do filme, exibiram um noticiário que mostrava Hitler fazendo um discurso sobre a expansão do seu *Lebensraum,* mas nem mesmo isso conseguiu estragar o bom humor de Marta. Quando ela saiu do cinema, foi como se o tempo não tivesse passado, e, por outro lado, como se uma nova era tivesse começado. Mal conseguia falar. Fazia tanto tempo, percebeu, que não sentia prazer. Anneliese olhou Marta e Pepík e bateu palmas.

— Eu falei que vocês iam gostar da cidade — disse ela. — Não falei?

Anneliese também tinha um enorme sorriso estampado no rosto, a tensão entre ela e Pavel estava esquecida por um instante.

O filho pulava de um pé para o outro.

— Dunga! — gritou. — Atchim! — E começou a imitar o ruído de espirros para a mãe.

No caminho de volta a Vinohrady, passaram pelo Havlíčkovy sady. Dois mascates judeus alemães estavam sentados num banco do parque vendendo lápis. Era uma lembrança dos tempos difíceis que estavam vivendo — mas Marta não queria que lhe recordassem. Por ora, ainda que por alguns instantes, os tempos difíceis pareciam abstratos. Foram descartados como um par de calças sujas e jogados num canto. As pessoas, os carros, o pulso vibrante da cidade — Marta sentia que poderia muito bem estar vivendo no conto de fadas ela própria. Num lugar onde a palavra *guerra* nunca era pronunciada. Subiu a ladeira para casa com os olhos iluminados.

No dia seguinte, porém, Karel Čapek morreu. A rádio fez uma homenagem, lembrando, entre as suas realizações literárias, a invenção da palavra *robô.*

— Daqui a cinco anos ninguém vai dizer *robô* — falou Anneliese. — Daqui a *um ano.* — Ela massageou a nuca com os nós dos dedos.

— Nunca se sabe — disse Pavel, irritado. Marta viu que a morte do seu escritor favorito o deprimira. A transmissão da rádio dera a impressão de que Čapek nem mesmo estivera doente, que ele perdera a vontade de viver a partir do momento em que o seu país fora retalhado e Hitler mantinha o olho grande na capital.

Por enquanto, Pavel estava preocupado com a sua nova posição, saindo de casa antes que os outros acordassem e correndo para comparecer a reuniões à noite. Ele evitava a esposa, que de qualquer modo passava o dia todo fora, em almoços com Mathilde, ou ondulando o cabelo no salão Petra Měchurová. Marta não sabia se eles celebrariam o Natal, depois do incidente do batismo. Apesar de falarem no assunto com menos frequência, ela sabia que Pavel ainda estava irritado. Por outro lado, o Natal não era *cristão* para os Bauer; era a tradição, pura e simplesmente. Quando Anneliese a orientou para continuar com os preparativos, Marta obedeceu. A cozinha do apartamento de Max e Alžběta era equipada com um aparelho chamado liquidificador — ela não tinha ideia do que fazia — e uma chaleira elétrica com desligamento automático. Marta fez *vánoča*, o tradicional pão das festas, e *macarons* recheados de merengue e amêndoas. Colocou Pepík para fazer correntes de papel colorido. Estava preocupada que não tivessem uma árvore onde pendurar todos os enfeites, mas, por fim, no dia 23 de dezembro, Pavel voltou para casa com um magro abeto. Onde ele o encontrara numa cidade coberta de concreto como Praga? Colocou-o no canto da sala de estar; a ampla sala fez com que a árvore parecesse pequena, como uma criança nua tremendo depois do banho.

— O que você acha? — indagou Marta a Pepík. — É melhor decorar a árvore! — Normalmente, a árvore decorada seria apresentada a Pepík como uma surpresa, mas os Bauer estavam sem tempo para isso naquele ano, e Marta estava feliz por dar um projeto ao patrãozinho. O filme de Walt Disney animara o seu estado de espírito temporariamente, mas seu humor declinara outra vez e se tornara um temor taciturno. Lembrava a

Marta um pequeno marechal de campo, os soldados de chumbo espalhados ao redor como vítimas.

Na manhã do dia 24, a governanta levantou-se cedo, descascou as batatas e as pastinacas e desceu para comprar a carpa. Enrolou um pouco de massa para *vanilkové rohlíčky*, e logo a cozinha estava tomada pelo cheiro doce de pãezinhos de baunilha assados. O que mais Sophie costumava fazer? Sopa de peixe, servida antes da carpa — teria que ficar no fogo por várias horas. Marta fez uma lista do que Sophie preparava e se perguntou sem muito interesse por onde a garota andaria. "Você não devia ir", ela se lembrava das palavras de Sophie. "Há um homem que está muito zangado porque o sr. Bauer foi contratado no seu lugar..."

Marta cumpriu a sua lista de tarefas, uma a uma, marcando cada item concluído. Finalmente, às cinco e quinze, Anneliese voltou para casa.

— A carpa — perguntou — é agridoce? — Quando sabia que era assim que faziam todo ano.

Às seis e meia Pavel tocou a sineta de Natal. Pepík estava deitado na sua cama olhando para o teto, mas não podia fingir que não estava entusiasmado com a festa; saltou para o chão e andou a passos largos pelo corredor até a sala. Marta estava atrás dele, segurando os seus ombros, enquanto olhavam para o bonito salão. Pavel diminuíra as luzes, acendera a lareira e todas as velinhas nos galhos da árvore. As chamas tremeluziam e se refletiam nos espelhos da parede da frente da sala e no grande candelabro de vidro; parecia que a sala estava iluminada com vaga-lumes.

Pepík foi direto até o galho mais baixo, tirou um *macaron* e comeu metade.

Os presentes estavam dispostos numa mesa junto à cristaleira. Marta ganhou uma grande caixa da loja de chocolates Lindt. Era um presente muito mais caro do que os Bauer costumavam lhe dar.

— Não... sinceramente... — ela começou a dizer, mas Pavel silenciou-a.

— Estamos gratos — disse ele — por todo o trabalho extra.

O presente dele para Anneliese estava numa caixinha azul: brincos com pingente de diamante para combinar com o reluzente relógio. Ela segurou os brincos junto às orelhas; tinham a forma de duas lágrimas perfeitas.

O presente dela para o marido estava num pequeno envelope creme com o nome dele escrito na frente com caneta-tinteiro. Pavel descolou o selo de cera. Marta viu os seus olhos se moverem de um lado para o outro enquanto lia. Não sabia dizer, pela expressão do rosto dele, qual o teor da mensagem da esposa. Eles tinham resolvido as coisas ou era apenas uma trégua temporária?

Marta, por sua vez, escolhera para Pepík um livro sobre dois meninos tchecos indo ao mercado; para os Bauer, um porta-retratos em que colocara a foto do filho deles sentado nos degraus da frente da casa na sua antiga cidade. Quando Pavel viu, os seus olhos se encheram de lágrimas.

— Que presente atencioso — disse ele.

Até mesmo Anneliese parecia comovida. Tamborilou os dedos no pescoço.

— Marta — falou —, você não devia ter feito isso. Este porta-retratos deve ter custado todo o seu... — Ela se interrompeu e disse, afável: — Muito obrigada, Marta. — Ergueu o porta-retratos e olhou para ele de novo. — Parece que foi há muito tempo — falou, uma expressão peculiar no rosto. — Não parece? Se pensarmos em tudo o que aconteceu? — A governanta sabia que Anneliese estava pensando em Max. A patroa achou que ele pudesse passar o Natal com eles, mas ainda não havia notícias dele ou de Alžběta.

Quando todos os presentes tinham sido abertos, Pavel quis acender a menorá. No passado, quando o Hannuká caía junto com o Natal, o feriado judaico era esquecido, mas naquele ano Pavel estava determinado.

— Não estamos já... quantos dias... — Anneliese começou a dizer.

Pavel fez um gesto com a mão indicando que não tinha importância. Não tinha certeza, mas acenderiam todas as oito velas, pelo sim, pelo não. Ele também queria dizer a bênção, algo que, até onde Marta sabia, os Bauer nunca tinham feito antes.

Marta ficou observando Pavel, com os olhos fechados, entoando a oração em hebraico. Ela estava estupefata que ele soubesse de cor. Talvez tivesse aprendido quando menino? Ele incluiu algo que chamou de Shema — a oração judaica que proclama a unidade de Deus, ele disse — para garantir que seria suficiente. Quando terminou, colocou a menorá na janela. Era uma *mitzvah* fazer isso, disse ele, mas Marta viu Anneliese estremecer. Ela não ousaria criticar o marido, não depois do que acontecera, mas Pavel pareceu reconsiderar e levou o candelabro de volta ao aparador, fora da vista das pessoas que passavam na rua. As luzes da árvore de Natal, refletidas na parede de espelhos, faziam a sala transbordar de luminosidade. Em contraste, a menorá parecia pequena e fortuita. Brilhava no canto, despercebida.

Anneliese trancou-se no seu quarto, preparando-se para as festividades. Passariam o ano-novo na casa de Mathilde, a sua amiga mais antiga do colégio. Mathilde e o marido Václav, que era dono de fábricas de margarina, receberiam vários casais para celebrar.

— Com ou sem Hitler — disse Pavel.

Anneliese finalmente saiu do quarto, o pó no rosto e os cabelos presos no alto da cabeça. Um telegrama chegou no momento em que os Bauer vestiam os seus casacos. Embora estivesse lacrado dentro do envelope habitual, Marta teve a nítida sensação de que o entregador conhecia o conteúdo. Ele franziu a testa ao entregá-lo, como se detestasse ser o portador de más notícias. Ou talvez fosse apenas o fato de que todos os telegramas traziam más notícias.

Pavel pegou o envelope das mãos do garoto.

— É de Max? — perguntou Anneliese. Ela usava um vestido vermelho justo que Marta nunca vira antes.

— Ou Alžběta?

— Passe-me o meu... — Pavel indicou o seu cachecol, os olhos ainda no telegrama.

— Pavel. Estou falando com você.

— É o seu amigo.

— Eu gostaria que você...

— Seu amigo, Wilhelm.

Anneliese congelou com o cachecol de Pavel na mão.

— O padre?

— Ele foi preso.

— Preso? Por quê?

— Esqueça o cachecol — disse Pavel. — Nem está nevando.

Anneliese olhou para o marido.

— Por que ele foi preso?

— Por batizar judeus. Por que outro motivo? — Pavel abotoou depressa o casaco. — Estamos atrasados — falou, sem olhar para Anneliese. Eles beijaram um de cada vez a cabeça do filho e saíram.

Marta pôs Pepík na cama. Houve um pouco de agitação porque ele queria ficar acordado até meia-noite, mas ela se manteve firme, e, quando o ajeitou nas cobertas, ele estava tão exausto que adormeceu sem nem mesmo uma história. Ela foi até a cozinha e lavou os pratos, depois ouviu o pronunciamento de ano-novo do presidente no rádio. Era fácil perceber, pela voz de Hácha, que ele estava extremamente triste. Apesar de tudo o que tinha acontecido, dissera ele — apesar dos terríveis acontecimentos daquele ano —, o povo da Tchecoslováquia

161

ainda estava na sua terra. Mas ainda poderia dizer isso dali a um ano?

Marta fez uma xícara de chá de tília e se sentou ao lado da árvore de Natal, pensando no padre Wilhelm. *Preso,* Pavel tinha dito. Por distribuir certificados de batismo. Ela recordava a imagem do padre de pé diante dela, a careca na forma de um quipá, os dedos ossudos entrelaçados como se rezasse. Fora tão gentil com elas, pensou, oferecendo ajuda não só ao pequeno Pepík, mas à mãe também. Por quantas outras pessoas agira da mesma forma?

Será que as autoridades viriam procurar Pepík? Talvez fosse uma possibilidade; um batismo ilegal com certeza teria repercussões. Ela estremeceu, perguntando-se quais exatamente poderiam ser. Levou a xícara aos lábios, mas o chá tinha esfriado e o sabor das folhas era embolorado, doce demais. As pessoas, ela sabia, simplesmente desapareciam; acontecia de alguém estar por ali numa noite e sumir ao raiar do dia seguinte. Era levado. Mas poderia acontecer com uma criança? Com Pepík?

E onde estava Max? Ele prometera que manteria contato.

Marta empurrou a xícara para o lado. A náusea brotou no seu estômago: comera carpas e *vánočka* demais. Olhou de relance para o trem de brinquedo, ali onde ele passava sinuoso por entre as pernas da mesa. Pepík havia incorporado algumas das lanternas da árvore de Natal no cenário; estavam ali como postes de luz na cidadezinha sem nome onde as pessoas feitas de pregadores de roupa cuidavam da vida. Um dos soldadinhos de chumbo tinha caído de costas e olhava para ela. A boca aberta imobilizada. Era como se estivesse gritando algo. Como se estivesse tentando dar um aviso.

A carta de Max só chegou em março. Pavel segurou-a perto do rosto e leu em voz alta para a esposa:

— Imagino que estejam desfrutando os livros, como de costume. O que vem antes de *O castelo* é excelente.

— O que ele quer dizer? — perguntou Anneliese. — Resolveu falar de livros? Agora?

— Foi postada há seis semanas, em janeiro.

— Foi?

— Ele parece estar escrevendo em código.

— *O castelo*. De Kafka?

— Deve ser.

— E o que vem antes... *Amerika*.

— Esse foi depois.

— *O processo* — disse Anneliese.

— *O processo*. Qual é o enredo?

Ela olhou para o teto, tentando lembrar.

— O narrador é preso por um crime que nunca é descrito.

— Por crime algum.

— Exato.

— Acho que sabemos o que aconteceu com Max.

Anneliese entrou em pânico.

— O que devemos fazer?

Marta estava num canto da sala, espanando o aparador. Viu Pavel estender as mãos diante de si: *Não me pergunte*.

Os Bauer estavam sentados em extremidades opostas no pesado sofá vitoriano; a parede de espelhos os duplicava. Tudo o que eles faziam no novo apartamento era copiado pelas duplicatas: quando comiam, os seus gêmeos faziam o mesmo. Quando falavam, quando discutiam, os gêmeos imitavam. Era como se alguém tivesse pensado em fazer uma cópia de cada um deles, para o caso de algo acontecer com os originais.

— Devíamos pelo menos contar a Alžběta — disse Anneliese a Pavel.

— Mas como podemos lhe contar se não sabemos onde ela está?

Anneliese pegou a sua bolsa Chanel e acendeu um cigarro.

— Poderíamos ligar para Ernst — disse Pavel — e perguntar o que ele acha.

Marta baixou os olhos, concentrada no seu espanador, mas Anneliese estava ao telefone no mesmo instante, o cigarro fumegando no cinzeiro. Falou para o transmissor preto no meio da caixa de madeira na parede, depois cobriu o bocal com a mão.

— A telefonista diz que há uma linha por Frankfurt — disse ela a Pavel.

— Nossas chamadas não passam por Frankfurt. Será que ela não sabe disso?

Anneliese colocou o fone de volta no gancho e foi até a lareira, onde ardia um fogo baixo. Pegou o fole e bombeou vigorosamente.

— Almocei com Mathilde. — Ela se virou e olhou para o marido.

— E o que a rainha de Sabá conta de novo?

— Oito mil coroas compram uma passagem para o Uruguai.

— "Oh, gazela, os seus olhos capturaram o meu coração!" — Pavel cantou um verso da canção popular.

— Eles estão pensando em ir. Ela e Václav.

— Há fábricas de margarina no Uruguai?

— Talvez eles abram uma. A questão não é essa. A questão é ir embora. — Anneliese bombeou o fole para dar ênfase.

Marta afastou um prato de vidro cinzelado para balas, junto com uma sineta de porcelana, do tipo usado para chamar a empregada, e espanou ali embaixo. Notara nas últimas semanas que a paixão de Anneliese por Praga estava passando, como a novidade de um amante mais jovem. E por que não passaria? A bela ópera tinha sido fechada. Quase ninguém queria encontrá-la para comer bolo no Café Louvre — todo mundo tinha ido embora ou estava tentando ir. E agora aquela notícia sobre Max. Preso. Sem qualquer motivo. Onde ele estava detido?

Pavel continuou sentado, os cotovelos sobre os joelhos e os dedos unidos na frente do rosto.

— Ouvi dizer... — disse ele à esposa. — Há algo que eu ouvi dizer.

Anneliese colocou o fole no lugar. Alisou a saia.

— Há um homem — disse Pavel. — Um corretor de ações. Inglês.

— Winton?

— Pobre coitado. O mercado deve estar péssimo.

— Eu o mencionei meses atrás. Você não lembra? Václav e Mathilde colocaram as meninas na lista dele.

— E quanto ao Uruguai?

Anneliese suspirou.

— Eles estão explorando todas as opções, Pavel. É o que as pessoas estão fazendo.

— Eu estava pensando em entrar em contato com ele. Com Winton — disse Pavel, a testa descansando nas mãos. — Para ver se não podemos colocar Pepík na lista também.

Marta colocou o sino de volta sobre o aparador; houve um tilintar suave.

— Talvez seja uma boa ideia — falou a governanta, sem pensar. De onde tirara que a sua opinião importava ela não sabia, mas fora quase natural, de alguma forma, emiti-la. Pepík era responsabilidade sua, afinal. Ela não deveria ter direito de se pronunciar sobre a decisão? — Talvez seja uma boa ideia colocar Pepík na lista — repetiu.

Pavel estava olhando surpreso para ela, pensou Marta, mas não a censurando. Na verdade, se não estava enganada, ele parecia quase impressionado.

— Você acha? — perguntou. As sobrancelhas dele estavam erguidas, o rosto relaxado. Mas Anneliese tinha virado as costas a ambos e estava na janela, o cenho franzido, como se tivesse notado alguma coisa acontecendo lá embaixo que exigisse a sua total atenção, e Marta ficou subitamente embaraçada. Assentiu com a cabeça uma vez para Pavel e voltou ao aparador, para tirar o pó de debaixo das plantas de Alžběta.

Anneliese pescou o cigarro do cinzeiro e tragou lentamente.

— Por que não vamos juntos? — perguntou a Pavel, como se Marta não tivesse comentado nada.

Pavel se voltou para a esposa, os músculos da mandíbula ficando tensos.

— Não é tão simples, Liesel — disse ele. — É preciso ter um visto de saída. É preciso ter uma prova de cidadania. As filas nas embaixadas vão daqui até Viena. É preciso ter uma autorização de entrada em outro país. — Seus olhos correram rapidamente de volta a Marta.

— Não para a Grã-Bretanha — disse Anneliese. — Não até o dia 1º de abril. — E ela estava certa, Marta sabia. Na esteira do Acordo de Munique, tinham aprovado uma legislação que permitia a entrada na Inglaterra sem autorização. Uma pequena janela aberta; um pedido de desculpas pela traição.

Ainda era preciso ter uma permissão de saída da Tchecoslováquia, contudo.

O casal conversou em voz baixa sobre o assunto. Pavel achava que poderia conseguir uma.

— Com suborno? — perguntou Anneliese.

Pavel tocou no sofá.

— Isso precisa de um novo estofamento.

— Sem querer ser grosseira.

— Com dinheiro — disse ele. — Sim.

— Mesmo sem o *Ariernachweis*?

— Isso é difícil para qualquer um hoje em dia. Então, muitas famílias têm uma avó nascida fora do casamento.

Pelo espelho sobre o aparador, Marta viu Pavel se levantar. Ele pegou o cachimbo e a bolsa de tabaco do aparador e se debruçou sobre a mesa, enchendo o fornilho e apertando-o. Quando o cachimbo foi aceso, ele voltou ao telefone a fim de tentar de novo. A telefonista lhe disse que havia uma linha disponível por České Budějovice, a famosa cidade da cerveja. O receptor ficava ao fim de um longo cabo, e Pavel ficou remexendo nele enquanto esperava. Ele foi conectado e explicou a Ernst imediatamente sobre a carta do cunhado Max. Houve uma longa pausa enquanto ouvia Ernst falar.

— Trieste? — disse Pavel, por fim. — Refém? — Ele segurou o cachimbo longe do rosto. Houve outra longa pausa. Marta bem podia imaginar a voz que Ernst estaria usando — paciente, como se falasse com uma criança.

— Você acha mesmo que eu poderia ser tomado como refém? — perguntou Pavel.

Ele esperou pela resposta do amigo. Depois de alguns momentos, bateu no receptor na caixa de madeira.

— *Ahoj?* — disse. — Ernst?

Mas a linha fora interrompida.

Na manhã seguinte, Pavel observava a família em torno da mesa do café da manhã, cada um de frente para os talheres de prata.

— Que tal um passeio no campo? — indagou ele.

Anneliese ergueu os olhos do seu mingau.

— É dia 7 de março — disse Pavel. — O aniversário de Masaryk. Vamos fazer uma peregrinação a Lány.

— E a fábrica? — perguntou Anneliese.

À menção de uma expedição, Pepík tinha se empertigado na cadeira e mergulhado a colher de volta na tigela de cereais.

— Eu quero ir no carro — disse ele, enérgico. Estava num período de transição entre duas escolas, e solitário em casa. Houvera um telefonema do diretor para dizer que o seu tcheco não era bom o suficiente e talvez ele se adaptasse melhor na escola judaica. Pavel ficou furioso, já que o tcheco era a língua materna do filho, mas o que podiam fazer? Até mesmo ele via que protestar só pioraria. Não era aconselhável fazer um único inimigo desnecessário.

— E aí? — indagou Pavel.

— Por mim parece uma boa ideia — disse Marta. — Vou preparar alguns *sendviče.*

167

Ela olhou para a patroa em busca de confirmação, mas Anneliese empurrou a cadeira para trás e se levantou.

— Divirtam-se — disse bruscamente aos três, os círculos cor-de-rosa nas suas bochechas cada vez mais fortes.

— Liesel — Pavel começou a dizer, com ternura, mas a esposa o interrompeu.

— Não vou. Estamos à beira de uma guerra e tudo em que você consegue pensar é Masaryk. Notícia de última hora: Tomáš Masaryk está morto! — Ela se recusava a fitar o marido nos olhos. Furiosa com ele por tocar no assunto sem consultá-la primeiro. Ou furiosa com alguma outra transgressão de que Marta não estava ciente.

Ela sabia que em outra vida Pavel teria tentado convencê-la, mas, na esteira do batismo de Pepík e tudo o mais que acontecera, ele parecia incapaz de reunir energia suficiente.

— Ninguém quer ir sem você — falou, sem entusiasmo. Virou-se para Pepík. — Não vai ser divertido sem a *maminka*, não é, rapazinho? — Mas o gesto de Pepík concordando com a cabeça era incerto; ele não conseguia entender o que se passava entre os pais.

— O carro — disse ele.

— Eu não vou — repetiu Anneliese.

Marta tentava encontrar uma maneira de se excluir também.

— Por que os dois cavalheiros não vão juntos? O rei e o príncipe herdeiro.

Mas já era tarde demais. Pavel dera uma chance a Anneliese, e agora tinha endurecido. Tornou-se uma disputa de vontades.

— Bobagem — disse Pavel. — Não há razão nenhuma para você ficar de fora, Marta. Vá preparar os sanduíches. E uma garrafa térmica de chocolate para Pepík.

Ela não tinha escolha a não ser fazer o que lhe mandavam.

Marta sentiu-se aliviada quando finalmente entrou no carro e deixou Anneliese, furiosa, para trás. Ela se sentia muito mal por Anneliese — sentia que devia se sentir mal —, mas não podia negar a sua emoção pela oportunidade de se sentar no banco da frente. Pavel tinha acabado de se barbear e passara gel no cabelo. Estava usando calças de veludo e um par de luvas de couro. Virou à esquerda na Belcrediho Trída, outra vez à esquerda na Patočkova e saiu lentamente para o trecho principal da estrada. Ele estava lhe falando sobre as leis de Nuremberg — no momento em que a ocupação se tornara um fato consumado, os alemães começaram a elaborar uma legislação semelhante para a região dos Sudetos —, mas parecia, no momento, discutir um problema que ele sabia como resolver. Pavel confiava em si mesmo, pensou Marta. Ele pesava as suas opções, tomava uma decisão e depois agia. O que mais ela sabia sobre ele? Coisas comuns, pensou, mas o tipo de coisa que contava, que fazia das pessoas aquilo que elas eram. Começou a listá-las mentalmente: ele lê os artigos de negócios primeiro; a sua bebida favorita era *slivovitz*; ele começara a levar a sua estrela de davi no bolso...

Quando tomaram a longa estrada de cascalho para Lány, Marta viu que não eram os únicos com a ideia de prestar homenagem a Masaryk no seu aniversário. Umas mil pessoas deviam ter aparecido na casa de campo e residência do presidente morto para homenageá-lo. Ela esperava que não viesse a ser solicitada a emitir opiniões políticas, mas a atmosfera fora da propriedade era mais propícia a um carnaval do que a um debate. Havia crianças nos ombros dos pais, meninos de suspensórios jogando uma brilhante bola vermelha, idosos apoiados em bengalas de madeira. Pavel olhou para ela do outro lado da caixa de câmbio; ver o derramamento do nacionalismo havia melhorado ainda mais o seu humor.

— Interessante — disse ele a Marta —, não é? — Os olhos dele brilhavam.

Marta assentiu: *Sim, interessante.*

Eles saíram do carro e foram recebidos por uma parede de som. Todos falavam animadamente, ao que parecia, em família, em pequenos grupos de três e quatro. Marta ouviu um homem que vestia um uniforme de general — as cores tchecas nas casas dos botões — citando Hitler: "Os tchecos são uma raça miserável de pigmeus."

— Ele disse isso? — perguntou outro.

— Praga será ocupada. Não há como sair de lá.

— É um fato consumado na mente dele — respondeu o general. — Já seguiu para Danzig.

— Você sabe o que mais ele diz sobre nós, tchecos? Que somos como ciclistas: nós nos curvamos, mas nunca paramos de espernear.

— Isso é verdade — disse um homem cuja pele parecia um lenço de papel amassado. — Foi verdade na Primeira Guerra Mundial.

— Os ingleses basearam as suas armas Bren nas nossas ZGB 33. As que são produzidas em Brno.

— Sério?

— Claro. Bren: *Brno* e *En*field — disse o general, orgulhoso.

— Se tivéssemos tido a chance de usá-las!

Os homens eram como meninos com as mãos amarradas às costas, pensou Marta, a quem o valentão da escola negava a possibilidade de se levantar. Ansiavam por combater os alemães, ansiavam desesperadamente, e ela sabia que Pavel achava que talvez aquilo ainda viesse a acontecer. Ele acreditava ainda haver uma chance, mesmo que remota, de a França e a Inglaterra voltarem a agir com sensatez.

O rosto de Pepík estava pressionado no quadril de Marta. Ele puxou o braço dela, e Marta o levantou, depois repensou e colocou-o de volta no chão. Ele não podia depender dela para sempre.

— Por que você não vai brincar com aquelas crianças? — sugeriu, apontando para um grupo de meninos correndo em torno do campo. Mas Pepík apenas choramingou e puxou seu braço novamente.

— Você está grande demais — falou. Mas deixou-o descansar contra o seu corpo e manteve a mão de leve no alto da sua cabeça.

Eles esperavam na fila a vez de prestar homenagem à sepultura. Em seguida, comeram os *sendviče* de presunto e queijo *emmenthal*. Pepík adormeceu no carro a caminho de casa, uma linha de chocolate seco logo acima do lábio superior. Marta pensou que ele parecia um pouquinho com o Führer — o bigode, os ombros magros —, mas achou melhor não dizer isso a Pavel. O automóvel acelerou pelo campo. Uma breve rajada de neve se transformou em granizo — mais tarde ela haveria de pensar que era um sinal das coisas que estavam por vir —, e Pavel ligou o único limpador de para-brisa do carro. Rodaram por algum tempo em silêncio, os golpes constantes do limpador de para-brisa como um coração batendo, ali diante deles. Marta inclinou a cabeça para trás, deixando os olhos se fecharem, deleitando-se com aquele momento sem nada para fazer além de ser conduzida. A estrada passava veloz por baixo deles, os pneus fazendo um barulho rítmico, feito leves pancadas. Ela estava quase cochilando quando Pavel olhou para ela e disse:

— Eu sei muito pouco sobre você.

Os olhos de Marta se abriram. Havia um ligeiro tom de acusação na voz dele: como era possível que ela tivesse trabalhado para ele por tanto tempo e conseguido permanecer um enigma?

— Não há nada a dizer — respondeu. Por alguma razão, sentiu-se corar.

Pavel a fitava, sorrindo.

— Uma mulher misteriosa.

Ela olhou para ele, para as mãos dele no volante.

— Não, é só... — vacilou. *Por que* ela queria ficar calada? Não era exatamente verdade que não tinha nada a esconder, mas de repente sentiu que poderia lhe contar qualquer coisa. — O que o senhor quer saber? — perguntou.

Pavel fez que sim, satisfeito que ela tivesse concordado.

— O que eu quero saber. Vamos ver. Você nasceu na Morávia?

— Em Ostrava.

— Uma cidade têxtil. Seu pai trabalhava na fábrica?

Ela negou com a cabeça.

— Numa fazenda.

Ele ergueu as sobrancelhas.

— Seu pai era dono de uma fazenda?

— Não. Era lavrador.

Ele assentiu, compreendendo.

— Nós dormíamos no... Havia um loft sobre o estábulo.

Pavel fez uma careta, como se ele tivesse mordido algo com gosto ruim, ou talvez, ela pensou, não quisesse imaginá-la naquele lugar.

— Irmãs? Irmãos? — perguntou.

— Uma irmã. — Marta fez uma pausa. — Ela morreu.

Pavel inclinou a cabeça para o lado.

— Ah... — murmurou. — Eu sinto muito. — Ele parecia refletir. — Então você e Pepík têm algo em comum — disse, por fim.

Marta nunca pensara nisso dessa forma antes.

— Nós dois também adoramos trens — disse, e se surpreendeu com a confissão, com o fato de que estava fazendo várias confissões. Era verdade. Levava Pepík à estação de trem para o seu próprio prazer, assim como o dele. Um trem significava fuga. A possibilidade de ir embora. Aquele som desamparado que o apito produzia, enquanto errava pelos campos escuros, parecia tão solitário, e ainda assim tão acertado. Era o som exato do vazio no centro do seu ser, como acordar gritando no meio da noite e ouvir outra tristeza chamar em resposta.

— Familiares próximos? — perguntou Pavel. Olhou para ela em busca de confirmação, e ela balançou a cabeça quase imperceptivelmente: *Não*. Algo naquele gesto devia ter dito a ele para não insistir mais. — E quanto aos namorados? Uma garota bonita como você... — Havia um olhar astuto no seu rosto, o início de um sorriso, e ela viu que ele a estava provocando, e que não precisava responder. Mas em vez disso falou:

— Não. Eu nunca...

— *Nunca*. É mesmo? — disse Pavel suavemente. Apertou os olhos, fitando a estrada.

Ficaram em silêncio por um tempo. Marta tranquilizou-se: Ernst com certeza não contava como *namorado*. Então não havia contado uma mentira. Não exatamente.

Os campos ficaram para trás e os edifícios reapareceram, primeiro apenas alguns poucos, depois muitos. A cidade estava revestida com um cobertor macio de neve. Quando chegaram ao apartamento, Pavel saltou e abriu o portão. Voltou para o carro e manobrou para entrar na garagem. Puxou o freio de mão e apertou o botão que desligava os faróis. Mas não fez nenhum movimento para sair do carro.

No banco de trás, o pequeno Pepík ainda dormia profundamente, a cabeça virada para trás num ângulo estranho sobre o assento.

Pavel voltou-se para Marta. Lançou-lhe um olhar penetrante, a testa franzida.

— Sinto muito pela sra. Bauer — disse ele.

— Senhor?

— A maneira como ela se comportou de manhã.

Algo dentro de Marta se apertou, como a tampa de um pote de conserva. Fora um dia tão bonito; por que ele precisava estragá-lo assim? Ela estava desfrutando da oportunidade de conversar com Pavel — sozinhos, dois adultos —, mas a única forma de se permitir aquela intimidade era deixar Anneliese fora da sua mente por completo.

— Tenho certeza de que não sei o que o senhor quer dizer — respondeu.

Ele a fitou com ternura, ou pelo menos com uma expressão que ela entendeu como ternura.

— E é por isso — falou — que adoramos você.

A respiração de Marta acelerou; ela não conseguia olhá-lo nos olhos. Mas Pavel continuou, como se estivesse falando não com ela, mas consigo mesmo.

— Você é leal — disse ele. — O que não é... — ele fez uma pausa, balançando a cabeça — algo que se possa tomar como pressuposto.

— Obrigada, sr. Bauer — falou ela, mas estava confusa com a observação. Tinha a sensação de que ele estava se referindo não ao seu caráter, mas a alguma outra coisa de que ela não estava ciente.

— Eu não tomo a sua lealdade como pressuposto — repetiu ele, fitando-a nos olhos. — Aprecio... muitas coisas em você.

O espaço no carro parecia ter encolhido; Marta tinha consciência da proximidade do seu corpo do de Pavel, do cheiro almiscarado da manta de couro no banco de trás e da mão de Pavel descansando levemente sobre o câmbio a poucos centímetros de distância. Ela baixou os olhos para a mão dele, e o olhar de Pavel seguiu o seu. Ficaram parados por um momento, os dois olhando para a mão. Então ela o observou — foi como num sonho —, ela o observou erguê-la e colocá-la, de leve, em sua perna.

Marta não conseguia falar; então percebeu que não seria necessário. Pavel abrira a boca primeiro.

— Eu queria... — disse ele.

Mas se interrompeu, e ela viu que ele olhava para o seu rosto — podia ver o seu olhar contornando-lhe a testa, estudando-lhe o nariz, a covinha —, e então ele se inclinou e beijou-a.

Ela ficou tão surpresa que demorou um momento para que o seu corpo registrasse a sensação. A boca de Pavel estava quente, e os seus lábios eram cheios e cálidos ao tato. O leve sabor do chocolate. Houve um vislumbre da sua língua, e ela sentiu uma pontada no baixo-ventre, um puxão diferente de tudo o que jamais sentira. Ela esperou sentir-se tensionar e recuar, mas o que houve foi uma sensação diferente — percebeu que gostaria que ele continuasse.

No entanto, Pavel se afastou. Olhou para ela novamente com aquela mesma ternura e colocou uma mecha de cabelo atrás da sua orelha. Então se inclinou mais uma vez. Uma finalização curta e firme do beijo. Era como se tivesse chegado a uma decisão, ela pensou, e aquele era o seu modo de selá-la.

Depois disso, Marta pensaria mais tarde, tudo estava arruinado.

Na manhã seguinte, o chefe de Max, Hans, chegou ao apartamento. Juntos, ele e Pavel estavam comandando tudo na ausência do concunhado. Marta pegou o casaco dele e disse:

— Bem-vindo, sr. Novak.

Ele estalou a língua.

— Pode me chamar de Hans.

— Sim, sr. Novak — disse ela.

Ele era um homem barrigudo, com bochechas que a faziam lembrar um cão bassê. O tipo de homem, pensou Marta, sobre o qual as mulheres diriam *Ele tem um sorriso muito simpático*, ou *Ele tem belos olhos*, mas só porque gostavam dele e não parecia justo que alguém tão gentil fosse tão desagradável ao olhar.

Marta conduziu-o até a sala, onde Pavel tinha acendido a lareira. Os homens tiraram os seus sapatos de couro e esticaram as pernas na direção do calor — Hans com as mãos dobradas sobre a sua enorme barriga. Marta levou café com leite no serviço de prata, enquanto eles fumavam cachimbo. O carrinho que levava estava coberto com um pano de linho branco.

— O desjejum de uma prostituta — brincou Hans. — Café e tabaco.

Pavel sorriu.

— Temos doces, também — disse Marta, sorrindo. Ela havia comprado rosquinhas de ameixa polvilhadas com açúcar e duas pequenas tortas Linzer na bela *pâtisserie* na Vinohrady. Pavel gostava de doces tchecos, mas servidos ao modo francês. Ele gostava de examiná-los com o pegador de prata na mão.

Marta se aproximou de Pavel para que ele escolhesse, e notou que não conseguia fitá-lo no rosto. A memória do beijo era como uma doença que se espalhava por todo o seu corpo, tornando a sua presença conhecida no peito, em seguida no rosto, depois naquele puxão estranho no baixo-ventre. Tinha sido tão inesperado, algo que surgira do nada. E ainda assim ela sentiu, de alguma forma, que o amava desde sempre. A confusão com Ernst dissipou-se da sua mente como uma faixa cinzenta de fumaça de cigarro. Então era aquilo, ser beijada por um homem decente, um homem que a respeitava. E ela percebia que era verdade — Pavel a respeitava, sem dúvida. A situação era complicada, perigosa, mas os sentimentos dele por ela eram puros.

Da parte dele, Pavel agia com jovialidade, à vontade. Como se nada de incomum tivesse acontecido. Selecionou um doce sem olhar para Marta.

— Intermarium — disse ele a Hans. — O que você entende disso? — Ele colocou a rosquinha no seu prato e segurou as pinças diante do rosto.

— Um pacto entre a Polônia, a Romênia e os húngaros.

— Mas e quanto a nós? — O pegador se fechou com um estalo.

— Já estamos perdidos.

— Fui até a embaixada da Suíça tentar obter autorizações de entrada — comentou Pavel. — Coloquei um pequeno envelope na borda da mesa do diplomata. Ele esperou até o fim do meu apelo e em seguida jogou o envelope na minha cara.

Marta registrou aquela nova informação: então Pavel tentara subornar os suíços por uma autorização de entrada. Ele também queria deixar a Tchecoslováquia. Teria, contudo, mudado de ideia tarde demais?

— Estamos presos aqui — disse ele, como se respondesse ao pensamento dela.

Sua voz parecia estranhamente alta, notou Marta. Talvez quisesse que ela saísse, para lhes dar um pouco de privacidade.

Ela levou o carrinho para o canto da sala, mas uma das rodas estava prendendo; teve que parar e se ajoelhar para ajustá-la.

Hans pousou cuidadosamente a xícara no pires de porcelana, um gesto delicado, que se tornava cômico em contraste com o seu tamanho. Assumiu um tom de reunião de negócios com Pavel.

— Você vai ter um breve alívio antes que a Wehrmacht chegue — disse ele. — Recebi a ordem de que você precisa ir à fábrica em Hungerland. Com a incumbência de comprar linho.

— Recebeu a ordem de quem? *Max*?

Mas Hans ignorou a pergunta.

— Precisamos estar preparados — disse. — As fronteiras serão fechadas. Precisamos de estoque para permanecer no mercado.

Marta pensou entreouvir uma crítica velada do modo como Pavel conduzira as coisas na sua antiga cidade. Se tivesse se preparado, Hans parecia sugerir, poderia ter evitado a ocupação da fábrica. Mas Pavel não entendeu, ou optou por não reconhecê-lo ao chefe.

— Entendo — disse ele. — A Paris?

— Não, Paris não. Zurique. — Hans pronunciou com clareza o nome da cidade. — Você deve comprar o máximo de linho possível. E se encontrar com o filho dele, Emil. Não, não Emil; desculpe, ele é aquele... — Hans circundou o dedo indicador sobre a têmpora para indicar que o homem era louco.

— Se pudéssemos transformar linho em ouro...

— O irmão de Emil, Jan. Ele vai estar com o pai. Haverá uma série de reuniões sobre o assunto que mencionei a você anteriormente. Você vai ter que ficar lá por três dias.

Marta observou Hans jogar uma rosquinha inteira na boca. Ele limpou o açúcar de confeiteiro que ficara no bigode.

— Por que não leva a sra. Bauer e Pepík com você? — indagou, com a boca cheia. — Deixe-os ter uma folga. Marienbad é quase no caminho. Talvez você possa se reunir à sra. Bauer no spa.

Pavel bufou.

— E ficar coberto de lama.

Hans engoliu.

— Mas depois lavam com uma mangueira. Essa é a parte boa, meu amigo. Ser lavado por um bando de mocinhas camponesas...

— Era para ser uma cura medieval.

— É uma *espécie* de cura! Eu não diria medieval...

Os homens passaram para as grandes cadeiras de madeira com cenas de caça entalhadas no encosto, o mesmo tipo que os Bauer haviam deixado para trás na velha casa. Encheram de novo os fornilhos dos cachimbos e começaram a discutir política. Houvera um apelo urgente para que as pessoas comprassem títulos de defesa para proteger a República, e os Bauer haviam investido fortemente neles.

— Adiantou muito — disse Pavel.

— Suponho que seja tarde demais — concordou Hans.

— Se pelo menos Masaryk estivesse vivo...

Hans reconheceu em Masaryk um verdadeiro rei-filósofo platônico.

Marta levou o carrinho de volta à cozinha. O nome do presidente morto trouxe de volta o prazer de Lány, do beijo de Pavel. Ela queria saber os detalhes da viagem dos Bauer, quando exatamente eles partiriam e onde ficariam. A viagem duraria três dias.

Pepík.

Pavel.

Ela não tinha certeza, de repente, se conseguiria suportar.

Naquela noite, Marta assou um ganso para o jantar. Cozinhou um repolho roxo com maçã e passas e colocou uma garrafa de conhaque de ameixa da adega de Max e Alžběta na mesa. Ninguém perguntou qual era a ocasião. Toda hora Marta pensava no beijo, no calor inesperado. Era algo diferente do que tinha acontecido com Ernst — o terrível jogo de força e poder — e algo diferente da violência que ela sofrera com o pai. Era a mesma ação, o mesmo movimento, mas vinha de outro lugar. Como era possível que duas emoções tão opostas pudessem se materializar num ato idêntico?

Havia algo de novo ali, algo recém-aceso, que ela não experimentara antes. Uma única vela brilhante num bolo de aniversário. Ela se sentia culpada por Anneliese, mas tentava não pensar nisso; concentrava-se em continuar a se sentir tão viva.

Na mesa, os Bauer dedicavam-se ao ganso assado.

— É verdade que Hitler vai invadir? — arriscou Marta. De repente, parecia importante entender exatamente o que estava acontecendo ao seu redor.

Estendeu a mão e colocou um guardanapo de linho na gola da camisa de Pepík. Mancha de repolho roxo era difícil de sair.

Anneliese pousou os talheres de prata com monograma.

— Sim, é verdade — respondeu, por fim, lançando um olhar ao marido.

Pavel falou:

— Eu lhe disse, Liesel, vamos ficar. Seu cunhado precisa de mim.

Anneliese tocou os lábios com o guardanapo.

— Não precisa levantar a voz. Ninguém o acusou de nada.

Pavel pigarreou.

— Marta — disse ele —, eu quase me esqueci de lhe dizer. Tenho que ir a Zurique a negócios. A sra. Bauer e o príncipe herdeiro vão se encontrar comigo. Então você vai ter folga amanhã e quarta-feira também.

Marta assentiu. Ele parecia nervoso, pensou. Observou-o mover o nó da gravata para baixo do seu pomo de adão, e de repente teve uma consciência extrema da presença de Anneliese à mesa entre eles. Seria preciso apenas um pequeno deslize, um olhar que demorasse um momento a mais do que o habitual, e tudo desabaria como vidro na Noite dos Cristais.

Mas Marta não tinha medo de revelar nada. Seu trabalho como empregada era esconder as emoções. Era paga para isso; era experiente. E, de qualquer maneira, Anneliese parecia não prestar atenção, seu rosto magro inclinava-se sobre o repolho.

— Vamos de carro? — perguntou Pepík.

— De trem.

— De trem! A babá pode vir?

Ninguém respondeu.

Depois que os Bauer acabaram de comer e pousaram garfos e facas paralelamente nos pratos, eles se sentaram para fumar durante vários minutos sob os retratos a óleo de Alžběta e Max. Pepík foi dispensado e saiu correndo para cuidar do seu império. Na cozinha, Marta, aérea, raspou gordura de ganso para dentro da lata de metal embaixo da pia. Encheu uma *hrnec* grande com água e adicionou duas cebolas inteiras, duas cabeças de alho descascado e as sobras do repolho roxo. Durante todo aquele tempo, imaginava o que teria acontecido se não houvesse encontrado Anneliese na banheira a tempo. Se a sra. Bauer não tivesse... sobrevivido. Será que ela — Marta — poderia ter se tornado a nova sra. Bauer? Ela arrancou a coxa que ainda restava no ganso e usou o garfo trinchante para colocar a carcaça no pote. Pepík haveria de aceitá-la como mãe — Deus sabia que ela o amava como se assim fosse. Mas e quanto a Pavel? Ela era uma caipira que não sabia nada sobre o mundo. Não lhe seria adequado ter alguém feito ela como esposa. E ainda assim ela poderia ter jurado, quando ele pegou o seu rosto entre as mãos, levado a sua boca em direção à dele...

Marta acendeu o fogão e colocou a panela no fogo. Voltaria antes de dormir e tiraria a gordura da superfície. De manhã, a casa inteira estaria tomada pelo cheiro da sopa, e os Bauer teriam partido na sua missão a Zurique. Ela precisava ir arrumar a mala de Pepík.

Pavel e Anneliese tinham desaparecido, o que significava que deviam estar no quarto com a porta fechada. Poderiam estar fazendo duas coisas lá; ela escolheu supor que estavam brigando. Sem dúvida: no alto da escada a discussão ficou nítida. Algo sobre joias, sobre o relógio de Anneliese.

— Eu quero levar. — Marta ouviu Anneliese dizer.

— E onde você vai usar? — perguntou Pavel. — Em *Zurique*, para onde estamos indo por *apenas três dias*? — Ele enfatizou a brevidade da viagem, mas havia algo mais na sua voz, algum tipo de ressentimento ou reprovação.

— No forro do casaco, então.

— Já lhe disse, eu estava errado. O mercado não está bom. Não podemos arriscar.

Eles queriam vender o relógio? As coisas estavam tão mal assim? Pavel, ela sabia, tinha ações de ferrovias canadenses, investimentos em mina de bauxita e nas fábricas de margarina do amigo Václav. Mas Marta ouvira apenas o fim da discussão, e o silêncio significava que Anneliese começara a chorar.

Marta seguiu pelo corredor até o quarto de Pepík. Ele estava sentado de pernas cruzadas no chão, olhando para o trem, tentando adivinhar algum segredo nos vagões. Ela sentiu uma súbita vontade de abraçá-lo apertado.

— Venha aqui, *miláčku* — falou.

Pepík se levantou e andou até ela, obediente, como um dos robôs de Karel Čapek, programados para fazer o que lhes era dito. Ele precisava de um corte de cabelo, e suas unhas deviam ser aparadas também. Marta viu que ele usava a mesma camisa da véspera. Foi tomada pelo remorso — deixara sua mente vagar, pensando no pai quando era o filho que necessitava da sua devoção.

Não conseguia imaginar o que teria sido se a outra criança tivesse sobrevivido, e Marta sempre tivesse que dividir a sua atenção. Sentou-se na cadeira de balanço e puxou Pepík para o seu colo.

— *Já amor tebe* — sussurrou ela em seu ouvido.

Ele permaneceu inexpressivo.

— Mostre-me a sua cara de Dunga — tentou.

Ele demorou um instante para compreender o que ela lhe pedia.

— Minha cara de Dunga — falou ele, pensando. Em seguida, revirou os olhos para cima e coçou a testa.

— Bravo! — Marta aplaudiu. — E a sua cara de Feliz?

Ele abriu um largo sorriso. Apenas brevemente. Mas foi o suficiente para lembrá-la de tempos mais singelos.

Pepík terminou como Soneca, descansando a cabeça em seu ombro. Marta o segurou ali, adormecido contra o seu peito. Embalou-o como se ele fosse um bebê e cantou "Hou, hou, krávy dou", sobre as vacas que arrastavam as suas tetas pesadas até o rio. Pepík estava quase dormindo quando Anneliese entrou no quarto, os olhos vermelhos. Havia um traço de rímel logo abaixo do seu olho esquerdo.

— Vamos partir amanhã cedo — disse.

Marta sentiu Pepík se agitar e despertar.

— Vamos nos levantar — falou ela, dando um tapinha no traseiro dele. — Você já é um menino crescido.

Pepík piscou e esfregou os olhos.

— Pode medir a minha altura?

— Agora não, querido.

— Por que você não vai tomar uma xícara de chá? — sugeriu Anneliese a Marta. — Eu arrumo as coisas dele.

— Minha altura — choramingou Pepík.

— Está tudo bem, sra. Bauer — disse Marta. — Eu estava me levantando. Vou colocar o terno dele na mala, e as calças marrons...

Anneliese tocou as suas pérolas.

— Não — disse. — Você pode ir lá para baixo. — Ela agitou a mão como se enxotasse um cachorro vira-lata.

Pepík puxou o braço de Marta. Ela se levantou, insegura.

— A roupa de dormir está na gaveta de baixo — falou, incapaz de se conter. Nunca na sua vida Anneliese arrumara uma mala de viagem para o menino.

182

Marta quase deu um encontrão no portal ao sair do quarto. No vestíbulo, passou pela valise aberta de Anneliese — um conjunto de escovas de cabelo de prata escorregava para fora. A cozinha já estava tomada pelo cheiro da sopa fervendo. Ela retirou a gordura e aumentou o fogo de novo. Pescou os legumes moles e pegou um repolho fresco para jogar ali dentro. O tempo todo revirando aquele assunto mentalmente. Por que a sra. Bauer queria arrumar a mala de Pepík? Marta tinha feito um trabalho ruim da última vez? Quando tinha sido? A viagem a Paris no inverno passado para ver o Père Noël mecânico — não houvera reclamações.

E por que tanta preocupação com o relógio de diamantes? Por que Anneliese sugerira costurá-lo ao forro de um casaco?

Marta virou-se, e o repolho rolou do balcão, caindo no chão com um baque. Ela pegou-o, limpou-o e colocou-o de volta na mesa. Ergueu o cutelo e cortou-o pela metade. O padrão ali dentro era complicado, as curvas como duas metades de um cérebro. Marta colocou o cutelo sobre a tábua e limpou as mãos no avental. Ficou de pé, sem se mexer, ao lado da sopa no fogão.

A sopa começou a ferver naquele momento.

Ela sabia para onde olhar. Havia um abridor de cartas de prata na mesa de Max Stein, e papéis de carta bege com o endereço da fábrica na parte superior. A estrela de davi de Pavel jazia ao lado de um pote de tinta. Havia telegramas empilhados sob um peso de papel — uma pedra redonda pintada de vermelho com os pontos pretos de uma joaninha feita pela filha de Max. Marta ergueu-a cuidadosamente, como se pudesse estar quente. Ali debaixo havia telegramas de Ernst e de alguém chamado Rolf Unger. E, por baixo dos telegramas, lá estavam eles: os passaportes.

Abriu um deles, viu a foto de Pepík olhando para ela, e a permissão de saída carimbada na página seguinte. Se era falsa, fora muito bem-feita. Sob o nome de Pepík havia um C cursivo, para *cristão*. Ela deixou o pequeno passaporte se fechar nas suas mãos. Havia três deles, ela viu. Um para cada um dos Bauer.

Marta respirou fundo. Cobriu os olhos com a mão, como tinha visto uma vez a mãe de Pavel fazer enquanto abençoava as velas do sabá. Disse a si mesma que encontrar os passaportes não significava nada. Os Bauer precisariam deles para cruzar a fronteira da Suíça e comprar linho. Mas de algum modo, ao vê-los ali, uma certeza se fez conhecer. Pavel não estava levando a família para uma viagem a Zurique; eles estavam se mudando para outro lugar. Marta estava certa disso. E estavam indo sem ela.

Os Bauer acordaram cedo na manhã seguinte. Marta acordou junto com eles, para preparar o café da manhã enquanto Pavel colocava as malas no carro. Pepík queria levar a sua locomotiva *Princesa Elizabeth* e dizia isso repetidas vezes, sem obter resposta, até que finalmente Anneliese gritou para que ficasse quieto, pois eles iam viajar num trem *de verdade*, o que seria muito mais perigoso e emocionante. Ela andava apressada pelo apartamento, pegando coisas ao acaso — uma raquete de tênis com cordas de tripa de gato e a tradução francesa de *Adeus às armas*, de Hemingway. Colocou tanta água na hortênsia murcha de Alžběta que o líquido vazou pela rachadura no fundo do vaso, e Marta teve que pegar uma esponja.

Marta serviu o mingau, sem tirar nada para si mesma, e subiu para os seus aposentos como que dentro de um nevoeiro. Lavaria os pratos depois que eles tivessem ido embora.

Depois de meia hora arrastando coisas e fazendo barulho no andar de baixo, Anneliese gritou para o andar de cima:

— Marta?

Marta não respondeu. Ouviu Anneliese dizer:

— Devíamos pelo menos... Talvez não...

E Pavel disse:

— Não, pareceria muito... — Ele aumentou o volume da voz e gritou: — Estamos indo, Marta! Até sábado!

Houve uma pausa enquanto ele esperava pela resposta dela.

— Façam uma boa viagem! — gritou ela de volta, finalmente, soando estridente aos próprios ouvidos. Ela estivera chorando, e temia que a sua voz pudesse falhar e traí-la. Esperou até que ouviu a porta fechando e a chave girando na fechadura, depois ficou olhando o carro sair para a rua Vinohradská. O rostinho de Pepík estava pressionado contra o vidro. Seus olhos piscavam para ela na janela. Ela não sorriu, não acenou — não conseguia. Em vez disso, afastou-se, a mão pressionada sobre o coração. Marta esperou até o Tatra desaparecer de vista. Atirou-se sobre a sua colcha azul e começou a soluçar.

Já era de tarde quando acordou. Desceu, colocou a chaleira no fogo e preparou uma xícara de chá de tília. Ela e Pepík haviam juntado as folhas no outono anterior, posto para secar e guardado num frasco de vidro com o rótulo "abril de 1938". O garoto desenhara um sol sorridente na etiqueta ao lado da data. Tinham trazido o frasco da velha cidade. Marta ficou sentada por um longo tempo à mesa da cozinha observando o vapor do chá subir. As mãos descansavam, com as palmas para baixo, diante dela.

Olhou ao redor, para a tigela de mingau de Pepík, ainda pela metade, a colher para fora como uma bandeira nazista reivindicando mais um território, e para o moedor de madeira com grãos de café embaixo. A panela do ganso da véspera ainda estava de molho na pia; uma nata de gordura amarela havia endurecido na superfície. Havia um cinzeiro sobre a mesa, cheio de pontas de cigarro manchadas com o batom vermelho de Anneliese. Marta pensou que era melhor começar a limpeza — e então percebeu que não tinha pressa. Nenhuma pressa.

Os Bauer tinham partido. Não iam voltar.

Ela deixou a bagunça e levou o seu chá para a despensa, onde fez um inventário rápido dos alimentos. A grande panela de sopa duraria vários dias, se ela precisasse. E antes dos Stein fugirem, Alžběta fizera um estoque daquelas novas sopas em cubo que estavam na moda. Como, Marta se perguntava, algo tão pequeno podia produzir uma sopa de verdade com pedaços de salsicha e bolinhos ou com cascas de batata onduladas? Mas talvez fosse possível. Andavam inventando as coisas mais estranhas nos últimos tempos. Os Baeck, Anneliese lhe dissera, tinham uma máquina de secar roupas.

Marta acendeu o fogão e raspou a gordura da assadeira. Estava ficando com raiva, repassando os detalhes do seu abandono. A peregrinação a Lány fora obviamente o último aceno patriótico de Pavel a Masaryk. Ela fora arrastada, uma cúmplice alheia. E o avanço de Pavel não fora tão diferente do de Ernst, afinal: ele se aproveitara dela, sabendo que nunca voltaria a vê-la. A conversa à mesa do jantar na véspera parecera diferente, também — os nervos de Pavel, o modo como ele ficava movendo o nó da gravata para cima e para baixo sobre o seu pomo de adão. Não tinha nada a ver com o beijo, afinal. Ele estava envergonhado por lhe dizer uma mentira deslavada.

A ideia do que acontecera pareceu de repente insuportável a Marta. Correu escada abaixo e encheu depressa um balde galvanizado com água e sabão Helada — a marca que comprava para Pepík, por causa das imagens de locomotivas na embalagem. Começou a lavar vigorosamente o piso de tábuas de madeira. O apartamento era grande, e as tábuas eram largas e cheias de nós: era uma tarefa árdua. Marta trabalhava, sem pensar. Quando a realidade da sua situação ameaçava esmagá--la, ela prendia a respiração e esfregava com mais força, como se pudesse usar a onda crescente de dor contra a própria dor e remover o seu próprio terror. Remover a imagem do rostinho de Pepík, olhando para ela da janela do carro.

Não parou para almoçar, nem sequer para uma xícara de chá. Quando terminou de limpar o piso, passou à prataria. Precisava de polimento; quem quer que trabalhasse para os Stein tinha sido desleixado, limpando os talheres, mas deixando de lado as grandes peças intricadas que eram utilizadas com menos frequência, como o prato do Seder de Páscoa. Enquanto Marta polia, alguns escritos em hebraico ficaram claros. Eram covardes, ela pensou. Todos eles. Fugir tão facilmente de quem eles eram.

Quando terminou, desceu o corredor e olhou para o berço vazio. No quarto dos Stein — em que ela já começara a pensar como dos Bauer —, vasculhou as gavetas, mas não achou nada além de algumas roupas de baixo rendadas que nunca tinha visto e uma caixa de joias meio vazia. O relógio de diamantes tinha sumido. Ela deixou a gaveta aberta — porque podia, porque ninguém ia voltar para casa e surpreendê-la. Entrou no quarto de Pepík e olhou para os casaquinhos pendurados nos chifres do troféu de caça de Max. Anneliese se esquecera de levar a camisola do filho, ainda dobrada no fundo da gaveta.

Marta dormiu mal naquela noite. O apartamento vazio estava cheio de ruídos — estalos e um tiquetaquear irregular demais para ser o relógio de pêndulo. Por volta das três da manhã, teve a impressão de ouvir uma chave girando. Esgueirou-se pelo tapete persa que cobria o vestíbulo, os pés descalços, e ficou olhando para a porta de madeira entalhada. A tranca fez um guincho demorado. Ela viu a maçaneta girar, mas a porta não se abriu. Esperou por quinze minutos completos, tremendo sob a sua camisola, mas nada mais aconteceu. Finalmente, ouviu passos se afastando pelo corredor do edifício. Permaneceu parada ali, sentindo que devia fazer alguma coisa, avisar alguém, mas não conseguia pensar no que fazer, e assim se obrigou a voltar para a cama. Ficou ali por um bom tempo, contudo, se remexendo e se virando, sem conseguir dormir. Estava pensando numa folha de papel que encontrara, amassada na lixeira de Pavel. Uma única pergunta datilografada no centro: *E se ela mudar de ideia?*

* * *

Na tarde seguinte, a sineta de bronze presa ao cordão amarelo junto à porta da frente tocou. Marta estava colocando o recém--polido prato do Seder na prateleira mais alta; imobilizou-se, as mãos no ar, como se estivesse sendo vítima de um assalto num banco. Seu coração deu um pulo quando ela pensou serem os Bauer, já de volta — mas era cedo demais, percebeu, e, além disso, eles usariam a própria chave.

A sineta soou de novo, e a maçaneta foi forçada, alguém estava testando a tranca. Ela deveria abrir? Estivera andando pelo apartamento com as cortinas abertas e as luzes já acesas. Da rua, seria claramente visível, então não podia apenas fingir que não havia ninguém em casa. Olhou para a porta, desejando poder ver o que estava por trás da madeira pesada. Começaram a bater de novo; continuaram por um minuto inteiro. Quem quer que estivesse lá ia arrombar a porta.

Marta atravessou a sala, alisando o cabelo com a mão. Andava sem fazer barulho e, quando puxou a maçaneta, o homem do outro lado arquejou de surpresa.

— Marta! Você me assustou! — Ele levou a mão ao peito.

Ele sabia o nome dela. Era Ernst. Vestia uma gravata informal e um chapéu de feltro preto.

— Posso entrar?

Ernst tirou o chapéu e fez um gesto como se fosse passar por ela, mas Marta bloqueou a porta. Seu coração estava batendo com força no peito. Ernst pertencia à velha cidade, à velha fábrica, não àquele novo mundo de Praga. Ela quase conseguira banir a lembrança do seu caso amoroso; vê-lo naquele momento era ser lembrada de uma parte de si mesma que preferia esquecer. Ela a havia relegado ao cantinho da sua consciência onde a lembrança do seu pai ficava escondida. Era um canto que não visitava com frequência.

Mas Ernst lançou-lhe um olhar, e ela se surpreendeu dando um passo para o lado em deferência. Ele não disse nada a princípio, mas colocou seu chapéu no sofá e atravessou a sala, as mãos cruzadas nas costas. Parou diante das fotos da família nos porta-retratos de prata no console da lareira, fitando-as por bastante tempo.

— Então este é o apartamento do irmão de Anneliese — disse, por fim.

— Irmã — corrigiu ela.

— Alžběta. Isso. — Ele olhou para uma foto da pequena Eva Stein. — Que lindo bebê — falou, ainda de costas para Marta.

Ergueu a pesada menorá numa das mãos, experimentando o peso.

— Você está aqui sozinha, Marta?

Ela baixou os olhos para as próprias roupas, a saia de *tweed* sem graça e a blusa com uma mancha na gola. Sentiu-se de algum modo surpreendida fazendo algo de errado, como se fosse culpa sua estar ali sem a proteção dos Bauer no momento em que mais precisava dela.

— Não — disse Marta. — Não estou.

Ernst se virou para ela. A governanta ainda estava surpresa por vê-lo de verdade, em carne e osso, na frente dela. Era quase como ver um fantasma.

— Os Bauer estarão de volta na quinta-feira — disse automaticamente, puxando de leve um pedaço de pele sob a unha do polegar.

Ernst colocou a menorá de volta em cima da lareira e olhou para ela, parecendo achar graça.

— Eles voltam na quinta-feira — repetiu ela.

Ernst deu uma risadinha.

— Você acha mesmo?

Marta deu de ombros.

— Mentir não combina com você, *miláčku*.

Ouvi-lo falar com ela dessa forma — a palavra *miláčku* suave e surpreendente depois dos outros sons, agressivos — levou lágrimas aos seus olhos. Ela achou por um momento que ele ia tentar beijá-la, e recuou um passo. O desejo de proteger os Bauer cresceu ferozmente dentro dela.

— O sr. Bauer teve que viajar a negócios — ouviu-se dizendo.

— É *mesmo*? — Ernst não saiu do lugar. — E, deixe-me adivinhar, ele teve que levar a mulher e o filho junto?

Era enervante ouvi-lo se referir a Anneliese e Pepík naqueles termos genéricos, "esposa" e "filho". Marta levou o polegar à boca e arrancou a pele sob a unha com os dentes.

Ele ergueu as sobrancelhas para Marta.

— E então?

Ela continuou sem responder.

Ernst puxou uma cadeira de mogno da mesa; a cadeira guinchou sobre as tábuas recém-lavadas do chão. Ele se sentou, cruzou as mãos na frente do corpo e se inclinou sobre a mesa, olhando fixamente para ela.

— Marta — falou —, ouça.

Ele esperou.

Ela estava ouvindo.

— Sinto muito pelo que aconteceu entre nós. Pelo modo como eu me comportei. — Fez nova pausa, como se tivesse ensaiado aquele discurso e tentasse lembrar as suas falas. — Sinto muito — repetiu. — Mas Praga está prestes a ser ocupada. Não vai ser como na velha cidade. Hitler vai levar tudo, agora. Tudo. — Ele gesticulou ao redor para incluir o apartamento, a cidade, o país inteiro.

Marta olhou para ele. Será que achava que ela era idiota?

— Sei que no passado eu disse algumas coisas desagradáveis sobre os Bauer — disse ele. — Mas preciso falar com Pavel agora. É sobre... a fábrica. É muito importante. Preciso entrar em contato com ele... para o seu próprio bem.

Ernst estava mentindo, claro. Ou tinha esquecido quão franco havia sido com ela no passado, ou realmente subestimava a sua inteligência. Ela era um meio para atingir um fim, nada mais. Ela pensou em dizer a Ernst que ele também era um péssimo mentiroso, mas tinha medo de que se abrisse a boca começasse a chorar.

— Eles a abandonaram — disse ele, suavemente.

Marta fechou os olhos, a verdade sobrepujando-a. Procurara se manter ocupada com a limpeza, evitando a verdade, mas não podia negar agora que Ernst estava certo. Não havia como contornar a verdade. Ela fora abandonada.

— Para onde eles foram? — indagou ele. — Para a Inglaterra?

Ela podia sentir as lágrimas brotando. Ergueu o dedo para mostrar a Ernst que precisava de um momento.

— Não há pressa.

O relógio de pêndulo dispensava o seu tiquetaquear.

— Para o País de Gales? — tentou Ernst, suavemente.

Marta balançou a cabeça e fechou os olhos outra vez. Eles tinham ido embora. Mas para onde? Ela pensou de novo na conversa de Pavel com o chefe, Hans, durante o café.

Você precisa partir com a incumbência de comprar linho.

Entendo. A Paris?

Não, Paris, não. Zurique.

Eles estavam falando muito alto, como dois velhos generais surdos. Marta se lembrou de como parecera estranho na ocasião, e de repente percebeu que eles queriam que ela escutasse. Ela fora o público-alvo da pequena atuação deles.

Pavel estava tentando confundi-la.

— Você sabe para onde eles foram — disse Ernst.

Ela assentiu com a cabeça. Seus dentes estavam trincados com força. Depois de tudo o que tinham compartilhado — os anos de emprego, aquele beijo tão bonito —, o que Pavel pensava que ela era? Algo que poderia ser abandonado, junto com os talheres e as roupas de cama? Ele deveria ter agido de forma mais sensata, pensou ela. Já tinham se aproveitado dela demasiadas vezes. Não seria feita de boba, não de novo, não dessa vez.

Pensou novamente nas palavras de Hans: *Não, Paris, não.*

Marta fechou os olhos e esfregou-os com as costas das mãos. Olhou para Ernst.

— Eles estão no trem para Paris — falou.

PARTE TRÊS

OCUPAÇÃO

12/3/1939

Meu querido Max,

Estou escrevendo de Paris. Anneliese e Pavel deviam ter se encontrado comigo ontem. Não apareceram. Nenhum telegrama, nada. Não sei o que fazer.

Se ao menos você estivesse aqui para me aconselhar.

Onde está você, meu querido? Já são mais de dois meses desde a sua última carta. Estou doente de preocupação e não consigo comer nem dormir.

Devo enviar o envelope agora? Tenho medo de que o nosso tempo esteja se esgotando, de que, se não seguirmos adiante com esta opção, a janela se feche por completo. Meu instinto me diz para agir.

Ainda assim, vou aguardar as suas instruções.

O dia está quase no fim; você está aqui ao meu lado no porta-retratos de prata, sorrindo radiante para mim. Como eu gostaria de poder beijá-lo! Pensar em você me dá coragem. Eu já disse isso antes, e não quero que você pense que sou sentimental demais, mas é simplesmente verdade: eu não poderia viver sem você.

Sua Al

(ARQUIVADO SOB: Stein, Alžběta. Morreu em Auschwitz, 1943)

ESPEREI MUITO TEMPO ATÉ VOCÊ APARECER.

Toda vez que a porta do restaurante se abria e a sineta tilintava, meus nervos tilintavam junto. Tornei-me capaz de identificar pessoas que não conheço com base nas fotos dos parentes ou em cartas sobre como adoravam jogar bolinhas de gude quando crianças. Fiquei olhando os idosos da Europa Oriental entrarem, os judeus asquenazes com cabelo ralo e grisalho e relógios de algibeira. Nenhum deles era você. Pensei: Ele provavelmente não virá. Por que haveria de querer falar com uma velha senhora, afinal?

Mas eu tinha passado batom antes de sair de casa. Coloquei a minha estrela de davi numa corrente de prata em volta do pescoço — a única joia que tenho da minha mãe. Penteei o cabelo, também já ralo, e fitei por um longo tempo a minha imagem no espelho.

Meus olhos estão lacrimejantes, um problema que aumenta com a idade. Pisco repetidas vezes, mas eles não secam.

Devo parecer perpetuamente à beira das lágrimas.

Tínhamos nos falado ao telefone.

— Preciso lhe contar algo — disse eu.

Silêncio.

Obriguei-me a falar.

— Você tinha... — vacilei. — Uma irmã — completei. Com o cuidado de usar o verbo no passado. Esperei pela resposta, pelo choque ou, no mínimo, pela surpresa.

— Eu sei — respondeu você.

— Sabe?

— Eu tenho uma foto — disse. — Meu pai está carregando um bebê nos braços.

Fiquei em silêncio, então, intrigada. Tinha uma centena de perguntas, mas queria fazê-las pessoalmente. Fizemos planos para nos encontrar às oito horas na Schwartz, uma delicatéssen judaica famosa em Saint-Laurent. Era um pouco de capricho da minha parte, mas você não se opôs. Nossa conversa por telefone, as poucas palavras que falou naquele seu sotaque confuso, continuaram soando repetidas vezes na minha mente, como a frase de abertura do inesquecível *Concerto de Praga para violoncelo*, de Dvořák — não consegui dormir naquela noite, por causa da música que as suas palavras formavam.

Na manhã do nosso encontro, forcei-me a sentar à mesa de trabalho, fingindo transcrever uma entrevista com uma mulher em Montana que acabara de descobrir o "ramo judaico" da sua família. Com toda a honestidade, porém, estava sem condições de trabalhar, tão cheia de emoções quanto uma adolescente se preparando para o primeiro encontro romântico. Esperava por isso fazia mais de... Bem, esperava por isso desde sempre.

Eu deveria ter me precavido para não ficar esperançosa demais. Aquilo que você mais deseja sempre há de iludi-lo. Essa é a regra. E não me importo se você me chamar de pessimista; eu mesma cheguei a esta conclusão. Também sou impaciente e exigente, até mesmo com as pessoas que estudo. Sobretudo com as pessoas que estudo. Verdade seja dita, penso em mim mesma como uma espécie de galinha com os seus pintinhos. O que é irônico, dadas as nossas idades.

— Gostaria de ver o cardápio? — A garçonete parecia ter 15 anos, no máximo. Sua blusinha revelava o ponto delicado do seu umbigo. Um umbigo protuberante.

— Não, obrigada.

Ela deu um passo para trás.

— Se não quer comer... — Ela fez um gesto para as mesas ocupadas ao redor. Dois velhos de colete de linho discutiam em iídiche.

— Estou esperando alguém — falei com brusquidão. O que soava como mentira, mesmo sendo verdade.

Fiquei sentada à mesa, no canto, descascando o plástico do cardápio que a adolescente tinha deixado. *Latkes*, vi, e *borscht* russa. Disse a mim mesma que pediria algo assim que você chegasse. Estava tentando ser esperançosa.

Há razões para o otimismo. Razões para se ter fé na humanidade. Havia gentios justos cuja atitude durante a guerra exemplificou o melhor do espírito humano. Mas a maioria das pessoas, é claro, não estava à altura da tarefa. E alguns ainda faziam questão de entregar os judeus às autoridades. Para mim, os casos mais difíceis de se imaginar são aqueles em que o traidor era conhecido da família. O que poderia fazer uma pessoa se voltar contra aqueles cujas vidas diárias ela participava intimamente?

Talvez esses traidores não entendessem as implicações do seu gesto. Talvez viessem eles próprios de um passado de traição. Esta é uma das coisas que as ciências sociais ensinam, uma das poucas sobre as quais a psicologia é muito clara: infligimos as nossas próprias feridas àqueles que estão sob o nosso cuidado. E, no entanto, esses fatores não chegam a fazer sentido. Ainda há casos que nos fazem parar para pensar, que nos obrigam a considerar o lado negro da natureza humana: o que os judeus chamam, eu creio, de *yetzer hara*.

Por falar nisso, fiquei sentada esperando por você durante mais de uma hora. A delicatéssen estava fechando. As pessoas estavam se levantando para ir embora, as mulheres com casacos brilhosos de vison, os homens com chapéus de feltro e óculos. Os casais pareciam felizes, até mesmo os mais velhos, e eu lembrei que o dia seguinte era um sábado, o dia em que é *mitzvot* para os casais fazerem amor.

No começo fiquei com raiva — furiosa — por você ter me dado bolo. Mas por trás daquilo havia algo mais delicado, um conflito. Tenho que ser honesta: estava triste por você não ter ido.

Eu queria ter alguém a quem pertencer.

CINCO

No dia 14 de março de 1939, ao meio-dia, o relógio de pêndulo soou, a porta da frente se abriu e os Bauer entraram. Ficaram fora por duas noites apenas, mas pareciam um bando de escoteiros *Junák* voltando das montanhas Krkonoše. Marta sabia que algo terrível devia ter acontecido para que Anneliese se deixasse ser vista naquele estado, os cabelos soltos ao redor do rosto e nenhum traço de batom nos lábios. Anneliese foi direto para a mesa da sala de estar e chorou. Marta podia ver que era uma continuação — ela havia chorado antes, depois teve que carregar a sua valise e agora recomeçava de onde havia parado.

Pepík desapareceu imediatamente no quarto do tio Max, e foi Pavel, enfim, quem resolveu dizer a Marta o que acontecera. Conduziu-a, a mão na base das suas costas, para fora da sala até a cozinha.

— Quer uma bebida?

— Não, eu...

Mas ele já havia trazido duas tacinhas da cristaleira e enchido a sua até a borda.

— Puro?

Marta fitou-o sem entender.

Pavel levantou um jarro e acrescentou água ao copo dela. Ele apertou os olhos para Marta, abriu a boca e fechou-a novamente. Havia tanto a dizer, e ela podia ver que ele não sabia por onde começar.

— Tivemos que voltar da fronteira — disse ele, por fim. — Viram que os documentos foram forjados. — Esvaziou o copo num único gole.

Estava com a barba por fazer, e havia cavidades escuras sob os olhos.

— A Gestapo entrou no trem. Levaram os passaportes, o meu e o de Liesel. Estávamos tentando deixar o país. Ir até Paris. De lá, Max tinha comprado passagens para Londres. — Ele passou a mão na barba sob o queixo. — Perdemos nossa chance agora, é claro. É tarde demais.

Houve um momento de silêncio, durante o qual eles puderam ouvir Anneliese soluçando. Marta apertou os dedos indicador e médio contra a têmpora. O que Pavel esperava? Se ele estava disposto a abandoná-la sem mais nem menos, era isso que receberia em troca. Ela empurrou a bebida intocada sobre a mesa. Procurou ao redor um lugar onde pôr os olhos e encontrou o moedor de café, de madeira. Seus braços estavam cruzados sobre o peito.

— Marta — disse Pavel. Porém, ela se recusava a levantar os olhos.

Pavel suspirou profundamente.

— Eu lhe devo um pedido de desculpas. Lamento que tivéssemos que... manter os nossos planos em segredo.

Ela olhou outra vez para o moedor de café; havia dois grãos presos sob a lâmina. Seu estômago deu uma cambalhota, como se estivesse tentando chamar a sua atenção. Um pedido de desculpas? Será que ela ouvira direito?

— Você entende? — Pavel a examinava minuciosamente.

As cavidades sob os seus olhos na verdade podiam ser machucados, pensou ela.

— Foi para protegê-la — disse Pavel. — Se alguém viesse perguntar por nós, você não estaria comprometida. Tivemos que manter segredo — explicou. — De todos, sem exceção. — Ele beliscou o nariz. — Não contamos nem mesmo à minha mãe.

Pavel fez uma pausa e franziu a testa.

— É por isso que não consigo descobrir quem... — Mas ele balançou a cabeça e se interrompeu antes de terminar a frase. — Independentemente disso — falou —, quero que você saiba que eu planejava mandar buscá-la. Da França. Tenho a sua passagem. — Ele deu um tapinha no bolso junto ao peito.

Marta ergueu os olhos do moedor de café. Uma passagem? Para ela?

— E um passaporte.

Ele estava blefando, claro. Algo dentro dela enrijecera contra ele, como o caroço no miolo de uma fruta de verão, e ela não estava disposta a baixar a guarda de novo, a se deixar enganar pela segunda vez. Mas Pavel tirou o passaporte do bolso do casaco junto com um envelope verde e branco da Wagons--Lits e colocou diante dela sobre a mesa. Marta sentiu por um momento que ia passar mal.

— Pode abrir — falou. — Se você não acredita em mim.

Ela abriu o envelope e viu o pedaço de papel não perfurado. Seu nome estava ali, o último e o primeiro.

Pavel esperava.

Marta pegou a passagem como que para verificar a sua presença física. Ela suava, mas suas mãos estavam frias. Ainda parecia que aquilo devia ser algum truque, uma forma de garantir a sua lealdade novamente, agora que as coisas não tinham saído como planejado. Mas a passagem era bastante real na palma de sua mão, e fora comprada, ela viu, várias semanas antes. Se não tivesse contado a Ernst, ela agora estaria com os Bauer em Paris? Nunca tinha ido à França. Fazia-a pensar em vinho tinto caro e naqueles deliciosos *pains au chocolat*.

Se não tivesse contado a Ernst, os Bauer agora estariam livres?

— Pensamos que poderia parecer suspeito — falou Pavel — cruzar a fronteira com uma empregada... — Ele pigarreou e continuou: — Com uma governanta gentia trabalhando para nós. Então, eu mandaria buscar você depois.

Marta fitou-o nos olhos, enfim.

— É mesmo? — perguntou. Sua voz soou dócil aos próprios ouvidos, a voz de uma criança assustada, mas ela não desviou o olhar. Precisava ter certeza.

E Pavel aproveitou a chance para tranquilizá-la.

— É mesmo — disse ele. — Juro para você.

A maneira como ele falou a fez lembrar, de repente, da plenitude da boca dele na dela, de como ele a puxara de volta aos seus braços uma última vez. O vislumbre da língua que tinha deixado o seu baixo-ventre tremendo.

Pavel pressionou o polegar na testa, entre os olhos, e olhou para a passagem ainda não perfurada em sua mão. Depois ergueu a cabeça e olhou para ela de novo, a mesma expressão penetrante no rosto.

— Sinto muito, Marta — repetiu.

Marta não poderia dizer exatamente pelo que ele estava pedindo desculpas — pela mentira, pelo fracasso em levar a família embora, ou a combinação das duas coisas —, mas a sinceridade do olhar dele o absolveu por completo. Ela o teria perdoado, naquele momento, por qualquer coisa.

Os acontecimentos dos dias anteriores vieram à tona devagar. O relato da história tinha um quê de ritual; os Bauer lhe contavam, ostensivamente, mas Marta podia ver que precisavam recontá-la um para o outro, para si próprios, a fim de tentar entendê-la. O condutor tomara os passaportes, olhara para eles e baixara os olhos para uma prancheta que carregava contra os seus reluzentes botões.

— Ah — dissera ele. — Pavel Bauer. Está indo comprar um pouco de linho?

— Soubemos nesse exato instante — falou Anneliese — que alguém nos havia traído.

Marta fez um gesto discreto para mostrar à sra. Bauer onde a maquiagem tinha escorrido. Anneliese enxugou os olhos com as costas da mão.

— Ele nos arrastou imediatamente para fora do trem — continuou Pavel.

— Nem sequer olhou para o passaporte de Pepík. Passamos a noite na prisão.

Anneliese começou a chorar outra vez. Suas bochechas tinham o tom rosado brilhante de uma das bonequinhas de porcelana de Vera Stein.

— Na prisão? Por que na prisão?

Anneliese olhou para Marta, exasperada.

— Porque eram documentos falsos. Viram que estávamos tentando sair do país. — Ela enxugou os olhos de novo. — Houve um anúncio... Um homem avisou, quando estávamos saindo, que aquele trem seria o último a receber permissão para passar. — Ela assoou o nariz no lenço da irmã. Tinha um monograma, a letra A azul com volutas, a inicial de Alžběta, bem como a de Anneliese. — As fronteiras se fecharam — disse ela. — Estamos oficialmente presos. O país vai ser ocupado.

— As fronteiras foram fechadas? Mesmo? — Marta fez uma pausa, assimilando aquilo. Então, como não conseguia entender muito bem as terríveis implicações, perguntou de novo: — Vocês passaram a noite na prisão?

Marta esperou que Pavel dissesse "Não exatamente na prisão", mas ele apenas fez que sim com a cabeça. Seu gesto simples sugeria exatamente o oposto, que a palavra *prisão* era totalmente inadequada para conjurar a noite que tinham passado.

— Até mesmo Pepík?

— Levaram Pepík para outro lugar. Ele não quer dizer onde.

— As fronteiras estão sendo patrulhadas. Estamos presos aqui — disse Anneliese. Mas Marta estava tentando não ouvir. Pensava no menino de quem tomava conta, detido contra a sua vontade.

— Por que eles prenderam Pepík? Ele é só um bebê!

— As coisas estão mudando. O mundo em que vivemos não é mais justo — falou Anneliese.

— Todos os judeus dos Sudetos foram enviados para um campo — acrescentou Pavel.

— Um campo? O que o senhor quer dizer? — perguntou Marta.

Mas Pavel não sabia nada sobre os campos além dos rumores.

— Eu sei que temos sorte de ter saído tão facilmente. Eles poderiam ter nos mantido presos.

— E ficaram com as nossas coisas. Os passaportes, o dinheiro, as minhas joias.

Marta queria perguntar sobre o relógio costurado no casaco da sra. Bauer, mas isso revelaria a sua escuta clandestina.

Um sentimento se apossou dela, então, como quando tivera escarlatina na infância. Vertigem, comichão na pele, a sensação de que o mundo ao seu redor não era real. Porque não podia ser — o que estavam lhe dizendo não podia ser verdade. Sua mágoa havia derretido por completo, e o que restou foi o amor aos Bauer, justo e puro. Como o amor de mãe, pensou ela. Lutaria por eles, ia protegê-los a todo custo. Mas será que as fronteiras estavam mesmo se fechando? Será que as pessoas de fato ficariam presas no país contra a vontade, como animais numa gaiola? Se esse era o caso, ela aos poucos começava a se dar conta, então fizera algo terrível, irrevogavelmente errado.

Marta se obrigou a respirar fundo. Reorganizou a impensável ideia para fazer com que os Bauer é que estivessem exagerando. Eles veriam: tudo aquilo era facilmente solucionável. No dia seguinte, ela iria até a estação com as suas economias e compraria novas passagens para fora do país.

Mas, quando Pavel ligou o rádio no meio do dia seguinte, ouviram o anúncio de que Jozef Tiso acabara de regressar de uma conferência com Adolf Hitler e proclamara um Estado eslovaco separado.

— Um *quê*? — perguntou Marta. Com os Sudetos tomados, já não sobraria mais nada do seu país.

Os Bauer estavam de pé próximo ao rádio, como se fosse um amigo querido no leito de morte. O ministro das Relações Exteriores tcheco František Chvalkovský e o presidente Hácha, eles ouviram, tinham recebido ordens de ir a Berlim. No fim do dia, foi anunciado que o exército alemão tinha cruzado a fronteira e ocupado a cidade fronteiriça de Ostrava. Pavel traduzia a transmissão do rádio, mas acrescentou ele próprio o último detalhe.

— Ostrava — dirigiu-se a Marta. — A cidade onde você nasceu.

Marta atravessou a sala até a lareira e ficou de frente para o console ornamentado. Sempre pensara no dinheiro como um grande protetor e nos Bauers como todo-poderosos. No passado, ela sofrera por ser pobre, isso era verdade, e não teve os recursos para sair de casa quando precisava. Mas agora parecia que quantidade de dinheiro alguma poderia salvar os Bauer do que lhes acontecia ao redor. Hitler, ela percebeu chocada, estava falando sério. Ernst lhe explicara os pensamentos de Hitler sobre o "perigo judeu". Talvez, pensou, ao contar a Ernst os planos de Pavel de ir embora, ela realmente tivesse frustrado a única chance da família de escapar.

Talvez, por causa dela, o curso da vida dos Bauer agora fosse mudar.

No fundo, porém, Marta não acreditava que tinha esse tipo de poder; não acreditava que pudesse alterar o destino. O destino se distribuía de acordo com a ação, de acordo com o comportamento das pessoas. Os Bauer tinham mostrado que eram bons, afinal. Assim, as coisas dariam certo para eles no fim de tudo.

Quando Marta acordou, estava nevando. Ela podia sentir sem ter que olhar; o ar estava diferente, abafado no silêncio que só o inverno traz. Lutou contra o desejo de voltar a cair no grosso cobertor do sono; em vez disso, levantou-se, calçou os chinelos, vestiu o roupão e abriu as persianas da janelinha no vestíbulo.

Ainda estava escuro, uma mínima sugestão de luz no horizonte. Como uma premonição, como o último sonho antes de acordar.

Ela esfregou o canto do olho, sonolenta, e ficou parada diante da janela, olhando lá para baixo. Os tornozelos frios sob o roupão. A rua estava vazia; logo em seguida passou uma bicicleta. Mais tarde, ela pensaria nesse ciclista solitário e o imaginaria usando uma capa e carregando uma espada. O Anjo da Morte entrando na cidade. Mas era um quepe de oficial, um *Schirmmütze*, que ele usava, e a túnica de lã *feld-grau* com dragonas e botões cintilantes. Parecia ter surgido do nada, como o vilão de um livro de histórias. Marta fechou os olhos para que o oficial desaparecesse, mas, quando os abriu de novo, ele ainda estava lá, e, atrás dele, a rua inteira estava cheia de soldados, o exército do Anjo da Morte subindo a colina íngreme, vindo da cidade cintilante lá embaixo. A neve caía em profusão, transformando Praga num conto de fadas. O turbilhão branco sobreposto a quilômetros de preto e cinza dava a impressão de que eles tinham vindo de uma fotografia antiga, um mundo do qual toda a cor tinha sido drenada. E outra coisa a fazia pensar que eram parte de um sonho: estavam dirigindo no lado errado da rua.

Marta deu as costas para a janela. *Os Bauer poderiam ter fugido*, disse para si mesma. *E você poderia estar com eles.* Falava consigo na terceira pessoa, como alguém separado do seu verdadeiro eu. Outra pessoa teria agora que lidar com a culpa paralisante — porque ela não conseguiria, de modo algum.

Foi acordar os Bauer, mas viu que a luz já estava acesa na sala. Eram cinco da manhã, mas eles já estavam vestidos — Anneliese com uma saia de malha e pérolas; Pavel com um terno cor de carvão, a sua pasta aberta sobre a mesa. Ali dentro havia uma gorda pilha de dólares norte-americanos presos por um elástico. A primeira coisa que ela ouviu quando entrou na sala foi a rádio tcheca: "A infantaria e os aviões do exército alemão vão começar a ocupação do território da República às seis horas. A menor resistência terá as mais imprevisíveis consequências e fará com que a intervenção se torne absolutamente brutal. Todos os comandantes devem obedecer às ordens do exército de ocupação. As várias unidades do exército tcheco estão sendo desarmadas... Praga será ocupada às seis e meia."

Ela continuou a ouvir — a mensagem estava sendo repetida.

Pavel se virou para fitar Marta, o rosto dele rosado, como se o nó na gravata de seda estivesse apertado demais.

— Recebemos um telefonema do chefe de polícia.

Marta puxou o roupão em volta do corpo.

— O chefe disse que somos responsáveis pela abertura da fábrica, como de costume.

— Dá para acreditar? — perguntou Anneliese.

— Então eu recebi outro telefonema, de Hans. Oferecendo-se para explodir a fábrica.

— São os idos de março — complementou Anneliese.

— Explodi-la?! Por quê? — Marta olhou para Pavel.

— Emitiram um decreto para instalar administradores tchecos em empresas judaicas.

— Perdão, sr. Bauer?

— Eles vão tomar as nossas empresas.

Marta desviou os olhos. Ernst tinha razão — Pavel perderia o que tinha, de um jeito ou de outro. A injustiça que aquilo representava tomou conta dela. A afronta.

— A filha de Hácha é casada com um judeu — dizia Anneliese. — Ele deveria ser um moderado.

Pavel bufou. Se ele não fosse tão educado, pensou Marta, teria cuspido.

— Vocês ouviram falar da conversa entre Hitler e Chamberlain? — perguntou Marta. Ela queria, de repente, deses-

209

peradamente, animá-los; uma piada era a única coisa em que conseguia pensar.

— Conte-me. — Pavel se inclinou para a frente, ansioso para que o divertissem, para que o distraíssem.

— Hitler e Chamberlain se encontraram na rua. Hitler disse: "Chamberlain, me dê a Tchecoslováquia." E Chamberlain respondeu: "Está bem."

Marta fez uma pausa de efeito.

— No dia seguinte, Hitler encontrou Chamberlain de novo. E disse: "Chamberlain, me dê o seu guarda-chuva." Mas Chamberlain falou: "Meu guarda-chuva?! Ora, ele me pertence!"

Os Bauer riram brevemente, mas Marta podia ver que não conseguira melhorar o humor deles. Voltaram um para o outro de imediato, os rostos solenes.

— Você tentou entrar em contato com a sua mãe? — perguntou Anneliese.

— Não consegui — disse Pavel.

— É inacreditável. Que Hácha tenha assinado aquele pedaço de papel.

— Se ele não assinasse, teríamos sido bombardeados. Agora mesmo seríamos todos uma grande pilha de cinzas fumegantes.

Quando Pepík acordou, aviões Messerschmitt voavam baixo sobre o rio Vltava, as sombras deslizando sobre as águas agitadas. Eles subiam em ângulo acentuado para evitar as pontes, depois mergulhavam de novo, como falcões caindo sobre a vítima. O garoto, ainda na sua camisola de flanela azul, começou a narrar o movimento dos aviões.

— Lá vem ele, senhoras e senhores... Um ataque como o mundo jamais conheceu...

Havia algo de blasé no seu tom, porém, como se ele fosse um correspondente entediado, um jornalista que vira o que o mundo tinha a oferecer e não ficasse mais facilmente impressionado.

Pavel saiu pouco depois das sete para ir até a fábrica. Nenhum dos empregados tinha telefone, ele falara; alguém teria que ir de casa em casa e dizer que deviam se apresentar ao trabalho. Ele abriu a porta para sair; o vento soprou e jogou a ponta do seu cachecol para o lado, como o desenho de um boneco de neve feito por uma criança.

— Estou atrasado — disse. Virou o rosto para Marta e fitou-a nos olhos por um momento antes de fechar a porta. Ela teve a sensação súbita e violenta de que nunca mais tornaria a vê-lo.

Na tarde seguinte, ao voltar do verdureiro, Marta viu dois pares de sapatos de couro masculinos no vestíbulo. Dois sobretudos de qualidade. Havia outra coisa também, uma espécie de silêncio no apartamento. Era o silêncio de nada estar sendo dito, um silêncio que tinha passado a significar, ao longo dos últimos meses, que o oposto era verdade, que as coisas de grande consequência estavam sendo ditas, mas a portas fechadas.

Ela foi até a sala e encontrou Pepík debaixo da mesa de carvalho, segurando *Der Struwwelpeter*.

— Estou ocupado — falou ele.

Ela se abaixou e beijou a sua testa.

— Que horas são, *miláčku*?

— Tique-taque — respondeu ele.

Franziu a testa e fingiu estar lendo, mas segurava, ela viu, o livro de cabeça para baixo. Ela o beijou outra vez e virou o livro. Ele fez um pequeno *humpf* e virou-o de cabeça para baixo de novo.

Teimoso, igual ao pai. Ouviu Pavel entrar na sala de jantar atrás deles.

Uma luz de felicidade se acendeu dentro dela. Levantou-se para se dirigir a ele, então viu o homem atrás de Pavel. Ernst. Foi depressa para trás da parede, onde eles não podiam vê-la. Agachou-se e apoiou a bochecha contra o gesso fresco. Podia escutar as batidas do próprio coração. O que Ernst estava fazendo ali? Obviamente ainda não conseguira se apoderar de todos os bens de Pavel; Marta supôs que o ex-amante sabia haver mais dinheiro escondido. Precisava agir depressa agora que Praga fora ocupada. Estava dobrando os seus esforços.

Ernst já visitara o apartamento dos Stein, é claro, no dia em que fora perguntar a Marta para onde os Bauer tinham ido. Mas do seu esconderijo ela podia ver que ele estava deixando Pavel conduzi-lo num tour, mostrando-lhe tudo como se ele nunca tivesse estado ali.

Ele parou junto ao console da lareira e olhou para a foto da pequenina Eva Stein.

Pegou a pesada menorá de prata como se fosse a primeira vez. Devia haver algo no seu peso que ele considerava irresistível.

Pavel se sentou numa cadeira da sala de jantar, cruzou as pernas e pegou o cachimbo e a bolsa de tabaco.

— Agora que terminamos os nossos negócios — disse ele —, você está indo até a praça saudar a guarda de honra de Blaskowitz?

Ernst estava pegando o seu cachimbo. Marta viu as linhas em seu cabelo por onde o pente tinha passado. Mudou de posição — sua perna estava ficando dormente, mas se ela se levantasse, sabia que iriam ouvi-la.

— Suponho que todos os soldados alemães sejam obrigados a parar e fazer uma saudação — disse Pavel. — E a proclamação de Blaskowitz de que os alemães estão aqui não como conquistadores, mas para criar "condições para a colaboração pacífica dos dois povos"! Que idiotice! Será que ele pensa que somos completamente cegos?

Marta se lembrou do pronunciamento mais recente do presidente Hácha no rádio. Ele definira a independência como um curto período da história nacional da Tchecoslováquia que tinha chegado ao fim.

Ernst pressionou o tabaco; os dois homens fumaram cachimbo em silêncio, as bochechas murchando e inflando como bacalhaus.

212

— Haverá muitos alemães na cerimônia de amanhã — disse Ernst suavemente.

— Por causa de Von Neurath?

O barão Konstantin von Neurath, até onde Marta sabia, seria nomeado o novo líder do Protetorado da Boêmia e Morávia.

Ernst assentiu.

— Eles vão enviar trens especiais dos Sudetos para saudá-lo.

— Estão preocupados que o novo *Reichsprotektor* não seja bem-recebido por nós, tchecos? — A voz de Pavel era bem-humorada. — Deve haver menos nazistas no nosso meio do que pensamos.

Muito pelo contrário, pensou Marta, agachada atrás da parede. Ernst se calara, e ela compreendeu a estratégia dele: deixar que o seu silêncio fosse entendido como concordância, e assim não ser obrigado a mentir completamente.

— E você? — perguntou Pavel mais uma vez ao amigo. — As autoridades na fábrica o enviaram junto com as crianças das escolas para cumprimentar o ex-ministro das Relações Exteriores? — Ele estava tentando manter a voz leve, mas estava claro que queria saber o que exatamente Ernst estava fazendo em Praga.

Ernst cruzara a perna sobre o joelho e sacudia-a de leve, como uma velha senhora.

— Isso mesmo. Estou aqui para dar as boas-vindas ao *Reichsprotektor.*

Era óbvio que Pavel não estava satisfeito com a resposta, mas não conseguiu levar o assunto adiante. Ernst, porém, deve ter percebido a insegurança do amigo porque complementou, depressa:

— Herrick precisava de alguém para fazer o controle de qualidade com o nosso fornecedor em Londres, e é mais fácil sair de Praga. Pelo menos foi o que eu lhe disse.

Ele piscou para Pavel — Marta não podia vê-lo, mas sentiu o gesto habitando o momento de silêncio.

213

— Eu me pergunto o que Masaryk pensaria se pudesse ver Hácha — continuou Ernst.

— Dizem que ele desmaiou e teve que ser reanimado pelo médico de Hitler. E ouvi dizer que foi forçado a entrar no Castelo de Praga pelos fundos.

Ernst virou a cabeça bruscamente.

— Hitler? Pelos fundos?

— Hitler, não! — corrigiu Pavel. — Hácha.

A perna de Marta estava quase toda dormente. Ela tentou esquecer, concentrar-se na conversa da sala ao lado. Mas, quando deslocou o peso sobre os quadris, percebeu que não conseguia sentir a perna. Não havia escolha a não ser se levantar, caso contrário cairia. Levantou-se tão silenciosamente quanto possível e deu alguns passos, mancando; era como se sua perna fosse feita de madeira. Queria passar pelo canto da sala e andar até a escada pelas costas dos homens, mas estava por demais instável de pé, fazendo muito barulho, e ambos se viraram e olharam para ela quando entrou.

Ernst se levantou. Ele e Marta ficaram imóveis, a menos de um metro de distância, entreolhando-se.

Pavel pigarreou e disse, um tanto confuso:

— Ernst, você deve se lembrar de Marta, a governanta de Pepík?

— Sim — falou Ernst. — Claro que sim. Olá novamente, Marta.

Ele estendeu a mão para beijar as costas da dela. Era um gesto apropriado apenas a uma dama — e, portanto, havia algo de zombeteiro nele —, mas Marta não teve escolha a não ser se submeter. Os lábios de Ernst estavam secos e frios.

Marta pensou: Judas e Jesus. Um beijo de traição.

Sentia a perna pegando fogo pelo sangue que voltara a correr.

Ela e Ernst se olharam outra vez numa disputa de vontades. A ideia ocorreu a Marta de imediato: ela confessaria. Contaria tudo a Pavel — que Ernst estava contra ele, que fora ele quem impedira a sua fuga. Se ela também ficasse envolvida, que assim fosse — não podia suportar guardar aquele segredo por um único segundo a mais. Mas o relógio de pêndulo tiquetaqueava alto em seu ouvido, e nenhum som lhe saiu da boca. Queria se forçar a falar — era apenas uma questão de começar, ela sabia —, mas a verdade era que não tinha coragem. E Ernst adivinhara isso. Havia um sorrisinho no seu rosto, sutil, mas inegável.

Se revelasse a verdade sobre Ernst, Marta cairia junto com ele. E Marta, ambos sabiam, tinha mais a perder.

O momento passou. Ernst avisou que estava na hora de ir embora. Tinha negócios a tratar, dissera, olhou para Marta e piscou.

Os dois homens deram tapinhas cordiais nas costas um do outro, e Pavel agradeceu a Ernst pela sua oferta.

— Avise-me — comentou Ernst, casualmente —, se você quiser mais proteção para seu investimento da maneira que discutimos.

Pavel pigarreou, evasivo.

— Você ouviu a piada sobre a conversa de Hitler com Chamberlain?

Ernst disse que sim, já ouvira.

— Foi Marta quem me contou — disse Pavel, satisfeito em poder lhe dar o crédito.

E Ernst comentou, num tom leve:

— É mesmo? Isso não me surpreende. Ela é uma moça esperta, não é? Sua Marta.

No dia 5 de abril, o barão Konstantin von Neurath, o novo *Reichsprotektor* da Boêmia e da Morávia, chegou a Praga. As autoridades providenciaram vendedores de salsichas e menestréis ao estilo antigo. Da rua lá embaixo, Marta podia ouvir uma grande banda marcial tocando "Das Lied der Deutschen" e "Horst-Wessel-Lied", o hino nazista. Um feriado nacional fora proclamado.

— Nós vamos pendurar a suástica? — perguntou Marta a Anneliese. Todos os cidadãos tinham sido ordenados a fazê-lo, mas a patroa fitou-a como se Marta fosse louca.

— Está brincando? — retrucou ela. — Nós vamos pagar a multa.

Quando Marta se inclinou para fora da janela, para a brilhante manhã de primavera, viu que a maior parte dos chefes de família tchecos obviamente sentiam o mesmo. Apesar da suposta celebração, ela só podia contar cinco bandeiras ao longo da rua Vinohradská. O jornal do Partido Nazista, o *Völkischer Beobachter*, informara que todas as escolas e associações enviariam delegações para saudar o diplomata alemão, mas a multidão parecia minguada nas calçadas, e apenas algumas pessoas acompanhavam a brigada que seguia até a Václavské náměsti para o desfile militar. Marta viu um grupo de adolescentes com braçadeiras nazistas correndo ao lado da procissão, as bocas escancaradas, gritando o seu entusiasmo ao vento que rugia. Mas, do lado oposto da rua, uma mulher que usava um lenço vermelho não conseguia parar de chorar, as lágrimas escorrendo pelas suas bochechas roliças enquanto ela fazia a saudação nazista.

Pavel estava sentado atrás da grande mesa de carvalho no escritório, apontando os lápis até ficarem do mesmo tamanho e colocando-os, com as pontas para cima, numa caneca de cerveja da Baviera. O apontador fazia um ruído como o de um carro com o motor ligado em ponto morto. Marta entrou no escritório, obrigando-se a falar. Tinha perdido a coragem no dia da visita de Ernst, mas talvez não fosse tarde demais. Talvez, se ela ao menos revelasse os planos de Ernst, pudesse evitar mais danos. Saber o que sabia era torturante para ela. Acordava-a no meio da noite, com o coração acelerado. Os pesadelos terríveis de que o seu pai tinha retornado. Mas agora, quando o seu pai se virava para olhar para ela, tinha o rosto de Ernst.

— Sr. Bauer — começou, antes que ela pudesse questionar aquele impulso, mas Pavel a interrompeu.

— Fui suspenso — disse ele.

— Como?

— Pode me chamar de Pavel.

Marta olhou para ele mais de perto, então, e viu como mudara. Não era apenas o fato de parecer mais velho — e parecia —, mas também de estar desgastado de uma forma indistinguível, mas, ainda assim, inegável. Estava mais suave, mais humilde. Estava com medo.

— Um dos asseclas de Von Neurath chegou à fábrica — contou — para afirmar que temos que ter 92% da força de trabalho ariana, e nenhum judeu em posições de gerência ou alta direção. — Pavel puxou um lápis da lâmina do apontador e soprou o pó de grafite da ponta. — É claro que não há escolha a não ser obedecer.

Ele fechou os olhos e balançou a cabeça.

— Francamente — falou —, não entendo por que a fábrica não foi tomada por completo.

Marta ainda estava do outro lado da sala.

De fora vinha o som de alguém gritando: um único e estridente grito, e depois o silêncio. Havia uma segunda cadeira do lado oposto da mesa de Max; Pavel apontou com o queixo para ela se sentar. Agora era a sua chance. Ela não se permitiu parar e reconsiderar.

— Há um assunto sobre o qual venho querendo lhe falar — disse.

Pavel tocou com a ponta do dedo um lápis recém-apontado e pegou-o de volta — ainda havia uma pequena imperfeição na madeira.

— Noventa e dois por cento — falou. — Mas parecia ter tirado esse número do nada. — Passou as costas da mão na barba e então percebeu que ela havia falado algo.

217

— Desculpe — disse, olhando para cima. Ela finalmente tinha a atenção dele. Marta abriu a boca, preparada para confessar tudo a Pavel. — Marta? — chamou ele.

Ela fechou a boca outra vez. Ele a fitava com curiosidade, mas de repente Marta mudara de ideia. O que estava pensando? Não podia revelar tudo; seria como dar um tiro na própria cabeça. Pavel repassava incessantemente a sua tentativa frustrada de fuga. Quem o havia traído? Ele suspeitava de Kurt Hofstader, o primeiro gerente de Max, que perdera o emprego para Pavel. Mas como ele sabia? Alguém da fábrica, um dos operários alemães? Ele e Anneliese tinham sido muito cuidadosos. Pavel nunca sugerira ninguém na sua velha cidade, e Marta sabia que não passara pela cabeça dele que Ernst podia tê-lo traído — assim como não passara pela cabeça dele que *ela* podia tê-lo traído. A confiança implícita de Pavel nela aumentava a culpa que Marta sentia. Confessar significaria o fim da sua vida, ou pelo menos o fim da vida que ela queria viver, no seio da família Bauer.

Pavel pigarreou, e Marta percebeu que precisava dizer alguma coisa.

— É Pepík — falou. — Não tem sido ele mesmo. Está tão arredio... Estou muito preocupada com ele.

Era estranho. Enquanto falava, Marta percebia que dizia a verdade. Não era o que queria conversar com Pavel — pelo menos, não o que pensara que queria —, mas outra parte sua, ela percebeu, estava o tempo todo esperando a chance de pedir conselhos sobre Pepík. Não conseguia suportar a própria incompetência com o menino ultimamente, sua incapacidade de protegê-lo. Imaginou-o trancado no seu quarto, olhando para o trem, o rosto inerte.

— A ocupação não foi boa para Pepík — começou a dizer, e então repreendeu-se; a ocupação não era algo que poderia ser corrigido em nome do bem-estar do menino. Mas a verdade do que dizia dominou-a outra vez, e ela continuou: — O senhor se lembra de quando chegamos, em janeiro? — perguntou a Pavel. — E o senhor mencionou o homem que está mandando crianças judias para fora do país?

Pavel deu uma risadinha.

— Qual é a graça?

— Você e eu. Nós pensamos da mesma forma.

— Talvez devêssemos tentar colocar Pepík num desses trens. — Marta olhou para Pavel. Ele tinha inserido outro lápis no apontador. Ela se corrigiu: — Talvez o senhor devesse tentar colocar Pepík num desses trens.

Pavel girou a manivela; veio a terrível moedura.

— Sim — disse, sem olhar para ela. — Acho que você está certa.

Ela ergueu as sobrancelhas.

— O senhor acha?

— Num dos trens de Winton. — Ele levantou os olhos, então, avaliando-a. Soprou algumas aparas de lápis da ponta afiada e colocou-o na caneca de cerveja junto com os outros. — Já está feito — disse ele, por fim. — Acabei de receber notícias da secretária de Winton. Pepík está na lista. Não é seguro para ele aqui.

Marta piscou os olhos, tentando assimilar aquilo. Parecia demasiada coincidência. Todas as brigas com Anneliese, toda a resistência de Pavel — isso era tudo o que havia sido necessário? Que alguém lhe pedisse de modo gentil?

Que ela lhe pedisse?

Mas era uma ilusão. Pavel tivera a ideia por conta própria.

Ela pigarreou. Era real, então? Parecia impossível, de repente, e ela quase desejou nunca ter tocado no assunto. Disse a si mesma que Pepík era pequeno demais para viajar, mas na verdade também estava preocupada com o que isso significaria para ela.

— Quando o trem parte, sr. Bauer?

— Me chame de Pavel! — exclamou ele. Logo se arrependeu, entretanto. — Desculpe, Marta, não tive a intenção de levantar a voz. É que isso me faz sentir tão... esquisito. — Ele bateu na lateral da caneca de cerveja com o dedo. — Dia 5 de junho. Em breve.

Marta assentiu.

— Então você acha que é a coisa certa a fazer? — perguntou ele, de repente inseguro.

Ela ainda não estava acostumada a ter sua opinião solicitada, e se sentiu surpreendida, como se um holofote tivesse caído sobre ela e revelado uma vida interior, afinal. Mas pensou no sr. Goldstein e nos espancamentos da Noite dos Cristais, e no pequeno Pepík obrigado a se sentar nos fundos da sala de aula na sua velha cidade. Pensou nos seus grandes olhos perplexos. Que tipo de pessoa era ela para se preocupar tanto consigo mesma? Queria proteger Pepík. Acima de tudo.

— É a coisa certa — falou, confiante. E depois: — A sra. Bauer concorda?

Pavel assentiu secamente e depois mudou de assunto. Ele também não podia suportar a ideia de o filho partir.

— Você viu o desfile?

Marta lhe contou da mulher chorando ao fazer a saudação nazista.

— Eram lágrimas de alegria?

— De tristeza.

— Sim — concordou Pavel.

— Mas ela poderia ter ficado em casa!

O sr. Bauer deu de ombros.

— As pessoas são movidas por coisas que não entendem.

— Acho que isso é verdade...

— É verdade — disse Pavel. — Você sabe quais são os seus motivos? Por que age de determinada maneira?

Marta ficou em silêncio.

— Há outra coisa que eu quero lhe dizer — falou Pavel.

A primavera chegou como um mascate vendendo flores. O que restava da neve derreteu, e os lilases surgiram, desafiadores. Tulipas e narcisos foram colocados em vários monumentos, enfeitando primeiro um lado do espectro político e depois o outro. No quinquagésimo aniversário de Hitler, os cidadãos de Praga lamentaram a sua soberania perdida colocando lírios na estátua Jan Hus, na praça da Cidade Velha, ao lado de uma coroa de flores decorada com o lema tcheco: *Pravda vítězí*, a verdade prevalecerá. E, no dia 5 de maio, diversos buquês foram deixados no monumento a Woodrow Wilson, diante da estação de trem. O ex-presidente dos Estados Unidos, Pavel contou a Marta, ajudara a criar a Tchecoslováquia depois da Primeira Guerra Mundial.

Agora que o homem ficava em casa o dia inteiro, ele se tornara uma espécie de tutor para Marta. Ensinava história e geografia, fatos que ela se envergonhava de pensar que a maioria das crianças havia aprendido nos seus primeiros anos de escola. Também contou-lhe sobre as coisas novas que aprendia a respeito da sua religião: o famoso rabino Rashi, nascido de uma pérola lançada no Sena, e o simbolismo das longas barbas e costeletas como as do sr. Goldstein. Contou-lhe sobre o ritual do *bar mitzvah*, que ela já conhecia, e que Pepík teria o seu, embora o próprio Pavel não tivesse passado por isso. Em troca, Marta compartilhava as minúcias dos seus dias, contando-lhe sobre a *zelná polévka* que planejava preparar na noite seguinte, ou uma piada sobre Von Neurath que ouvira do garoto que entregava o carvão. Era difícil acreditar que Pavel pudesse estar interessado, mas Marta via que aquilo o distraía.

— Eles me dão prazer — falou ele. — Os seus detalhes.

Ela ficou lisonjeada, mas por trás de tudo isso nunca deixava de se sentir ansiosa: faltava pouco tempo para que Pepík fosse mandado embora. Para que Marta fosse enviada para longe dos Bauer também. Que utilidade tinha uma governanta sem uma criança para cuidar? Para onde ela iria? Marta tentava não pensar nisso. No destino que com certeza haveria de se abater sobre ela.

Anneliese mal parava em casa. Naquele mês, ela e o marido saíram juntos uma única vez, para ir ao Teatro Nacional. Voltaram depois do toque de recolher, as faces coradas de frio. A interpretação da sinfônica da suíte patriótica de Bedřich Smetana, "Má Vlast", fora seguida por uma ovação de pé, disse Pavel, que durou quinze minutos completos. Os olhos dele brilhavam enquanto contava a Marta sobre as lágrimas da plateia, os aplausos da refinada elite europeia. A salva de palmas só parou quando o maestro literalmente beijou a partitura e segurou-a acima da cabeça, como um atleta olímpico com uma medalha.

Anneliese, que vasculhava a bolsa em busca de cigarros, falou:

— Foi incrível, realmente. Fazer parte daquela multidão, levantarmos todos juntos por um motivo. — Ela bateu as botas de salto alto para se livrar da neve.

— Um exército de frequentadores de sinfônicas — concordou Pavel.

— Uma ilusão, é claro — completou Anneliese —, a de que estamos todos juntos.

— Como assim? — Pavel ajudou a mulher a tirar o casaco de pele e o entregou a Marta, para que pendurasse no guarda-roupa.

— Aquele homem na rua depois, para dar apenas um exemplo.

— Ele era só um patife nazista.

— E os Meyer não falam conosco.

— Acha que eu preciso que me lembre?

O telefone tocou, um *trim* estridente que ecoou pelo apartamento. Pavel atravessou o salão nas suas galochas de neve, deixando uma fileira de poças d'água no caminho.

— Sim — falou. — Sou eu. — Seu rosto mostrava incerteza. Ele esperou, e então disse: — Ele está na lista faz um mês.

Marta apertou o rosto contra os pelos frios e suaves do casaco de Anneliese e inspirou profundamente: cheiro de bosques cobertos de neve no inverno e, por baixo, perfume e cigarros. Pendurou o casaco e girou a pequena chave na porta do armário.

— Recebemos a carta na semana passada — dizia Pavel ao telefone. Ele esperou outra vez, escutando, e depois disse em voz alta: — Não, eu lhe asseguro que ele é judeu. Como somos eu e sua mãe.

Marta se virou e viu Pavel tirar a estrela de davi do bolso e apertá-la com força na palma da mão. Houve outra longa pausa antes que dissesse:

— Sim, correto. Mas foi apenas uma precaução. Minha esposa pensou que poderia ajudar.

Ele segurou o fone no ouvido e olhou para Anneliese.

— Não, não — repetiu. — Eu lhe garanto... — Quem quer que estivesse na outra extremidade o interrompeu, falando por um longo tempo. O rosto de Pavel estava tenso com o esforço de ficar calado, de ouvir o outro até o fim. — Ele é *judeu* — confirmou, quando enfim chegou a sua vez. — Se precisar de documentação eu certamente posso... Ele é... — Mas a pessoa do outro lado havia desligado; houve um longo silêncio antes que Pavel também colocasse o fone no gancho. Suas bochechas estavam vermelhas e brilhantes. — Bem feito — disse ele, sem fitar a esposa nos olhos.

Anneliese não respondeu.

— Você queria protegê-lo? Veja o que a sua proteção causou. Agora ele não pode sair do país.

Anneliese cobriu a boca e falou na palma da mão, como se estivesse tentando abafar as próprias palavras.

— Quem era? A secretária?

— Sim, a secretária. E você pode imaginar o que ela argumentou.

Ela baixou a cabeça entre as mãos.

— E se falarmos diretamente com Winton?

— Não — disse Pavel. — Ela deixou bem claro. A decisão foi do próprio Winton, na realidade. Porque, veja, há tantas crianças judias desesperadas para sair que simplesmente não faz sentido enviar as que têm um certificado de batismo cristão.

Ele fez uma pausa.

— Não é mesmo?

— Ah, Pavel, estou tão... — Anneliese meneou a cabeça e massageou o couro cabeludo com os dedos. — Hitler começou a matar os judeus. A matar crianças judias. Eu ouvi, mas não... — Ela piscou os olhos, e uma única lágrima rolou pela sua face esquerda. — Ele não pode ir? Sério?

— Não.

— Nós não podemos...

— Já lhe disse. Está decidido.

— Está decidido?

— Acabou — disse Pavel.

Brno, 10/6/1939

Caro sr. Nicholas Winton,

Dirijo-me ao senhor como mãe de Helga Bruckner, que deveria estar em seu trem de crianças na semana passada, dia 3 de junho. Recebemos a carta da sua secretária, e entendemos, é claro, que foi necessário remover Helga da lista, devido a circunstâncias imprevistas. Posso imaginar os detalhes logísticos com que estão lidando e estou ciente de que há vagas limitadas para um número muito maior de crianças que as merecem.

Gostaria de dizer ao senhor neste momento, contudo, que a nossa Helga nasceu com uma perna atrofiada. Peço desculpas por não tê-los notificado disso antes. Entenda, estamos acostumados a ver as pessoas julgando-a por essa falha, que naturalmente não é culpa sua, e não queríamos que essa condição diminuísse as chances dela de deixar o país. Caro sr. Winton, digo isso agora na esperança de que o senhor seja capaz de encontrar um lugar para ela no seu próximo trem. A verdade é que ela é muito vulnerável, incapaz de se defender e de correr, caso surja a necessidade. Ela caminha devagar, com uma muleta. Não preciso informá-lo da situação política aqui, no momento — o senhor obviamente deve estar ciente, já que embarcou num projeto tão nobre quanto esse. Então, imploro, por favor, que ajude a nossa Helga. Ela é filha única, excepcionalmente amável e gentil, e sei que faria qualquer família britânica feliz.

Agradeço-lhe pela segunda vez por sua gentileza.

Marianna Bruckner

(ARQUIVADO SOB: Bruckner, Marianna. Morreu em Birkenau, 1943)

À NOITE CAMINHO JUNTO AO RIO e penso em tudo que foi perdido. É um clichê, claro, mas para todas as decisões tomadas, um bilhão de outras são abandonadas. Isso é verdadeiro mesmo quando se trata de acontecimentos felizes. Considere um casamento — um futuro escolhido e um número infinito de outros abandonados. Ou a concepção: pense em todo aquele esperma! Em todas as pessoas que nunca vão existir.

Fico pensando se era assim que a minha mãe pensava em mim. Se ela teria preferido que eu chegasse em outro momento. Ou, talvez, como uma criança totalmente diferente.

Eu a imagino como uma mulher não muito dada à maternidade. Uma mulher com outras coisas em mente.

— Lisa — digo a mim mesma —, não seja tão dramática.

A verdade é que sou meio propensa a remoer as coisas.

Depois que você me deu bolo na Schwartz's, fechei o meu arquivo sobre você. Fechei-o da forma como tentei fechar o arquivo sobre minha mãe, aquele que, no entanto, sempre encontra o seu curso até o topo da pilha. Os freudianos estavam errados — sobre tantas coisas! —, mas a influência dos pais, pelo menos essa parte, eles entenderam direito. Há um sentimento que toma conta de mim, um sentimento que não tem nada a ver com minha mãe e ao mesmo tempo é equivalente à sua ausência. Se estou andando tarde da noite pelas ruas tranquilas de inverno e o cheiro da roupa lavada de alguém sobe pelo respiradouro do seu porão. Se há uma luz acesa numa sala de estar, um abajur ou o brilho azul da TV. Se há pessoas andando por trás de uma cortina de renda. Seus detalhes são obscurecidos; finjo que poderia ser ela. A saudade aguça até eu quase desmaiar. Encontro um pretexto para me abaixar, para amarrar o cadarço da bota; recupero o fôlego, levanto-me e estico o pescoço. Tento obter um vislumbre. Uma vez, um homem veio à porta da frente. Botas de neve por cima do pijama xadrez. Pigarreou.

— Posso ajudar? — perguntou.

Percebi que provavelmente ele estava ali em pé fazia meia hora.

— Ah — disse eu. — Peço desculpas. Eu só estava... — Mas não conseguia pensar em algo que pudesse estar fazendo, então me virei e continuei andando.

Um passo. Dois passos.

A esperança não atendida ao longo de uma vida longa como a minha torna-se mais uma maldição do que uma bênção. Realmente não sei o que dizer sobre a minha mãe. Pergunto-me quem ela poderia ter sido como parte da minha vida adulta. Quando você não tem algo, é fácil idealizá-lo. Eu entendo isso, entendo mesmo. Ainda assim, odeio ouvir as pessoas se queixando da mãe. Sempre tenho que lutar contra o impulso de lhes dizer como têm sorte.

O que, claro, me faria soar eu mesma como a mãe deles.

Há um parque pelo qual às vezes eu passo quando caminho tarde da noite. O parquinho abandonado, fantasmagórico. Às vezes me espremo num dos balanços e arrasto os meus saltos pela areia durante algum tempo. Uma vez aconteceu de eu passar pelo parque no meio da tarde e ele estar cheio de mulheres e carrinhos de bebê. Era fácil distinguir as mães das babás. As mães exibiam suas crianças, gabando-se de notas de matemática e gols de futebol, como se a inteligência e o bom comportamento da criança dignificassem o próprio pai ou mãe.

228

Já as babás tinham desprendimento suficiente para dar às crianças espaço para respirar.

Ainda assim, penso naquela questão: carne e osso. É difícil para a maioria das pessoas imaginar o que é não ter absolutamente ninguém. Nada de carne da minha carne, sangue do meu sangue. Por um tempo, houve um vislumbre de esperança com relação ao meu pai, mas que acabou por se revelar uma esperança vã. Passo semanas, meses, sem que ninguém saiba onde estou. Sem que ninguém me procure, quero dizer.

Sei o que está passando pela sua cabeça. Penso nesse assunto, é claro.

Existirá uma mulher sem filhos que não o faz?

No entanto, acho que é melhor assim. Não, deixe-me reformular. Tenho certeza de que é melhor. Ter um filho é se abrir para a maior de todas as perdas. Tudo o que você precisa fazer é pensar por dois segundos nos campos, nas mães fazendo fila para a seleção, as mães que tiveram os filhos arrancados dos braços. Nas crianças que foram atraídas a caminhões com promessas de chocolate. Conduzidas como cordeiros até o curral. Despidas e tosquiadas. Era tudo o que acontecia. Foram asfixiadas com gás e queimadas. Voaram para oeste, uma nuvem fina, saindo da boca das chaminés sobre-humanas.

E você também se afastou de mim agora, Joseph. Eu me pergunto o que teria acontecido se tivéssemos nos encontrado antes. Se as coisas poderiam de alguma forma ter sido diferentes. Se você poderia ter tido uma vida menos cheia de dor. Gostaria de saber se havia algo mais que eu poderia ter feito para tornar as coisas melhores para você, no fim de tudo.

SEIS

PAVEL CONSEGUIU, COM UM SUBORNO.

Ninguém mencionou isso, mas Marta sabia que não havia outra explicação para a súbita mudança da firme decisão da secretária. Winton poderia usar o dinheiro de Pavel para continuar a financiar o seu altruísmo; Pepík entrara na lista, e outra criança saíra. Os Bauer não falavam sobre isso, ou sobre o número finito de futuros que poderiam ser garantidos, ou sobre quem poderia estar perdido porque Pepík fora encontrado. O destino de Marta também não era mencionado. Não havia tempo para perguntas existenciais; tudo era tão de última hora que tiveram que passar imediatamente aos preparativos.

Chegou uma lista detalhando as duras condições meteorológicas britânicas, e Marta foi enviada ao alfaiate para mandar fazer novas calças de viagem e um *anorak* para Pepík. A sola da bota do pé esquerdo estava gasta, e ela teve que parar várias vezes ao longo do caminho para ajustar a meia ali dentro. Quando voltou ao apartamento, Anneliese estava inclinada sobre o seu dicionário tcheco-inglês. Marta olhou ao redor, em busca de Pavel ou de Pepík, mas nenhum dos dois estava por ali. Era a primeira vez que as duas mulheres ficavam sozinhas em tempos — será que Anneliese a estava evitando? A mulher levantou a cabeça, mas manteve os olhos no dicionário.

— Vou tomar uma xícara de café — falou. Fingia desinteresse, mas Marta percebia na sua voz que ela também estava nervosa com o fato de estarem a sós.

Marta tirou as botas e esfregou a bolha redonda que se formara sob o salto mal-ajustado. Colocou o pacote do alfaiate, embrulhado em papel pardo, em cima da cristaleira, e foi até a cozinha; moeu os grãos de café para obter um pó bem fino e cortou uma maçã em finas fatias também, do jeito que a patroa gostava. Grata por poder fazer alguma coisa — qualquer coisa — por ela. Havia uma massa de culpa se revolvendo no estômago de Marta o tempo todo. Ela impedira os Bauer de fugir; escondera os planos de Ernst, e agora tinha essa proximidade com Pavel. Ela amava Anneliese. Adorava. Sempre pensara em si mesma como uma vítima passiva, como aquela que era governada pela vontade de um corpo estranho, mas percebeu, de repente, que Anneliese se sentia ameaçada. Pavel era um país que Marta ocupara. E Anneliese estava como os tchecos nativos. Abandonada.

Marta voltou à sala e pôs o café cautelosamente sobre a mesa.

— Acha bom Pepík ir? — perguntou. Tentava puxar conversa. E Anneliese parecia insegura sobre como responder. Se devia se dirigir a Marta como empregada ou como igual.

— É só por um tempo — disse, por fim. — Só até tudo isso terminar.

— Acha que os Aliados ainda podem vir nos socorrer?

— Só até toda essa história de *judeus* acabar. — Anneliese passou o dedo pela borda da sua xícara de porcelana.

— Ele é um menino tão pequeno... — disse Marta. Mas então pensou que isso poderia parecer ingênuo e provincial. — A senhora viajava quando era criança, sra. Bauer?

— Com certeza — respondeu Anneliese. — Com os meus pais, a família toda junta. Aos 5 anos? Sozinha? Claro que não! — Suas palavras eram duras, mas Marta sabia que era por causa da preocupação, e preferiu não corrigi-la, não lembrar que o filho tinha acabado de completar 6 anos.

— Como vai dizer a ele? — perguntou.

Anneliese apoiou a cabeça na mão e, em seguida, levantou-se de novo: tinha ido ao salão de beleza e tentava não arruinar o cabelo ondulado. Olhou para Marta com uma estranha mistura de vulnerabilidade e provocação no rosto.

— Eu não tinha pensado no que dizer a Pepík — respondeu ela. Fez uma pausa. — Talvez você possa fazer isso...

Marta deveria ter esperado por isso. As tarefas difíceis eram sempre designadas a ela, e de certo modo lhe agradava que lhe dessem essa responsabilidade. Ainda assim, algo não parecia muito correto. Ela tocou a covinha no rosto.

— É claro, sra. Bauer — falou. — Faço isso com prazer. Mas fico na dúvida se essa notícia não deveria ser dada pela...

As palavras *mãe dele* pairavam no ar entre as duas mulheres.

Anneliese assentiu.

— Mas você introduz a ideia. Faça com que ele se acostume com ela. — E soprou o seu café.

— Claro, sra. Bauer.

— Mas não chegue a dizer a ele. Deixe essa parte para mim. Para a mãe dele — acrescentou.

Como se a ideia tivesse sido dela.

A noite caíra enquanto as duas conversavam, e Marta imaginou como seria a visão delas da rua, silhuetas sob a luz de um poste, irmãs, talvez, trocando confidências. Talvez 23 e 26 anos respectivamente, a vida inteira pela frente. Marta gostava de pensar na sua vida como uma história, e em si mesma como a heroína: um mau começo, alguns obstáculos, mas realizara o seu potencial natural. Devia isso a Anneliese. Devia isso a si mesma.

— Há algo mais — disse a sra. Bauer. Sua xícara tremeu quando ela a colocou no pires. — Quer ficar como cozinheira? Depois que Pepík tiver ido embora?

233

— Claro!

Marta falou depressa demais e então hesitou, alisando a frente do vestido.

— Isto é, se quiserem que eu fique.

Como, perguntava-se, poderia Anneliese ser tão amável? Era um ótimo pretexto para demitir Marta, sem que qualquer explicação fosse necessária, e ainda assim ela optava por não fazê-lo. Talvez, pensou Marta, fosse porque tudo estava de cabeça para baixo com a ocupação. As coisas estavam mudando e se dissolvendo, se reconfigurando. Em quem Anneliese poderia se apoiar?

Marta se levantou para tirar o café.

— Quer mais alguma coisa, sra. Bauer?

— Acho que há outra coisa... — Anneliese tocou o dicionário com uma unha escarlate de formato perfeito. — A palavra em inglês para *traição*. Não consigo encontrar aqui.

Marta corou.

— Com isso eu não posso ajudá-la.

Anneliese balançou a cabeça, triste.

— Foi o que imaginei — disse ela.

Marta seguiu pelo comprido corredor. O chão de madeira cheirava a cera. Não havia nenhum barulho vindo do quarto de Pepík, e, quando ela abriu a porta, viu que ele adormecera no meio do tapete, o circuito dos trilhos do trem circundando-o. Tirara as alças do suspensório, e vários soldadinhos de chumbo estavam espalhados ao redor dos seus ombros. Marta colocou o pacote do alfaiate sobre a cômoda e baixou os olhos para ele. A cabeça de Pepík estava atirada para trás e havia uma leve película de suor na testa. Ele parecia estar acompanhando uma batalha épica, pois os olhos se moviam depressa, para frente e para trás, sob as pálpebras. Marta se abaixou e tentou erguê-lo sem acordá-lo, mas ele se mexeu e abriu os olhos.

— Desculpe, *miláčku* — sussurrou ela.

234

O garoto piscou os olhos e esfregou o rosto; estava rosado e marcado do sono. Ela puxou a colcha de retalhos na cama de baixo do beliche, apoiou-o sobre o travesseiro de penas e se inclinou para desafivelar os seus sapatos.

— Eu não quero — disse Pepík.

— Sinto muito, meu querido, mas já passou da hora de dormir.

— Não — murmurou ele; ainda estava meio dormindo. — Eu não quero ir no trem.

Marta ergueu os olhos para o menino.

— Não quer brincar com ele?

— Não quero ir nele.

Seus olhos tinham se fechado de novo, os cílios escuros em contraste com a face. Marta balançou a perna suavemente.

— Neste trem? — perguntou, apontando para os vagões Hornby empacados no circuito. — Isso é bom, porque você é um menino tão grande que nunca ia caber nele!

Pepík libertou o pé com um chute.

— Eu não quero ir num trem *de verdade* — disse ele. Houve um vacilar na sua voz; estava indeciso entre fazer birra e cair de novo no sono. Como ele sabia? Será que as ouvira conversando? Não podia ter...

Marta levantou os braços moles dele um de cada vez e tirou o pequeno suéter. Havia reforços nos cotovelos que ela mesma havia costurado. Abotoou a camisola depressa para que a corrente de ar frio não o despertasse ainda mais. Ele já tinha adormecido de novo quase por completo quando Anneliese entrou no quarto.

— Boa noite, Pepík — disse ela, a voz animada, e os olhos do garoto se abriram outra vez, de imediato.

— Eu não quero ir num trem! — gritou ele.

Anneliese lançou a Marta um olhar interrogativo, mais magoado do que irritado diante do fato de que a governanta agira tão explicitamente contra os seus desejos. Mais tarde

235

naquela noite, Marta tentou explicar que Pepík de algum modo adivinhou o que elas estavam planejando, que ela não lhe dissera nada. Podia ver que Anneliese não acreditava, porém. A segunda traição, auxiliar. Que teve consequências ruins para ambas, no fim.

Chegou uma carta da família que ia receber Pepík.

Escocesa, revelou-se então, não inglesa. A nota era breve, mas generosa, apresentando-se e dizendo que eles estavam ansiosos para conhecê-lo. Tinham um filho mais ou menos com a mesma idade, um filho chamado Arthur, que estava acamado. Esperavam que a presença de Pepík ajudasse na recuperação dele. Isso preocupou Marta, mas os Bauer não comentaram nada, então ela tampouco. A carta se encerrava dizendo que as cinquenta libras eram um sacrifício, mas eles acreditavam firmemente em agir como bons cristãos. Pavel estava lendo em voz alta; fez uma pausa ali e olhou para a esposa com expressão acusadora.

— Eu gostaria que o rabino viesse abençoar Pepík — falou. — Antes da viagem. — Puxou inconscientemente a pele sob o queixo, como se evocasse uma longa barba.

— Claro, querido — disse Anneliese. Marta esperou que ela fizesse mais algum comentário, mas nada mais foi dito, e então ela perguntou, finalmente, com cautela:

— E quanto ao batismo?

Os Bauer se viraram para ela, um só pensamento com dois rostos. A expressão compartilhada lhe dizia para deixar isso de lado.

Marta percebeu de repente haver muitas coisas que não sabia sobre a relação dos Bauer, coisas que ela não compreendia e nunca compreenderia.

Fazer as malas para a viagem de Pepík passou então a ser uma tarefa levada a sério. Anneliese trouxera a mala e tirado as medidas; era dois centímetros menor do que o tamanho especificado. Enviara, então, Marta até a loja de departamentos Sborowitz para comprar uma maior. Era vermelha, com forro xadrez bege, e muitos centímetros *maior* do que o permitido, mas Anneliese disse que estava disposta a assumir o risco. Haveria coisas mais importantes a fazer na plataforma do que medir as malas que as crianças levavam.

Anneliese começou a riscar os itens da lista. Substituiu as calças curtas por calças de lã, e os gastos sapatos de fivelas por um par de pequenas galochas. O alfaiate estava fazendo um casaco que podia ser usado sobre mangas curtas no verão e por cima de um suéter no inverno.

Anneliese disse a Marta:

— É claro que ele vai estar de volta antes de a neve começar a cair.

Além das roupas, havia aquilo a que a lista se referia como "itens de valor sentimental". Num pequeno envelope no bolso lateral da mala, Anneliese colocou uma fotografia. Era o retrato de família tirado após o nascimento do bebê: Marta atrás de Pepík, tocando os seus ombros, a mãe dele ao lado, os óculos de sol abaixados, e Pavel segurando o pequeno volume nos braços. Marta ficou surpresa que fosse aquela a foto escolhida por Anneliese para enviar. Pensou que seria confuso para o menino, que não se lembrava da irmã.

— É apenas para a posteridade — garantiu, e Marta se perguntou o que ela queria dizer com aquilo.

Anneliese repetia que a separação seria temporária e breve, mas arrumava a bagagem como se nunca mais fosse ver o filho de novo. Cuidava da mala como se fosse uma questão de vida ou morte: era como um corpo aberto na mesa de operação, os órgãos internos sendo retirados e recolocados à vontade. Era a segunda vez que Anneliese arrumara a mala para Pepík em dois curtos meses, e Marta viu que dessa vez ela estava determinada a fazer tudo corretamente; como se pensasse que, ao escolher o que levar na bagagem, de alguma forma garantiria a passagem segura do filho.

Pepík observava a arrumação e rearrumação da mala como se assistisse a uma cirurgia complicada: tanto com curiosidade quanto com repulsa. Marta confiara na palavra de Anneliese de que contaria a ele o que estava acontecendo — crianças, afinal, precisavam saber o que esperar —, mas cinco dias antes da partida Marta encontrou-o olhando para o fundo da mala.

— *Maminka* vai embora? — Ele fez uma pausa. — *Você* vai embora? — Sua premonição anterior tinha desaparecido da mente dele como um pesadelo esquecido ao acordar.

Marta tomou-o nos braços — aquele peso maravilhoso. A fivela do suspensório se enterrou na lateral do seu corpo, e ela mudou-o de lugar sobre o quadril, levou-o para o quarto e colocou-o no seu colo na cadeira de balanço. Antes que pudesse refletir, Marta disse:

— Tenho uma grande surpresa. Você, *miláčku*, vai fazer uma viagem!

O sorrisinho que aparecera quando ela levantara Pepík começou a sumir do rosto dele.

Ela prosseguiu:

— Você já viu os soldados na rua? Os nazistas maus? Você pode *lutar* contra eles. Da Escócia. Você vai marchar para longe e ajudar a proteger os homens do bem. — O lábio inferior de Pepík estava tremendo, mas ela continuou falando, desajeitadamente. — Vai ficar com uma família maravilhosa chamada Milling. Numa bela casa! Junto do oceano. — As mentiras se derramavam da sua boca como se outra pessoa estivesse falando. — Eles têm um cachorro! — ela se ouviu dizer; não sabia de onde viera aquela ideia. — E um menino da sua idade chamado Arthur. Então você vai ter alguém com quem brincar de soldado.

— Outro menino? — O rosto de Pepík se iluminou. Fazia tanto tempo que ele não tinha alguém com quem brincar.

— Sim — disse ela —, mas... — interrompeu-se e levantou o indicador, prestes a revelar uma informação ultrassecreta. — Arthur está doente. Ele não pode sair da cama. Então você tem um trabalho muito importante: vai ser responsável por ajudá-lo a melhorar.

— Esse é o meu trabalho?

— É o seu dever. Você pode fazer isso?

Ele acenou com a cabeça solenemente.

— Prometo.

Depois, Marta se arrependeu de ter feito essa abordagem. Não fora a sua intenção sobrecarregar desnecessariamente o pequeno Pepík. Mas, quando percebeu, já era tarde demais.

Pepík estava morto. Marta tinha certeza disso.

Entrou no quarto dele de manhã e abriu as venezianas de madeira; ripas de sol bateram no chão. Ela o chamou uma vez e depois repetiu, mais alto. Agachou-se e tocou suavemente a testa dele, o que geralmente fazia com que acordasse rindo, mas o menino não se mexeu. Por fim, teve que segurar o seu rosto e quase gritar diretamente no ouvido; ele abriu os olhos e fitou-a, confuso, as bochechas coradas.

Não a reconheceu.

Ela pousou as costas da mão na testa dele. Estava queimando.

Marta deduziu que devia estar chateado com a conversa na noite anterior, e que, se ela pudesse afastar os pensamentos dele da partida próxima, Pepík ficaria bom, mas assim que ele conseguiu se pôr de pé, segurando o cotovelo dela, se inclinou e vomitou sobre os chinelos.

— Ah — disse Marta. — Você está doentinho.

Os joelhos de Pepík se dobraram, e ele caiu na cama, batendo a têmpora na escada dos beliches.

Dormiu durante o restante da manhã. Era como se ouvir falar do acamado Arthur tivesse lhe dado ideias. Marta passou o dia na cadeira de balanço ao lado dele, observando-o oscilar entre a consciência e a inconsciência, um pedaço de madeira à deriva junto ao litoral. Sentia-se completamente responsável, como se ele não fosse adoecer caso ela tivesse sido mais bem-sucedida ao lhe falar da Escócia. Pepík suava nas camisolas mais rápido do que ela conseguia trocá-las. No fim, resolveu deixá-lo nu, com panos frios na testa e no pescoço e logo acima do seu pequenino pênis circuncidado. O sono do menino era pontuado com pequenos grunhidos e gemidos. Ele acordou por volta da meia-noite, olhou para ela inexpressivamente e pediu uma escada de corda. Marta não sabia o que responder e não disse nada, pensando que ele iria escorregar de volta para a inconsciência, mas ele franziu a testa e repetiu o pedido com vontade, adicionando o nome *Vera* ao final.

— Minha escada de corda! *Vera!*

Caiu de costas sobre o travesseiro, mas os gemidos ficaram mais altos. Estaria ele se referindo à priminha Vera, a quem não via fazia séculos? E uma escada de corda! De onde ele tirara aquilo?

No segundo dia, a febre não mostrava sinais de passar. Pavel foi ver como os dois estavam; atravessou o quarto e ficou de pé muito próximo a Marta. Ela podia sentir o cheiro da loção pós-barba. Algo penetrante e doce, como cedros ao sol.

— Ele está melhor?

— Talvez um pouco.

— Eu queria ensinar um pouco de inglês antes de ele ir.

— *Hello?* — Marta aprendera recentemente a palavra.

— *Good morning.*

— E *where is the toilet*, onde fica o banheiro?

— Isso mesmo.

— *I'm hungry*, estou com fome.

— E que tal *I love you*?

Pavel virou o rosto, desviando os olhos.

Pepík ainda passava mal do estômago, e Pavel queria levantá-lo um pouco, para garantir que ele não engasgasse com o

240

próprio vômito. Estava difícil lidar com o corpo dele, como se o proprietário o houvesse desocupado e deixado um boneco de chumbo pesado no lugar. Pavel e Marta levaram alguns minutos para ajeitá-lo, inclinando-o de lado sobre os travesseiros grandes. Suas mãos se tocaram duas vezes no processo, enviando pequenas faíscas pelo braço de Marta.

A febre queimava.

— Será que devemos chamar o pediatra? — perguntou Marta.

— Já chamamos.

Marta esperou.

— O pedido foi ignorado.

Era a questão judaica. Pavel não disse, mas Marta sabia.

Pepík ainda não havia melhorado na terceira noite, e toda a família estava reunida em torno da cama do menino. Ele estava deitado de costas, o termômetro saindo da boca num ângulo de noventa graus, como se ele fosse um porco assado. A febre chegara a 39,4 graus, e Marta tinha a sensação de que estavam reunidos em torno de uma fogueira, algo quente e perigoso, estalando e faiscando. Pepík parecia sentir a presença: suas alucinações eram rápidas e fortes, como se estivesse num palco, um ator encarregado da tarefa de prender a atenção de uma grande plateia. Ele cuspiu o termômetro, alongou o rosto e inflou as bochechas. Começou a recitar *Der Struwwelpeter* em voz alta, choramingando. Afastou as cobertas e fez como se fosse levantar da cama, e, quando Pavel tentou colocá-lo de volta sob as cobertas, ele mordeu a mão do pai.

O tempo parecia elástico a Marta durante a pior fase da doença, mas, apenas dois dias antes da partida de Pepík, ele voltou ao normal. Anneliese teve que se decidir quanto à arrumação final da mala — enviaria os pijamas de inverno com pés, mas deixaria a roupa de banho e o boné. Também colocou o relógio de diamantes no bolso lateral da mala. Marta viu o bilhete:

Para o meu menino que sabe dizer as horas. Um gesto encantador. Ainda assim, pensou, era um presente grande para uma criança tão pequena. Talvez Anneliese tivesse outros motivos para querer se livrar do relógio.

Marta colocou um farnel na mochila de Pepík: duas maçãs, algumas salsichas, um pequeno pão preto tcheco. Prendeu uma nota a um frasco de aspirina com instruções de que ele deveria tomar uma a cada três horas. A nota não se dirigia a ninguém em particular, e não haveria ninguém no trem para administrar o remédio, mas parecia confortar Anneliese incluí-lo, e Marta teve que admitir que também se sentia assim. Talvez houvesse uma menina mais velha, que veria que Pepík estava doente e cuidaria dele. Era como colocar uma mensagem numa garrafa: eles não tinham ideia se a mensagem chegaria.

— Marta. — Anneliese puxou as cordas da mochila. — Há algo que eu acho que deveria lhe dizer.

— A aspirina passou do prazo de validade?

Anneliese parou, inclinou-se mais perto. Marta viu novas rugas nos cantos dos seus olhos.

— É só que... — Anneliese começou a dizer, mas parou quando Pavel chegou com a mala. Ele brincou com a tranca por vários minutos antes de colocá-la sobre a mesa da sala. A mala ficou ali durante a noite, como um corpo antes do enterro.

Foi Marta quem passou a última noite com Pepík, no quarto que pertencera ao tio Max. Na despensa, ela encontrou uma bandeja branca estampada com moinhos de vento azuis e levou para ele uma tigela de canja de galinha e um pratinho de compota de cereja para a sobremesa.

— Está com fome, querido? — perguntou.

Não esperou que ele respondesse.

— Você está indo amanhã! Que garoto de sorte! — falou. — E vamos encontrá-lo na Escócia.

Pepík assentiu gravemente. Seus olhos estavam desanuviados, e ele tomou a sopa depressa, como um homem faminto.

— Vocês vão me encontrar? — perguntou ele, a colher a meio caminho da boca.

— Sua *maminka* e seu *tata* irão o mais cedo que puderem.

— E você também?

— E eu também — prometeu. — E eu também, *miláčku*. — Ela não queria pensar no fato de que Pepík estava indo embora, indo embora de verdade, mas também não queria perder a oportunidade de se despedir. Pela manhã haveria pais e uma multidão de crianças e funcionários. Por mais que ela não quisesse que fosse verdade, sabia que aquela poderia ser a última vez que ficariam juntos, apenas os dois, por um bom tempo. Semanas, com certeza. Talvez meses.

— Mostre a sua cara de Atchim — pediu ela.

Pepík largou a colher de sopa, o prato vazio. Fez quatro rápidos *atchim* no cotovelo. Marta bateu palmas, as mãos sob o queixo.

— Muito bem! — disse. — Até logo, Atchim.

Refletiu por um minuto.

— A sua cara de Dengoso.

Pepík pestanejou timidamente. Cobriu o rosto com as mãos e espiou por entre elas. Marta beijou-lhe a testa e as duas orelhas e disse:

— Até logo, Dengoso. Faça uma boa viagem!

Pediu para ver a sua cara de Dunga, de Feliz e de Zangado e beijou-os muito, a todos.

Quando o ritual estava completo, o garoto se deitou sobre o grande travesseiro de penas. Estava pálido e suado, e Marta se sentiu mal por tê-lo agitado. Tocou-lhe a testa: ele ainda estava com febre.

Sentou-se ao seu lado por um tempo, acariciando os seus cabelos e pensando no que lhe dizer. Não estava claro quanto ele entendia sobre o que estava acontecendo, e ela não queria aborrecê-lo ainda mais. Baixou os olhos para o seu rosto macio e redondo; as pequenas pálpebras tremularam e se fecharam. Ela se curvou para junto dele.

— Amo muito você — sussurrou em seu ouvido. Mas de alguma forma isso não parecia suficiente. Havia algo mais, pensou ela, alguma outra coisa que deveria dizer. — Abra os olhos, *miláčku*.

Lágrimas escorriam pelo rosto de Marta. Ela piscou, tentando escondê-las de Pepík, mas eram quentes e abundantes. Ele olhou para ela, examinando-a, e ergueu a mãozinha para tocar a sua face.

— Meu querido — sussurrou ela —, que você viva até ser um homem idoso e sábio.

Assim que ela falou, quis retirar as palavras — ia vê-lo muito em breve, afinal, e não queria alarmá-lo. Mas ele empurrou a cabeça para o seu peito, então, agarrando-se a ela com força, depois ergueu os olhos e assentiu. Entendera o desejo dela: uma vida longa e feliz. E parecia, embora ela talvez estivesse imaginando, que estava desejando o mesmo a ela.

No carro, a caminho da estação, Anneliese olhava pela janela, as mãos no colo, rasgando em pedaços cada vez menores a lista de itens que o filho devia levar na bagagem. Era uma viagem curta, mas Pepík deitou a cabeça no colo de Marta e adormeceu assim que o carro começou a se mover. Acordou ao chegar, olhou ao redor sem forças e vomitou o seu mingau no chão do automóvel. Anneliese fingiu que não tinha visto. Coube a Marta limpar a sujeira com o próprio lenço.

Pavel puxou o freio de mão e girou a chave para desligar o motor. Parou ao lado da Nádraží Wilsonovo com os seus vitrais e os rostos esculpidos de mulheres representando Praga como a Mãe das Cidades. Já havia muito movimento na plataforma: uma longa fila de adultos em frente a uma mesa, e crianças correndo pela entrada a caminho dos banheiros públicos. Pavel se inclinou sobre a porta do carro de modo a poder ver a esposa no assento ao lado e Marta atrás deles. Estava agrupando-os, reunindo-os.

— Vamos fazer um plano — propôs às mulheres.

— Como assim? — perguntou Anneliese. Ela usava um chapeuzinho de veludo à la Greta Garbo, um casaco novo com ombreiras e luvas de couro.

— Como vamos fazer isso? — indagou Pavel.

— Ah, que nojo. — Anneliese abriu a sua janela para aliviar o cheiro de vômito.

Pavel fez um gesto com a cabeça na direção do filho, que voltara a dormir imediatamente no colo de Marta.

— Devemos levá-lo no colo?

— Claro que não. Se souberem que ele está doente, nunca vão deixá-lo embarcar.

— Vou pegar a mala.

— Ele pode andar — disse Anneliese.

Pavel zombou.

— O príncipe herdeiro não parece estar em grande forma para caminhar. — Marta podia sentir a respiração de Pepík junto a ela, o calor da cabeça do menino de encontro ao seu corpo.

Faltava uma hora para a partida, mas o trem já estava na estação. Encontrava-se sobre os trilhos à luz da manhã, soltando vapor, uma miragem. Pavel desceu do banco da frente, e Marta ouviu o porta-malas bater, com o ruído da mala caindo na calçada. Pepík se sentou, os olhos vidrados.

— Você está pronto para a sua grande aventura? — perguntou-lhe Marta.

Ele agarrou a própria barriga e deu um soluço alto.

Estava de fato conseguindo andar por conta própria, contudo, equilibrado entre os pais. Marta foi relegada a andar atrás deles. Era sempre assim, ela pensou: ela o vestia, aprontava e reconfortava sob as suas asas, e em seguida passava o menino

245

à mãe antes da entrada triunfal. Os Bauer chegaram ao frenesi da estação com o filho firmemente preso entre eles.

— Sua gravata está torta. — Marta ouviu Anneliese dizer a Pavel. E observou enquanto ele a endireitava, obediente.

A primeira coisa que ocorreu à governanta quando entraram na estação foi que toda a sua preocupação tinha sido em vão. Pepík poderia estar coberto com uma erupção cutânea, inchada e sangrenta, e ninguém teria notado. A plataforma estava lotada de famílias imersas na própria versão do que os Bauer estavam vivendo; ninguém prestava a mínima atenção nos outros. Em cada canto havia mulheres chorando em lenços, pais agachados diante dos filhos, dando conselhos de última hora, tentando compensar os anos de ausência. Um dos carregadores tinha começado a empilhar algumas das malas, e um grupo de rapazes corria ao redor da pilha a toda velocidade, como filhotes de cachorro perseguindo a cauda uns dos outros. Os gritos, choros e aconselhamentos se combinavam para formar um barulho uniforme de que apenas uma frase ocasional podia ser discernida. Marta ouviu alguém dizer, atrás dela:

— Vamos vê-lo novamente numa Tchecoslováquia livre!

Mas a voz era abafada; a Gestapo estava na plataforma.

Marta teve a súbita impressão de haver algo de que tinham se esquecido. Mas não conseguia imaginar o quê.

Três filas irregulares se formavam nas portas do trem. Um apito soou em meio ao sol da manhã. Fez-se uma pausa na confusão, todos unidos. O momento se desenhou, solidificado, uma esfera de vidro que pendia suspensa acima deles projetando arco-íris e centelhas de luz, e em seguida se espatifou no chão da estação. O choro recomeçou, assim como as instruções rápidas e o som estridente das vozes das mulheres fingindo alegria. Agora as vozes dos condutores se destacavam enquanto eles tentavam levar as crianças aos vagões de passageiros. As filas começaram a avançar lentamente.

Na frente de cada fila alguém estava marcando uma lista e pendurando um número em torno de cada pescocinho. Havia muitas crianças pequenas demais para saber o próprio nome.

Marta teve a súbita noção do que significava entregar uma criança que você dera à luz. Queria muito tocar Pepík. Queria muito tocar Pavel.

Acima do clamor, ouviu alguém dizer:

— Não posso acreditar em tudo o que costumávamos ter como garantido. — Ela viu Anneliese sorrir timidamente para um soldado uniformizado.

Eles estavam sendo arrastados para a frente agora, pelas circunstâncias e pelo tempo, pelo grande fluxo de pessoas que se deslocavam em direção ao trem. Houve uma agitação no início da fila; Marta esticou o pescoço, olhando por cima as cabeças de um grupo de senhoras de cabelos grisalhos, e viu Václav Baeck, amigo dos Bauer. Ele tinha colocado as duas filhas, Magda e Clara, no trem, mas agora parecia ter mudado de ideia. Falava rapidamente com quem quer que fosse que estava no comando, um jovem que balançava a cabeça: *Não*.

Václav tentou passar pelo condutor, mas foi contido. Tentou uma tática diferente, andar vários metros pela plataforma e falar com uma menina pendurada para fora da janela do trem. Houve mais empurrões, e a vista de Marta ficou bloqueada por um homem alto, de chapéu preto. Quando olhou de novo, as duas filhas de Václav estavam na janela, Clara segurando a sua irmãzinha Magda, ainda um bebê, desajeitadamente nos braços. Ela passou o bebê pela janela ao pai: Václav estendeu a mão e pegou a filha como se estivesse recebendo o restante da sua vida.

Estava de pé com a esposa, mandando beijos para a filha mais velha, Clara, que agora faria a viagem sozinha.

Os Bauer também viram a escolha de Václav, e agora Pavel se abaixara e segurava Pepík pelo braço.

— Você quer ir? — perguntou ele, com a voz calma. — Para a Escócia?

As bochechas de Anneliese ficaram coradas.

— Pavel! Isso não é justo. — Ela colocou a mão dentro do casaco para ajustar uma das ombreiras.

— Não tive tempo de lhe ensinar um pouco de inglês. Como ele vai se virar?

— Os Milling vão ajudá-lo.

Mas os olhos de Pavel estavam fixos no rosto do filho, como se estivesse tentando ler o futuro nas folhas de chá do fundo de uma xícara.

— *Miláčku* — falou —, diga-me. Você quer ir? Ou quer ficar aqui com *maminka* e *tata*?

Pepík parecia aturdido: o trem era brilhante e sedutor; ele estava quente e úmido de febre.

— Pare com isso — repetiu Anneliese, levantando a voz. Agarrou o ombro do marido, mas ele se livrou dela com violência.

— Eu quero saber — disse Pavel. — Quero fazer a coisa certa, aquilo que *ele* deseja.

— Pavel, ele é uma criança. Não tem ideia do que deseja.

Os olhos de Pepík se moviam depressa, em pânico. Houve empurrões por trás dos Bauer e várias pessoas avançaram. Eles estavam impedindo que a fila andasse: as pessoas começaram a passar por eles. Malas se entrechocavam e as crianças pulavam de um lado a outro, excitadas. Mas Pepík não iria: Pavel tinha mudado de ideia.

Houve um silvo alto do trem, como se expirasse depois de prender a respiração por muito tempo.

Marta ficara em silêncio durante toda a conversa, uma parede de inquietação crescendo lentamente dentro dela. Nesse momento, ela entrou em ação.

— Pavel — falou ela. Era a primeira vez que o chamava pelo nome em voz alta, mas ninguém pareceu notar. — A sra. Bauer tem razão. Dissemos a Pepík que ele está indo. Devemos colocá-lo no trem.

Ela estava pensando agora na sua transgressão anterior: impedira Pavel e Anneliese de sair do país. Mas ainda poderia se redimir, com o filho deles.

Anneliese cruzou os braços sobre o peito.

— Exatamente — falou.

Pavel não olhou para a esposa, mas, sim, para Marta. Ainda não tinha certeza, mas a confiança dela decidiu as coisas.

— Se você tem certeza... — disse. Olhou para o filho, cujo queixo havia caído no seu peito. — Você vai, *miláčku*?

Marta percebeu que Pepík não acompanhava o que estava sendo dito, mas ele fez que sim com a cabeça, sem força, e foi o bastante.

Os Bauer voltaram à fila e foram empurrados para a frente. Todo mundo estava chorando; os organizadores tinham designado uma mulher cujo trabalho era remover fisicamente cada criança dos braços dos pais. Era como pedir-lhes para cortar um membro do próprio corpo: não se podia esperar que fizessem isso sozinhos. Antes que percebessem o que acontecera, Pepík já não estava mais com eles. Seu corpinho fora engolido pelo trem. Marta e os Bauer abriram caminho aos empurrões pela plataforma, através da densa multidão de corpos, tentando acompanhar de fora Pepík caminhando pelos vagões. Marta podia sentir o odor rançoso de um homem idoso atrás dela; ele se virou e ela levou uma cotovelada nas costelas. Inclinou o corpo de lado, tentando ver Pepík, mas havia tantos pais com o rosto grudado na janela que ela não conseguia chegar perto dele.

— Onde ele está? — perguntou Anneliese, desesperada.

— Você vai vê-lo logo — consolou Marta. — Ele vai estar de volta antes que percebamos.

O trem deu um gemido baixo; começou a se mover lentamente pelos trilhos. A multidão se arrastava ao lado dele; o ar de repente tomado por uma centena de lenços brancos.

Foi Marta quem viu Pepík, finalmente — ele fora para um vagão bem afastado e estava pendurado na janela, gritando para eles. As bochechas dele estavam rosadas pelo esforço, ou pela febre. De repente, ela se lembrou do que tinham esquecido: a bênção do rabino, para uma viagem segura.

O garoto tinha uma expressão de como se tivesse acabado de perceber a mesma coisa. Alguém devia ter lhe dado um solavanco ou empurrado-o por trás, porque a sua expressão mudou, como se ele tivesse olhado para o futuro, como se tivesse de repente se lembrado de algo que precisava desesperadamente lhes dizer.

Foi a última coisa — aquilo de que Marta ia se lembrar: a boca pequenina de Pepík aberta, aquele "O" de surpresa.

PARTE QUATRO

KINDERTRANSPORT

SETE

O TREM ERA COMPRIDO E PRETO, e entrar nele era como ser engolido por uma cobra. A cobra tinha deslocado a mandíbula para que Pepík entrasse, e agora ele estava sendo levado pelo corpo, para baixo, até a ponta da cauda. Ele fez um pequeno movimento, como se estivesse se arrastando; colocou as mãos na barriga e imaginou como a cobra se sentia, todos os corpinhos aos trambolhões dentro dela. Havia tantas crianças. Seus cílios estavam molhados, mas ele piscou e engoliu, engolindo a si mesmo, deixando-se engolir.

A cobra estava ficando cheia. Logo ia deslizar para longe sobre a grama.

O último carro do trem estava repleto de crianças. Duas irmãs se abraçavam, chorando. A menina mais velha tinha a pele cor de farinha e cabelo crespo. A cada minuto ela respirava fundo, enxugava a face e dizia, animada: "Nós vamos poder ir à praia!" ou "Os Fairweather têm gatinhos!", e logo se desmanchava outra vez em soluços. Atrás dela estava um menino, que mal tinha idade para ficar de pé, segurando uma garrafa de leite no meio do corredor. Alguém esbarrou nele; o menino balançou para a frente e para trás como um palhaço inflável e caiu sentado em câmera lenta. O leite derramou no seu peito. A boca do menino se abriu, mais e mais, como uma pupila se dilatando; chegou ao máximo do seu alcance, e ele começou a uivar. Uma adolescente que fora colocada no comando do vagão se pôs de pé num salto.

— Ah, droga — exclamou. — Seus demônios! Todo mundo nos lugares! — Ela bateu palmas. Pegou o menino encharcado de leite no colo, com esforço, mas parecia não saber o que fazer com o colete molhado. Um instante depois, colocou a criança chorosa no chão e começou a folhear uma revista *Film Fun*.

Pepík se sentou ao lado de um menino gordo cujas bochechas pareciam maçãs. O trem ainda não tinha começado a se mover, mas o outro já tinha apanhado a sua lancheira e desdobrado o embrulho de papel; devorava *chlebíčky*. A garota responsável pelo vagão tinha o rosto enterrado na sua bolsa de couro, retirando item por item. Um pente, uma barra de chocolate amargo. Abriu um par de óculos com armação de tartaruga, colocou-os sobre o nariz e se virou para a janela — olhando não para os pais na plataforma, mas para o próprio reflexo no vidro.

Pepík queria tirar o suéter — estava com muito calor —, mas o casaco ficou preso na alça de couro da mochila, e ele fez um grande esforço para soltá-lo, o suor lhe escorrendo pelo rosto. Seu braço estava preso atrás das costas, e ele torceu o tronco, pensando intensamente na serpente, que conseguia se contorcer e se livrar de qualquer coisa. Libertou o braço. Quando se virou para sentar, o menino de bochechas gordas tinha tomado o seu assento.

— O que você tem de almoço?

— Nada — disse Pepík. Puxou de forma protetora a sua sacola de papel para junto da barriga. O menino avançou na direção dela; Pepík se virou depressa, e a sua cabeça rodopiou. O som do seu coração batendo-lhe atrás dos olhos era o som de milhares de garanhões galopando pela Floresta Negra à noite. Ele precisava sair do trem. Percebeu isso de repente e com urgência. Era como se as palavras do pai fossem água dentro de um cano entupido, irromperam de uma vez só. *Você não precisa ir, se não quiser.*

Ele não queria!

Colocou a mochila no chão, e o menino gordo enfiou a mão ali dentro, tirando uma maçã. Pepík não parou. Abriu caminho passando por dois meninos mais velhos que contavam piadas sobre peidos em alemão e se espremeu por baixo de uma muralha de meninas. Quando se levantou, estava bem em frente à janela. A plataforma estava cheia de rostos chorando, mas ele viu Marta imediatamente, seus longos cachos escuros e ondulados. Ela não precisava nem mesmo sorrir — a covinha estava sempre ali. Os olhos do menino firmaram-se nela como o fecho de uma valise.

Marta corria os olhos ao longo do trem, procurando por ele também.

Pepík começou a gritar. Era um grito sem palavras, uma explosão de puro som, e só depois de alguns segundos as palavras individuais começaram a se produzir, atirando-se em todas as direções como bolas prateadas numa máquina de *pinball*.

— Não! Eu não quero! Eu não quero ir! — gritou. — *Tata*, eu não quero ir, vem me pegar, eu não quero, eu não quero ir embooooooora!

As palavras flutuaram no ar, sobre a multidão, e caíram despercebidas sobre o chão da estação. Seus pais ainda não conseguiam vê-lo. Atrás de Pepík soou uma voz adulta dizendo às crianças que se afastassem das janelas e se sentassem para que o trem pudesse começar a andar. Ele espremera metade do corpo para fora do trem: a beirada do peitoril da janela estava enterrada na sua barriga. As palavras continuavam vindo, uma após a outra:

— *Maminka! Tata!* Quero ficar com vocês! Eu quero, eu quero, *tata*... — E então Marta o viu. Uma leve expressão de surpresa apareceu no rosto dela, e a governanta apertou o cotovelo do pai dele, apontando para onde Pepík estava.

Pepík respirou fundo. Ele se agarrou à babá com os olhos, com toda a sua força. Ela o vira. Ia tirá-lo do trem.

A voz adulta atrás dele estava ficando mais alta. As crianças eram puxadas da janela, arrancadas como sanguessugas de pele queimada de sol. O trem começou a se mover. Balançou devagar, o mar de pais e avós movendo-se desajeitadamente junto com ele. Não conseguiam acompanhar. Pepík teve que se virar de lado para continuar vendo a família. O suor lhe escorria pelas costas. Ele abriu a boca para gritar de novo e sentiu a mão de alguém no seu colarinho. Um puxão forte levou-o de volta para trás, para dentro do trem.

— Eu não quero ir! — gritou. — Quero ficar com *tata* e a babá, eu não quero eu não quero! — Mas o adulto, uma mulher com sapatos pesados e um rosto pontudo como o de um beagle, já tinha se afastado. Seguia determinada pelo vagão, arrancando as crianças das janelas, fechando-as e trancando-as. Pepík caíra sobre um apoio de braço e demorou um momento para se endireitar. Quando por fim conseguiu, havia corpos demais; era impossível ver algo por cima das cabeças de todo mundo. Ele se abaixou e tentou rastejar por entre as pernas das outras crianças, mas levou um chute no queixo. Finalmente chegou junto ao vidro da janela, mas o trem já havia deixado a estação. Olhando para trás, ele viu os campos, macios e verdes na tarde de junho, e a distância, ao longe, os últimos lenços brancos, adejando no ar como pombas.

O balanço do trem fez com que o garoto adormecesse. Quando acordou, o sol estava se pondo. Era um círculo de fogo no limite do horizonte e queimava uma linha na sua direção. Acendia um pequeno fogo entre os seus olhos.

Sentiu os seus cílios se incendiando, a pequena labareda subindo-lhe ao cérebro.

Havia um bebê dormindo na gaveta de uma mesa, equilibrado no assento à frente dele; a gaveta balançava e quase caía cada vez que o trem dava um solavanco, mas ninguém veio mudá-la de lugar. Pepík se inclinou e vomitou no chão ao lado da gaveta. A escuridão caiu como um cobertor sufocante; estava com calor, e lágrimas deslizavam-lhe pelo rosto. Ninguém veio colocar um pano frio na sua nuca. O suor lhe escorria pelo rosto. O menino gordo de bochechas rosadas estava dormindo com o queixo no peito. Gêmeas idênticas com tranças loiras apontaram para Pepík e sussurraram. As vozes delas eram como galhos estalando no fogo ou estalando sob os seus pés, ele não saberia dizer qual das duas coisas. Quando baixou os olhos, no entanto, viu que estava andando. Ele e as outras crianças estavam sendo conduzidos por uma prancha até um grande barco. O trem tinha desaparecido — um truque de magia — junto com tudo o que viera antes dele. *Maminka* e *tata*, a babá. Pepík se deixou ser empurrado para a frente. Ele gostou do barco de imediato, a sua hélice de prata brilhante, o enorme casco que abriria caminho pelas ondas violentas do Canal da Mancha. Todo aquele tempo sob a mesa da sala de jantar com o trem podia nunca ter acontecido. O barco era o seu novo amor.

Um grupo de meninos jogava uma bola de meia de um lado a outro no ar. Pepík olhou mais de perto e viu que as meias ganharam asas e saíram voando pelo céu da manhã.

Quando voltou a acordar, estava tremendo. O canto dos olhos estava nublado, mas um ponto nítido se abrira diante dele, como se alguém tivesse soprado com o hálito quente num vidro coberto de gelo. Ele viu dois meninos, com os joelhos dobrados junto ao peito, dormindo debaixo de uma única jaqueta de lã. E, ao virar para o outro lado, viu que havia outro menino enroscado atrás dele, cada centímetro do seu rosto coberto de sardas. Tinha uma placa pendurada no pescoço com um número de telefone. Pepík tateou o próprio pescoço e percebeu que também tinha uma placa. Puxou a corda, tentando tirá-la, mas o menino disse que devia deixá-la ali.

— Para a sua família — sussurrou ele em tcheco, como se transmitisse algo em segredo. — Assim eles vão poder encontrar você.

— Hoje?

O menino assentiu.

— E a babá? — Pepík queria tê-los junto dele, imediatamente. Seu *tata* e sua *maminka*. Queria que Marta viesse trocar as suas roupas, pois ele se molhara durante a noite, e começou a choramingar.

— Está tudo bem — disse o menino sardento, tentando acalmá-lo, com a voz de um experiente irmão mais velho. — Eles vão estar lá para receber você.

As crianças foram conduzidas até o convés para comer sanduíches doces enquanto o sol nascia. O pão era branco e macio e tinha gosto de bolo. Pepík pensou nos soldados alemães, que gostavam tanto das sobremesas tchecas. Lembrou-se de *tata* dizendo que somente depois que todas as despensas estivessem vazias os nazistas voltariam ao lugar de onde vieram. Depois do lanche, ele e os outros foram levados por outra prancha até uma grande estação com cúpula de vidro, onde uma multidão de adultos caiu sobre eles como uma avalanche. Havia mães empurrando carrinhos de bebê, homens com botas de trabalho com ponteiras de aço e casais de cabelo branco apoiados em bengalas. O menino sardento foi levado por uma mulher com um dos braços numa tipoia. Pepík acenou, mas o seu novo amigo não o viu, o rosto já enterrado numa casquinha de sorvete. Os homens ainda tiravam as malas do bagageiro do navio e as amontoavam numa grande pilha. Um grupo de meninos mais velhos subia nelas; um deles conseguiu chegar até o topo e ficou ali, balançando-se perigosamente e gritando: "Tome isso, Blaskowitz!", enquanto disparava o seu rifle imaginário no meio da multidão.

Uma jovem chegou, com luvas que chegavam ao cotovelo e um amplo chapéu; pegou o bebê no colo e deixou a gaveta vazia no chão. Estava sorrindo, como se tivesse ganhado na loteria.

A estação lentamente se esvaziou. As crianças foram para casa com as novas famílias. Outros adultos chegavam agora, mais idosos, uma mulher de vestido bufante com a cintura marcada e um chapéu de festa, pedindo desculpas pelo atraso. Esses adultos apertaram os olhos para os meninos e meninas restantes, tentando ver qual deveriam levar para casa. Pepík estava sentado contra a parede, enrolando a corda da mochila com a ponta do dedo, cada vez mais apertada, até o dedo ficar de um vermelho violento. Mantinha os olhos fixos no portão da estação. Quando se abriu, ele se levantou, cheio de expectativa. Veria o seu *tata*! E a sua *maminka*! E a babá.

Onde eles estavam?

Ninguém veio.

Pepík sentou-se de novo.

Havia uma menina mais velha que também não tinha sido levada.

— Eu sou Inga — apresentou-se ela.

Pepík olhou para ela sem entender. Viu que era a menina com a revista *Film Fun*, a encarregada daquele vagão que estivera tão animada ao se lançar numa viagem tão adulta.

— É escandinavo — disse ela. — Meu nome. Sou protegida por Ing, o deus da fertilidade e da paz.

Ficou olhando para Pepík, à espera de uma reação. Sentou-se ao lado dele e começou a chorar com o rosto entre as mãos.

Foi um homem com uma pasta, finalmente, que veio de uma mesa distante até onde Pepík e Inga estavam sentados. Tinha olhos castanhos caídos e costeletas grossas.

— Como vocês se chamam? — perguntou.

Pepík não entendeu as palavras. O homem sacudiu a cabeça devagar, como se tivesse feito algo que o fizera se arrepender muito. Levava na mão um pão comprido e fino, o mesmo pão branco e macio; partiu-o em dois e deu a cada um deles um pedaço. Inga parou de chorar apenas por tempo suficiente de meter o seu pedaço dentro da boca. O homem fez sinal para que se levantassem e o acompanhassem; Inga alisou a sua saia xadrez verde, ainda mastigando. Enxugou o rosto e pegou a bolsa, remexendo ali dentro em busca dos seus óculos de aro de tartaruga.

O homem levou-os para fora da estação por um trecho de asfalto quente. Ele andava meio gingando, as malas dos dois batendo nas pernas dele. O carro era diferente do de *tata*, com dois limpadores de para-brisas em vez de um. Uma manta de cavalo cobria o estofamento gasto. Ali dentro fazia um calor sufocante, e o homem se inclinou e abriu a janela de Inga, depois se inclinou sobre o banco de trás e abriu a de Pepík. Veio o som do motor sendo ligado.

O garoto adormeceu no momento em que começaram a andar.

Quando acordou, Inga estava olhando para ele com cautela.

— *Kam jdeš?* — perguntou ela.

Pepík esfregou os olhos.

— Eu vou com você.

Inga olhou para ele.

— Agora você vai. Mas depois. Para onde está indo?

Pepík encolheu os ombros.

— Estou indo para a casa dos Gillford, no campo — disse Inga. — Vou aprender a andar de cavalo! — Ela fixou o olhar à meia distância, como se um cavalo tivesse se materializado à sua frente e ela pudesse montar e ir embora para o futuro. — Haverá outras duas meninas lá — continuou. — Irmãs. Vão ser quase como a minha irmã de verdade, Hanna — disse Inga, mas Pepík achou que havia certa insegurança na sua voz.

— Estamos na Escócia — falou ele, porque precisava dizer alguma coisa.

— Não estamos, não. Você não sabe de nada? Aqui é Liverpool. Estamos na Inglaterra! — Ela olhou do alto do seu nariz arrebitado para Pepík. — Quantos anos você tem? Seis?

Pepík assentiu.

Inga pareceu surpresa.

— Bem, isso explica.

O carro continuou pelos campos, passando por cidadezinhas com cafés ao ar livre e mesas de ferro forjado dispostas sob o sol. O homem olhou por cima do ombro e falou com eles, e Pepík ficou surpreso ao ouvir a resposta de Inga. Apenas algumas palavras hesitantes, mas a sua capacidade de falar a língua engraçada a tornou imediatamente interessante aos seus olhos.

— Eu quero a babá — choramingou Pepík.

Inga não respondeu.

— Para onde estamos indo? — tentou novamente.

— Para Londres — respondeu Inga com brusquidão, mas a insegurança voltou ao rosto dela. Ela virou as costas a Pepík e olhou pela janela do carro. — Meu pai é médico especialista em órgãos internos. Meu *verdadeiro* pai. Em Praga.

Seus ombros tremiam, e Pepík viu que ela tinha começado a chorar.

Dirigiram durante o que pareceu serem dias, passando por fábricas e armazéns, e por fim o homem parou em frente a um comprido prédio de tijolos. Era dividido em várias casas menores, unidas parede a parede. Estavam em posição de sentido, como uma fila de soldados de chumbo. Pepík colocou a mão dentro da mochila e começou a tatear, primeiro pegou uma salsicha que tinha esquecido de comer e depois um soldadinho, frio, preparando os dois para a batalha.

— *Pow!* — murmurou ele, baixinho. Tinham chegado. A luta contra os bandidos poderia começar.

No interior, a casa estava às escuras. Uma grande mesa de carvalho ocupava toda a sala da frente, mas não tinha os pés de leão esculpidos como a do tio Max, em Praga. Também não era tão bem organizada. Havia pilhas de cadernos e pastas abertas; no centro da mesa havia uma grande folha de papelão coberta com fotos de rostos de crianças, cada uma com algo escrito embaixo. Inga empurrou alguns livros para o lado e se sentou delicadamente na beirada do sofá. Ela franziu os lábios e pegou um batom; fez várias tentativas antes de encostá-lo na boca.

261

Onde estava Arthur?

Havia uma porta nos fundos da sala, com uma pequena fresta aberta; talvez Arthur estivesse ali, dormindo.

O homem se sentou atrás da mesa enorme com a maleta aberta diante dele. Começou a escrever coisas, consultando uma lista. Levantando pilhas de papel e olhando por baixo delas. Inga tinha acabado de pintar os lábios e estava soltando o cabelo — o comprimento era surpreendente para Pepík. Ela inclinou a cabeça para o lado e começou a trançá-lo, seus dedos trabalhando rapidamente.

— Onde está Artoor? — perguntou Pepík.

Inga parecia irritada.

— Quem é Artoor?

— O menino doente.

— O único menino doente aqui é você.

Ela cruzou as pernas e começou a trançar o outro pedaço de cabelo.

— O outro menino, com... — Pepík começou a dizer, mas vacilou. Precisava lutar. Agarrou o soldadinho no punho cerrado.

Inga torceu o nariz na direção dele. Concentrou-se mais no cabelo, os dedos ágeis.

Minutos depois, a campainha tocou.

— Entre! — gritou o homem, mas a porta estava trancada. Ele manuseou um conjunto de chaves. Mais adultos ingleses apareceram; houve mais conversas. Inga se levantou como se entendesse o que falavam, o que era verdade, afinal: ela estava indo embora.

— *Čekat!* — gritou Pepík. — Espere por mim!

Mas já era tarde demais. Inga se fora. Ela não se virou para dizer adeus.

Quando Pepík acordou, a luz entrava pela janela. Ele estava deitado numa grande cama de penas. O homem com a maleta andava pela sala igual a *tata*, usando um terno limpo e gravata. O garoto se arrastou para fora das cobertas e andou até ele.

— *Činit ne dovoleno* — disse.

Agarrou a perna da calça do homem e ficou parado ali. O homem riu e levantou-o, gemendo para mostrar como ele era um menino grande. Fingiu que iria jogá-lo no sofá, e Pepík gritou. O homem repetiu o movimento, balançando-o no ar de novo e de novo, então finalmente deixou-o cair sobre uma grande pilha de roupa. Estava morna e cheirava a sabão. Pepík quis saber se o sabão que o homem usava era o mesmo que tinha imagens de locomotivas, como o sabão deles, em casa.

Em casa.

A luz do sol atravessava a janela e o obrigava a apertar os olhos e a fechá-los. Ficaria ali com aquele homem. Dormiria na cama grande e comeria o pão branco e macio, e a babá e *maminka* viriam encontrá-lo.

Hoje seria o dia.

O homem com a maleta havia sentado à mesa de trabalho e remexia nos papéis novamente. De vez em quando, olhava para Pepík e falava palavras engraçadas. O garoto deixava que elas caíssem sobre ele como bolhas num banho. Deixava-se levar. Uma sensação de umidade se formava dentro dele, subindo dos dedos dos pés pelas pernas, uma onda de calor que correu pelo estômago até a garganta e a boca.

Ele se virou e vomitou no chão.

O homem ergueu a cabeça e lançou-lhe um olhar severo. Deu um pesado suspiro e deixou cair a cabeça. Quando levantou os olhos, o seu rosto tinha uma expressão que Pepík reconhecia, uma expressão que vira nos rostos dos adultos com muita frequência nos últimos meses. Desaprovação? Decepção. Algo a ver com a água jorrada na sua testa. Aquilo que ele aceitara e por que acabara sendo mandado embora. O que era? Ele não conseguia lembrar.

Mas sabia que era culpado por estar ali. O sol que atravessava a vidraça tinha se afiado e transformado num único feixe, todo o calor concentrado na cabeça dele. Ele era um inseto debaixo de uma lupa, prestes a pegar fogo. Contorceu-se, tentando se afastar do brilho, mas o corpo estava pesado demais. O homem foi pegá-lo, e Pepík amoleceu ao toque. Sentia-se macio, como chocolate deixado sob o sol. Mas ficaria seguro ali. Aquele homem ia amá-lo e ficar com ele.

Quando abriu os olhos de novo, porém, estava de volta num trem.

Uma mulher o esperava na plataforma, e Pepík a amou à primeira vista. Seus olhos eram suaves e quentes como caramelo derretido. Ela se agachou à sua frente — ele podia ver o cintilar de grampos no cabelo dela. Era a sra. Milling, aquela bela mulher da mesma idade da babá, que iria levá-lo para casa e ajudá-lo a lutar contra os alemães.

— *Jsem hladový* — disse Pepík. Agarrou-se a ela com os olhos.

A mulher colocou a mão sobre o coração, como se fizesse um juramento.

— Olhe só para você — disse ela. — Que gracinha. Queria saber o que está dizendo.

Pepík inclinou a cabeça sobre o ombro dela. A mulher riu.

— O que é isso? — Apontou para o peito dele.

O garoto olhou para baixo e viu um número preso ali. De cabeça para baixo, conseguia ler um dois e dois cincos.

— *Jsem hladový* — repetiu ele. Algo nele tentava alcançá-la: não os braços, mas algo no peito. Algo pequeno no centro dele se esticava para ela. Os olhos da sra. Milling estavam cheios de lágrimas.

— De quem será que você é? Que língua fala?

Ela cheirava a talco e rosas secando ao sol. Pepík esperou que a sra. Milling o pegasse no colo, mas ela não o fez. O carregador tinha colocado a mala vermelha do garoto na plataforma, e ele tentou arrastá-la para que ela pudesse levá-lo para casa. Estava cansado e com fome, queria uma tigela de *kaše* polvilhado com chocolate, do jeito que a babá preparava. Sua mala fez um ruído terrível, como a porta de uma prisão rangendo ao abrir. Ele se lembrou de algo que havia guardado lá no fundo. Uma noite de que não queria se lembrar. Por que a sra. Milling continuava sentada ali? Talvez ele não tivesse sido educado o suficiente. *Tata* não o ensinara a apresentar-se corretamente?

— Pepík — falou ele, e estendeu a mãozinha. Mas alguém agarrou seu ombro por trás, e, ao se virar, o menino viu um homem redondo, com a forma muito parecida à de um ovo, os braços e as pernas magros espetados no corpo. Os braços e as pernas dele faziam Pepík pensar nos limpadores de cachimbo de *tata*.

A sra. Milling, que estava agachada, se levantou. Uma onda loira de cabelo tinha escapado do grampo; ela a prendeu atrás da orelha.

— É seu filho? — perguntou. — Que gracinha de... — Mas o homem tinha uma tarefa a cumprir. Falou com Pepík naquela língua engraçada e tentou pegá-lo no colo. O garoto se contorceu para longe e conseguiu arrastar a mala mais alguns metros em direção à sra. Milling.

Ele ia com *ela*; ela lhe daria doces no jantar e o ensinaria a ler, de uma vez por todas.

— Desculpe-me — disse a sra. Milling. — Eu não queria atrapalhar.

O homem em formato de ovo pegou a mala de Pepík. Colocou-a debaixo de um braço e levantou-o com o outro, agarrando-o firmemente, de modo que os seus pezinhos se projetavam para o lado e o seu rosto virado para o chão. O estômago de Pepík deu um solavanco. Ele esticou o pescoço, procurando a sra. Milling. Para onde ela fora?

— *Maminka!* — gritou ele.

O homem continuou andando, carregando Pepík como um feixe de madeira. Subiu alguns degraus até um bonde e colocou-o no assento ao seu lado. Os dois não se falaram durante os quarenta minutos seguintes.

Chegaram a uma casa, e uma mulher saiu para recebê-los e levá-los para dentro. Era mais velha e mais grisalha do que a sra. Milling. O rosto parecia uma fatia de rosbife sangrento.

— Então você está aqui.

— *Jsem hladový* — disse Pepík. Ele se sentou no chão, de pernas cruzadas.

O homem-ovo deu de ombros para a mulher.

— Caramba. — Foi a primeira palavra que Pepík ouvira sair da sua boca.

A mulher se abaixou e inspecionou-o como se fosse um repolho na feira, examinando o seu cabelo, olhando atrás das suas orelhas para ver se estavam sujas. O procedimento continuou por vários minutos; parecia achar que ele fosse deficiente. Sua voz era gentil, porém, e por um momento o passarinho se agitou dentro do peito de Pepík, aquele que tinha cantado para a sra. Milling. Mas a mulher se levantou outra vez e foi até a cozinha. Uma linha preta de fuligem corria pela parede, do fogão até o teto. Ela pegou um pano e esfregou-a vigorosamente. Então, olhou de novo para o homem redondo, como se estivesse surpresa por ainda encontrá-lo ali.

— Vá em frente — disse ela.

Ela apontou com o queixo na direção de uma escada. O homem pegou a mala com um braço e Pepík com o outro, como se fosse uma pilha de lenha. O garoto amoleceu e deixou.

O quarto no alto da escada tinha um papel de parede com desenho de veleiros vermelhos e azuis. As tábuas do piso eram azuis, como o mar. Duas camas que cheiravam a naftalina tinham sido empurradas a paredes opostas: Pepík dormiria perto da janela. O homem jogou a mala no chão e olhou para a segunda cama, indeciso. Havia alguém nela, alguém tão pequeno que mal dava para ver debaixo das cobertas. Pepík ficou na ponta dos pés e olhou para o rosto do outro garoto. Ele tinha cabelo claro, cor de areia, e algumas sardas no nariz. Claro, a pele quase translúcida. Como se o pequeno fogão dentro dele, o que o mantinha vivo, estivesse com problemas.

— Artoor?

O menino estava imóvel.

— *Haló?*

O menino deu um gemido baixo. Se aquele era Arthur, então as pessoas lá embaixo eram os Milling. Foi o ruído de dor de Arthur que acolheu Pepík, que lhe disse que ele havia chegado à sua nova casa.

Horas mais tarde, a sra. Milling — a verdadeira sra. Milling — foi até o andar de cima. Abriu os fechos dourados da mala vermelha de Pepík.

— *Pro boha, co je tohle?* — perguntou ele.

Ainda não vira o que havia nela desde que saíra de Praga; era como uma caixa de bugigangas ou amuletos mágicos, cada um com um poder secreto.

O belo relógio de diamante poderia transportá-lo de volta no tempo. As pequenas galochas o fariam caminhar na água. Ele atravessaria o oceano a pé, se necessário.

Mas não teria que fazer isso. Sua família viria encontrá-lo. A babá Marta prometera.

A sra. Milling remexeu na mala. Suspendeu as calças novas.

— Ora, você é chique — falou ela. — Vem de família rica? É?

Ela pegou a camisola e vestiu-a nele com rapidez e eficiência, apesar de ele ser um menino grande e poder fazer isso sozinho. Pepík percebeu que não iam mandá-lo escovar os dentes. Os lençóis pareciam macios, mas eram ásperos ao toque, e ele se sentiu muito longe do chão depois de dormir por meses na cama de baixo, em Praga. A sra. Milling ajeitou a coberta tão firmemente que ele mal conseguia mexer as pernas e os braços. Sentia-se como uma carta selada num envelope.

— *Chci napsat dopis* — disse ele. — *Pani. Potřebuji pero. Můžeš mi podat pero, prisím?*

A sra. Milling olhou para Pepík. Seu rosto era uma folha de papel em branco.

267

Não havia história para dormir. A sra. Milling saiu do quarto por um breve instante e voltou com um termômetro. Pepík abriu a boca e mostrou a língua, mas era na temperatura do seu filho Arthur que ela estava interessada. Sacudiu vigorosamente o termômetro depois de puxá-lo para fora da boca de Arthur, como se esperasse alterar o número que via ali. Então apagou a luz, e o quarto foi mergulhado na escuridão.

— *Sladký sen* — disse Pepík para ninguém, e ninguém respondeu.

Ele se deitou no travesseiro. Da cama, podia ver pela janela: o céu lentamente se tornava azul-cobalto. Havia algumas estrelas já, mensageiros que tinham chegado cedo demais. Ao longo do quarteirão havia casas de alvenaria e armazéns com portões fechados e trancados. As janelas da frente estavam iluminadas, pequenos quadrados de amarelo contra a escuridão, de modo que a rua parecia uma película de filme. Ele pensou na Branca de Neve, no anão Feliz e na própria cara de Feliz, mas não se sentia assim; sentia-se terrivelmente só. Se forçasse a cabeça contra a parede, ele podia ver mais adiante na rua. Precisava ficar atento à sua família subindo a comprida rua ao encontro dele.

Tata estaria no meio, de braços dados com *maminka* e a babá.

Pepík contrabandeara o seu soldadinho de chumbo para a cama junto com ele, e, quando os seus olhos se ajustaram, ele empurrou as cobertas e colocou o soldado no peitoril da janela. Sentou-se e cruzou as pernas, de vigia. Ele e o soldado montando guarda juntos. Como *tata* ficaria impressionado em vê-lo acordado tão tarde, defendendo a casa, a arma em riste.

— Descansar — ordenou ao soldado, asperamente.

Não queria que ninguém levasse um tiro por engano.

Do outro lado do quarto, a respiração de Arthur era áspera e irregular, como alguém sintonizando o rádio, as estações entrando e saindo. Havia longos períodos entre as respirações. Só agora, na escuridão, as palavras da babá regressaram: era tarefa de Pepík ajudar Arthur a melhorar.

— Artoor? — sussurrou.

Da outra cama, a respiração ofegante e fleumática. Finalmente Arthur falou:

— Eu preciso de ajuda. Chame a minha mãe.

Era como ouvir um corpo morto voltando de repente à vida. Pepík imaginou Arthur estendendo a mão pegajosa para tocá-lo.

Ele não entendeu o que o outro dissera, então não respondeu.

A manhã era como uma agulha enfiada em seu braço. Ele acordou com uma gélida corrente de ar. A coberta fora retirada, e a sra. Milling estava de pé junto à cama dele. Seus olhos eram pequenos e pretos, e os seus lábios estavam pressionados formando uma linha reta perfeita. Pepík tentou puxar os joelhos para se cobrir, mas era tarde demais. Molhara a cama. Ela vira.

— *Lituji* — disse Pepík.

A sra. Milling prendeu a respiração.

Ela fez tudo rapidamente, com naturalidade, tirando a camisola e a roupa de baixo de Pepík. Conseguiu puxar os lençóis sem tirá-lo da cama, colocando o corpo dele em diferentes posições e segurando a sua cabeça debaixo do braço. Fez uma trouxa com os lençóis sujos e deixou-o ali, nu e descoberto.

Pepík sentia frio, e a pele do traseiro estava vermelha e dolorida. A dor no seu estômago voltara, então ele virou a cabeça para o lado e vomitou no assoalho azul.

Dois minutos depois, a sra. Milling voltou com uma pilha de lençóis limpos. Ela cantarolava baixinho, mas, quando viu o vômito, parou, a canção interrompida no meio de uma nota.

— O quê... — Ela se inclinou e cheirou o montinho de regurgitação, a geleia branca da couve-flor fervida da véspera salpicada de amarelo. Então gritou algo na direção do vestíbulo; o homem redondo apareceu, por fim, no alto da escada, sem fôlego, uma garrafa de ketchup na mão.

— Olhe, Frank! Ele está doente! — A sra. Milling fez um gesto para que o marido se aproximasse e lhe mostrou o vômito. — Mais germes para... O dr. Travers disse... — Ela falava depressa e gesticulava na direção do filho; parecia estar a ponto de irromper em lágrimas.

Pepík rolou e embalou a cabeça entre as mãos. Ocorreu-lhe de repente que a manhã tinha chegado. Ele adormecera no seu posto. A babá não chegara durante a noite, e Arthur ainda estava doente. Ele falhara. Falhara com todos.

No meio da manhã, Pepík sentia-se um pouco melhor e esperava que talvez a sra. Milling fosse fazê-lo ir brincar lá fora, mas ela preferiu tratá-lo como um segundo filho doente, trazendo copos de *ginger ale* para os dois meninos, esterilizando o termômetro a cada vez que era usado. No fim da tarde, acabou de desfazer a mala de Pepík e encontrou o envelope não lacrado com a fotografia. Pegou o retrato de família e observou de perto, sem pressa.

A sra. Milling olhou para ele.

— Meu pobre querido — disse, suavemente, como se só agora tivesse percebido que Pepík também tinha uma família que o amava desesperadamente. Puxou-o para si numa espécie de abraço desajeitado.

Quando ia colocar a fotografia de volta no envelope, interrompeu-se, reconsiderando, e apoiou-a, em vez disso, na mesa de cabeceira de Pepík. Ali estava *maminka*, olhando para o lado; a babá por trás dele, com as mãos nos seus ombros, os olhos abaixados para ele, orgulhosos.

A sra. Milling apontou para a babá.

— Mamãe — disse ela, pronunciando com clareza.

Pepík olhou para ela sem entender; ela repetiu.

Ele repetiu também, uma sílaba e depois a outra.

— Ma-mãe.

Marta. *Ma-mãe.*

Sua primeira palavra em inglês.

Mamãe.

Quando a sra. Milling se foi, Pepík pegou a foto. Uma sensação engraçada tomou conta dele quando olhou para o rosto da babá. Descansou a face quente sobre o reboco fresco da parede. Então apoiou a foto ao lado do soldadinho de chumbo e colocou o relógio de diamantes ao lado. Era como uma fileira de três amuletos. O soldado representava *tata* com o seu rifle Winchester, e o relógio, *maminka*, toda arrumada para uma noite de gala. A foto representava a babá — *mamãe*. Ele arrumou os três objetos de um jeito, depois os rearrumou, como se acreditasse que, se por acaso chegasse à ordem correta, poderia evocar os três em carne e osso.

Cinco noites se passaram. Eles ainda não tinham chegado.

Pepík se deitou. Deixou os três amuletos de guarda no seu lugar.

Acordou de novo um pouco mais tarde e abriu um olho. A sra. Milling estava de pé junto à janela, os cabelos grisalhos e lisos até os ombros. Segurava o relógio de diamantes em uma das mãos. Observava-o de perto, correndo o dedo pelas pedras preciosas, como se se perguntasse se poderiam ser verdadeiras. Ele a viu hesitar por um minuto; viu-a colocar o relógio no bolso.

Pepík se arrastara para a cama de Arthur. Estava tão solitário; a presença de outra criança o ajudava a dormir. Fazia horas, porém, que não sentia Arthur se mexer. A sra. Milling atravessou o quarto em direção aos dois meninos, e Pepík fechou os olhos com força, como se quisesse desaparecer. Ela tocou seu ombro e, mal-humorada, começou a falar, ingressando num fluxo de broncas em inglês. Era a terceira vez que isso acontecia, pois ela não queria que Pepík transmitisse mais germes a Arthur.

A sra. Milling levantou as cobertas rapidamente, como um garçom levantando a tampa de prata de um prato de comida. Pepík viu as unhas dela, roídas até o sabugo. Ela se inclinou para sentir a temperatura do filho e parou com a palma da mão a um centímetro da pele dele.

— Arthur?

Ela pronunciou o nome como se fosse uma pergunta, e esperou por uma resposta. Mas não vinha nenhuma, e ela repetiu, dessa vez de modo mais acentuado — *Arthur* —, e uma terceira vez, e uma quarta. Segurou o queixo dele e mexeu a cabeça de um lado ao outro, agarrou os seus pequeninos ombros e apertou. Repetiu o seu nome, a voz ganhando força como se fosse uma sirene.

Pepík viu a primeira lágrima aparecer, como a primeira estrela no fim de uma tarde de verão.

A lágrima tremeu no canto inferior do olho, pendurada ali pelo que pareceu ser uma eternidade. Cresceu e inchou e finalmente escorregou pelos cílios inferiores, aterrissando não na colcha, mas no assoalho azul.

Pepík imaginou ouvir o ruído da lágrima caindo no chão.

Outras se seguiram, derramando-se dos olhos da sra. Milling. Pepík foi empurrado da cama e fugiu para o canto do quarto, encolhendo-se, e tapou os ouvidos. A sra. Milling estava gritando. Gritava o nome do marido e sacudia o corpo de Arthur, o seu rosto vermelho e brilhante, os olhos arregalados. Desabou na cama, pressionando o rosto no peito do filho, os seus ombros largos subindo e descendo. Sacudiu Arthur repetidas vezes, como se não pudesse acreditar, como se fosse possível, ao sacudi-lo com força suficiente, fazer as suas pálpebras pálidas voltarem a se abrir.

Arthur estava imóvel e pálido, as suas feições esculpidas em cera.

A sra. Milling gritou como se estivesse sendo despedaçada. Arranhava o próprio rosto e puxava o próprio cabelo, soluçando.

Ouvir a sra. Milling abriu algo em Pepík, perfurou uma jangada feita de galhos e balões. A água entrou correndo.

Cobriu as suas pernas — ele se molhou quase imediatamente, a urina escoando num círculo no chão — e subiu até acima do seu peito, e depois dos seus ombros. Encheu-lhe a boca, e ele se engasgou, tapando-a; colocou a mão no seu rosto e viu que estava encharcado. Ele chorava tanto que não conseguia recuperar o fôlego. Dobrou o corpo ao meio, vomitando. Tudo o que desde o ano passado conseguira enterrar dentro de si estava sendo puxado para cima através do seu corpo, saindo aos jorros pela sua boca. Os tubarões estavam debaixo dele, as suas pernas entre as presas. Ele se soltou. Foi rapidamente puxado para baixo.

Pepík foi enviado para uma casa cheia de meninos. Um orfanato dirigido pela Igreja Católica. À noite, o grande quarto ficava em silêncio. Era um silêncio que se enchia de respiração profunda, o ranger das molas quando alguém se virava, um peido seguido de risadas. Os meninos adormeciam, um por um, como velas sendo sopradas num bolo de aniversário.

Ele estava imóvel, os olhos bem abertos, imaginando a sua fome. Ele era uma concha vazia sozinha numa praia ao luar. As ondas iam e vinham; ele ficava cheio e depois vazio. Vazio, e depois vazio de novo.

Sabia que tinha acabado de chegar, mas de onde tinha vindo? Arthur era algo nebuloso e vago nas bordas. Pepík pensou de novo naquela rua comprida e tranquila. Nas horas e nos dias que tinha passado olhando pela janela.

Quem ele estivera esperando? As pessoas na sua fotografia?

Quem quer que fossem, nunca iriam encontrá-lo agora.

Viriam do leste, procurando por um fantasma. Arrastando as suas sombras atrás deles.

PARTE CINCO

PAVEL E ANNELIESE

Junho de 1939

Querido Pepík,

Eu e maminka lhe mandamos um abraço bem apertado. Olhamos para a sua fotografia todos os dias e rezamos a Deus para que esteja bem. Mas por que você não tem escrito, miláčku? Estamos ansiosos para receber notícias suas. Para receber qualquer notícia sua.

A babá Marta também lhe manda muitos beijos.

Espero que você tenha recebido as nossas cartas, que a sra. Milling tenha conseguido encontrar alguém para traduzi-las ao tcheco para você. Peço desculpas que não tenhamos tido tempo para ajudá-lo a aprender mais inglês antes de você partir. Sei que os Milling vão lhe ensinar a língua e vão ajudá-lo a responder aos nossos pedidos.

Por favor, diga-nos o que você anda fazendo e o que está comendo. E fale do seu novo amigo, Arthur. Sabemos que você vai ser muito gentil com ele e ajudá-lo a melhorar.

A casa está tão quieta sem você. Sentimos falta do trem correndo pelos trilhos. Estou quase inclinado a montá-lo de novo.

Um trem vai sempre me lembrar você.

Vou me despedir agora, mas prometo voltar a escrever em breve. E você faça o mesmo. Nós todos vamos ficar muito felizes em receber alguma notícia do nosso querido menino grande.

Com amor e beijos,
Tata

(ARQUIVADO SOB: Bauer, Pavel. Morreu em Auschwitz, 1944)

Eu soube assim que ouvi a campainha tocar.

Não tinha dado o meu endereço, mas no fundo estava lhe esperando. Um homem magro com ombros caídos e grossas sobrancelhas grisalhas. Caspa no paletó. Você se apoiava numa bengala. Tinha aquela expressão austera que eu já reconhecia, a resignação que é quase uma espécie de encenação: a escolha em se esforçar a viver para o benefício do mundo lá fora.

É uma encenação mal executada, a charada de uma criança pequena.

E é verdade que, embora tivesse seus 70 anos, ainda havia algo de infantil nos seus olhos.

— Sou Lisa — falei.

Você estendeu a mão — havia pelos nos nós dos dedos.

— Joseph.

Mudanças de nome são comuns, e traduções ao inglês. Isso não me deteve.

— Sei quem você é.

Você dava a impressão de quase me reconhecer também — apertando os olhos, tentando situar um rosto vagamente familiar.

Quando era claro que você nunca havia me conhecido.

— Quer entrar e tomar um chá?

Pude vê-lo observando a caçarola suja na pia, as pilhas altas de periódicos encostadas nas paredes. Não havia nada que eu pudesse lhe oferecer para comer: a geladeira estava vazia, exceto por um pouco de comida chinesa mofando numa embalagem de isopor. Pela maneira como você olhava para o meu apartamento, deduzi que era do tipo exigente, que a sua casinha era perfeitamente arrumada e organizada. Mas, em vez de me sentir constrangida, experimentei uma espécie de alívio, o alívio de ser vista como realmente sou. Você ficou à vontade, procurando um lugar para pendurar o casaco.

— Eu cuido disso — falei.

Nossos dedos se tocaram quando você me entregou o casaco, e senti uma onda de emoção: ali estava a criança da carta que eu levava comigo. Ali, na minha frente. Em carne e osso. A mais importante oração judaica — a primeira que aprendi — passou-me pela cabeça: *Shema Yisrael Adonai Eloheinu Adonai Echad.*

Ouve, ó Israel: o Senhor é o nosso Deus, o Senhor é Um.

Quando ergui os olhos, você estava tirando uma pilha de cobertores da ponta do sofá. Deu um tapinha no espaço vago.

— Venha se sentar.

Fui arrancada de meus devaneios espirituais, irritada com o fato de você pensar que ser hospitaleiro era algo que lhe cabia. Mas então vi que era apenas a sua maneira de ir direto ao assunto.

As pessoas ficam nervosas quando descobrem coisas novas sobre o seu passado.

— Conte-me tudo — disse você, antes que eu pudesse me sentar.

Pensei comigo mesma, *se apenas...* Porque, claro, é tão pouco o que sei. E tão mais vasto o que se perdeu.

— Sou Lisa — repeti, e me lancei ao meu número, o meu *shtick*, explicando a minha posição no Departamento de Estudos do Holocausto, as histórias orais que vinha recolhendo das crianças do Kindertransport. Você assentia rapidamente — tudo isso eram informações que eu deixara na sua secretária

280

eletrônica —, mas eu recitava sobretudo para mim mesma, para me enraizar nos dados da minha própria existência. Porque eu também me sinto deslocada e desenraizada. Também tenho muito pouco a que me ater.

— Você encontrou... o quê? Uma carta? — perguntou você.

— Algumas cartas. Da sua mãe e do seu pai.

— Para mim?

— Só um minuto.

Fui para o estúdio e trouxe o grosso arquivo. Escritas na capa com marcador de texto azul estavam as palavras Bauer, Pepík (Pavel e Anneliese). Um endereço se seguia. Os números sete tinham traços, ao antigo estilo europeu.

Eu podia ver que você não estava preparado.

— Pensei que ninguém tivesse escrito para mim — falou, seus olhos sobre os nomes.

— Sim — disse eu. — Foi o que deduzi.

Eu estava pronta para lhe relatar toda a cadeia de acontecimentos — a visita ao arquivo que desenterrara aquelas cartas junto com vários outros documentos da área —, mas vi, então, que os detalhes só confundiriam mais. Olhei para você com firmeza.

— Eu pensei que não tinha pai e mãe — disse você.

— Todo mundo tem pai e mãe.

— Você sabe o que eu quero dizer.

— E quanto à foto da sua família? A que você mencionou ao telefone?

— Mas eu não tinha razão nenhuma para acreditar que eles tentaram entrar em contato comigo.

— Quer que eu busque o nosso chá? — perguntei.

Mas você não estava interessado em chá.

— Eu pensei... — disse você. — O que aconteceu com eles?

Não respondi de imediato. Sobre o que eu sabia ou o que não sabia.

— Você é judeu — falei, por fim, pensando que isso ia lhe dar uma pista.

281

Você me fitou sem qualquer expressão no rosto.

— Eu vou à igreja — foi tudo o que disse.

Então era isso. Mais alguém perdido.

— Claro que sim — falei. — É claro.

Havia uma expressão no seu rosto que era quase de indiferença, mas não exatamente, como se estivéssemos falando de algo que não tinha nada a ver com você, algo muito distante. Mas aprendi a não ser enganada por uma aparente falta de interesse. É quase sempre o legado de esperanças frustradas.

— Então estas são as cartas dos meus pais? — Você levantou as sobrancelhas diante da espessura do arquivo.

— Eu já não...?

— Dos dois?

— E da sua babá.

Uma expressão passou então pelo seu rosto, uma expressão que eu não vira antes. Foi como se você tivesse levado um tapa, inesperadamente, de alguém que conhecia e em quem confiava.

— Uma babá? — perguntou você. — Eu não... Eu nunca tive... — Mas você se lembrava, na verdade; a memória regressava ao seu corpo, jorrando em você como uma onda, completa e avassaladora. — O nome dela era...?

— Marta — disse eu.

Você assentiu, os olhos voltados para cima.

— Sim.

Como seria não saber nada acerca das suas origens, passar décadas desejando e se perguntando, e depois, no fim da vida, receber uma resposta? Perceber que todo o seu sofrimento fora em vão, de que queriam você, afinal.

Não era isso que eu estava esperando também?

— De onde vieram?

— Sua família?

— As cartas.

— Do espólio de uma família chamada Milling. Onde você foi colocado, muito brevemente, antes...

Parei ali, não querendo definir o que tinha acontecido depois.

Seus olhos saltaram um pouco para fora e sua expressão foi como a de alguém se afogando.

— Não tenho recordações de ninguém chamado Milling — disse, rigidamente. Mas tinha as palmas das mãos nas têmporas, e seus olhos corriam de um lado para o outro.

— Vou lhe dar um momento.

Você concordou com a cabeça, agradecido, e eu fui para a porta. Quando cheguei ali, olhei para trás. Você ainda estava segurando a cabeça entre as mãos.

A distância que você viajou era difícil de imaginar. As viagens de trem, de barco. Mais tarde, os aviões. E essas, claro, foram apenas as viagens geográficas. Eu não tenho que mencionar os outros tipos de deslocamento, os outros saltos que você deu. Quando olhei para você naquele dia, parecia tão oprimido, um viajante sujo e exausto.

Deixei-o sozinho para que lesse as cartas da sua família. Fui para o meu escritório e verifiquei o e-mail. Educada mas firmemente, recusei o pedido de um estudante de doutorado à procura de um orientador na área. Talvez não tenha sido educada. Com certeza fui firme. Podia vê-lo através da porta aberta: você apoiara a sua bengala na parede, o cabo caído, assim como os seus próprios ombros. Estava sentado diante das cartas.

— Muito bem — disse você. Quando finalmente abriu o arquivo, a ação foi rápida e decisiva, como o gesto de arrancar um band-aid.

Obriguei-me a voltar para o computador, onde li três vezes o aviso de uma reunião do departamento, sem registrar coisa alguma. Não sei por que a secretária — Marsha? Melinda? — ainda me manda essas coisas. Ela sabe que me aposentei. Quando olhei de novo, vi duas cartas sobre a mesa diante de você, dispostas uma ao lado da outra. Eu tinha mandado traduzir as cartas, e percebia que você estava desconfiado, cotejando o inglês com o tcheco, em busca de algum erro que pudesse ser revelado. Chamei:

— Pepík!

Você não levantou a cabeça.

— Joseph — falei, lembrando-me. — Você está... bem, aí?

Você fez um gesto com a mão no ar, sem erguer os olhos, como se estivesse mandando um cachorro embora.

Agradou-me um pouco, esse gesto improvisado, como se você me conhecesse bem, como se me conhecesse desde sempre.

Quando voltei à sala meia hora mais tarde, seu rosto estava úmido de lágrimas. Fingi não perceber.

— Pode ficar com o arquivo, se quiser — falei. Fiquei surpresa ao me ouvir fazer essa oferta; geralmente só dou fotocópias.

— Sim — disse você. — Por favor.

E então:

— Eu tenho muitas perguntas.

— Faça — falei. Mas você só ficou sentado ali com a grossa pasta de papel pardo entre as mãos. Respirou fundo e soltou o ar devagar.

— Isto aqui é... — Olhou para mim sem forças.

— Comovente?

— Sim.

Levantei a mão para tirar um cabelo do seu paletó, mas abaixei novamente. Não queria parecer arrogante ou maternal.

— Eles me amavam — falou ele.

— Sim.

— E eles acabaram... — Sua voz sumiu. Você se agarrou à bengala como se ela pudesse apoiá-lo até mesmo enquanto estivesse sentado. — O que aconteceu com o bebê? — perguntou. — O bebê da minha foto.

Hesitei, odiando ser a portadora de más notícias.

— Não sei ao certo.

Você assentiu.

— Está bem.

Olhamos um para o outro por um longo momento.

— Você acha que ela...? — começou a dizer.

— Eu acho que... — Mas perdi outra vez a coragem. Tivera essa conversa muitas vezes, mas o clichê é verdadeiro: não fica mais fácil com o tempo.

— Lisa — disse você. Minha cabeça se levantou de pronto à menção do meu nome. Você olhando para mim fixamente, como que para me tranquilizar, como que para tranquilizar a nós dois, garantindo que qualquer coisa que eu tivesse a dizer não pudesse ser tão ruim. — Aquele bebê... é você?

— Não — falei. — Não sou eu.

— O que aconteceu com ela? — você repetiu a pergunta.

Não havia escolha a não ser dizer a verdade.

Respondi.

— Aquele bebê foi morto.

Na maioria das vezes, eles vêm me procurar.

Todo mundo tem uma história para contar, e os filhos da Diáspora não são diferentes. Eles querem ser ouvidos, como todo mundo. Ouvidos e compreendidos. Particularmente.

Anos atrás, fui convidada para ser a oradora principal na segunda reunião oficial do Kindertransport. No banquete de abertura, fiz o meu discurso habitual, e quando desci do palanque fui praticamente cercada. Numa certa idade, todos nós tomamos consciência da nossa mortalidade, e basta dizer que aquelas pessoas já tinham passado e muito dessa fase. Cabelo azul e dentaduras. Hálito azedo.

Eu sei, eu sei... quem sou eu para falar?

Reuni entrevistas suficientes naquele fim de semana para preencher todo o meu livro seguinte. Seria relativamente fácil de escrever — um resumo das transcrições, uma análise qualitativa, utilizando variáveis de individualidade e autoconceito. E ainda assim coletei nomes e endereços de e-mail — ou números de telefone, porque muitas das pessoas que eu pesquisava não tinham e-mail —; eu estava ciente de que algo faltava, de que a peça mais importante do quebra-cabeça ainda não tinha se encaixado no lugar.

Comecei a ter medo de estar no caminho errado. De que deveria estar escrevendo algo completamente diferente.

E foi assim que apareci na sua casa sete dias após o nosso primeiro encontro. Sua casa era um bangalô na extremidade oeste de Notre-Dame-de-Grâce, de tijolos vermelhos com uma cerca de arame contornando o quintalzinho. No interior, a casa era organizada e limpa, escassamente mobiliada. O carpete creme recobria cada centímetro quadrado de chão, inclusive a cozinha. Achei isso estranho. Talvez você jamais quisesse sentir frio nos pés.

Você tinha passado a semana inteira lendo e relendo as cartas dos seus pais e de Marta. Não sei como eu sabia disso, já que você não mencionou, e as cartas estavam ordenadamente empilhadas na pasta, disposta no centro da mesa de jantar. Mas vi, como se estivesse num filme de terror, um lampejo da superfície brilhante da mesa com os papéis espalhados e você, tarde da noite, quase enlouquecido, com a cabeça apoiada nas mãos.

Você me fitava de forma direta e composta. Usava um suéter cinza gasto, com reforços de couro nos cotovelos. Havia um pote de chá e um prato de biscoitos comprados prontos, aquele pacote que vem com vários sabores e formatos: o retangular, de chocolate, o redondo, de baunilha com geleia de cereja no meio. Apesar de a mesa estar pronta para o chá, vi que você não estava interessado em conversa fiada.

— Há quanto tempo você tem estas cartas? — perguntou você, apontando para a pasta.

Eu precisava de um momento para me recompor. Puxei uma cadeira e me sentei. Então fiz um gesto com a cabeça para as xícaras e os pires.

— Há quanto tempo? — repetiu.

— Seis meses.

Você ainda estava de pé, os dedos nodosos no cabo da bengala.

— Então por que não... — mas se interrompeu, lembrando-se de que havia sido você quem me dera um bolo na delicatéssen, e não o contrário. — Eu não sei o que estava esperando — disse, por fim. — Outra coisa. Não isso. — E estendeu a mão livre, como se me apresentasse as cartas você mesmo. Reconheci o desamparo inerente ao gesto.

— Então — falei —, diga-me o que achou.

Aprendi a fazer perguntas abertas, e pensei que isso o faria começar a falar, mas você apenas balançou a cabeça e caminhou até o balcão da cozinha. Ficou parado à janela sobre a pia, olhando para o quintalzinho cercado. Havia uma carta que retirara do arquivo, uma carta que se destacara das demais. De costas para mim, pegou-a de cima do balcão e começou a ler. Sua voz era uniforme, com uma espécie de contenção, como se você estivesse andando numa corda bamba e cada palavra à sua frente fosse um passo.

Você tinha que se concentrar muito para não cair.

— "Querido Pepík" — você leu — "eu e *maminka* lhe mandamos um abraço bem apertado. Olhamos para sua fotografia todos os dias e rezamos a Deus para que esteja bem. Mas por que você não tem escrito, *miláčku*? Estamos ansiosos para receber notícias suas. Para receber qualquer notícia sua."

Era a carta, é claro, com a qual eu estava intimamente familiarizada. Mas ouvi-la do filho adulto a quem tinha sido endereçada... Quando você terminou de ler, tentei, mas não consegui fitá-lo no rosto. Era íntimo demais, pessoal demais. Nunca na minha vida me sentira tão perto de alguém e, ao mesmo tempo, tão longe.

Não o fitei nos olhos, com medo do que fosse revelado se fitasse.

— Eu quero lhe agradecer, Lisa — disse você, por fim, com aquele seu sotaque meio tcheco, meio escocês. — Por entrar em contato. Você mudou... Não sei como...

Pigarreou e olhou para a carta que segurava sem forças, a carta que tinha chegado de maneira tão improvável através de um oceano de tempo e de tristeza. A pasta ainda estava no meio da mesa, e você a abriu e encontrou o lugar onde a carta ficava, cronologicamente. Colocou-a de volta, fechou a pasta, e deu um único tapinha na capa. Um gesto que dizia: *Pronto, está terminado.*

Então se levantou e foi até uma mesinha no canto da sala.

— Agora é a minha vez — falou. — Tenho algo para lhe mostrar.

Voltou e colocou uma fotografia diante de mim sobre a mesa, a fotografia de que havia falado. Era obviamente antiga, com uma borda amarelada e um vinco grande no meio, onde fora dobrada. Havia duas mulheres na fotografia. Uma devia ser Anneliese Bauer. A outra eu sabia ser Marta.

Havia também um homem com um bebê nos braços. Ali estava a irmã de cuja existência você sempre soubera. Ela estava envolta numa manta, o rostinho obscurecido. Mas foi o pai do bebê quem prendeu minha atenção. Pavel Bauer. Olhei fixamente para o rosto dele, absorvendo-o. Ele tinha pouco mais de 1,70 metro — 1,75 metro, no máximo —, os ombros estreitos. Mas era seguro de si. Mesmo na fotografia eu podia sentir a sua presença firme. E eu não estava apenas vendo o que queria ver.

Poderia ter ficado olhando para ele durante horas, o cabelo escuro e a testa inclinada, mas você apontou para a quinta pessoa, o menino na fotografia. Era fácil ver, mesmo do outro lado da vasta extensão de tempo, que a criança era você. Os mesmos olhos brilhantes, o queixo obstinado. Pequeno, como o seu pai. Uma criança magricela.

Abstive-me de dizer isso em voz alta.

Você apontou em seguida para Marta, que se encontrava atrás de você com um casaco de lã e um vestido caseiro simples. Seus cachos escuros estavam presos na altura da nuca. Ela estava logo atrás do seu ombro direito, olhando um pouco tensa para a câmera.

— Esta é a minha mãe — disse você. Estava orgulhoso, mas tentando escondê-lo. Pigarreou e apontou para o rosto dela outra vez.

Ficamos assim por um minuto, olhando juntos para a foto.

Quando eu finalmente falei, foi como se outra pessoa me controlasse: as palavras pareciam sair por vontade própria.

Virei-me na sua direção.

— Joseph — falei. Joseph ou Pepík: eu nunca sabia como chamá-lo. — Esta não era a sua mãe.

Você olhou para mim como se eu tivesse lhe dado duas semanas de vida. A expressão era a mesma, a incompreensão.

— Esta é a minha mãe — falou, energicamente. Era a única coisa que sabia, aquilo que recordava ser verdade, e não ia me deixar tirá-la de você tão facilmente. Apontou outra vez para Marta. Seu dedo cobria-lhe o rosto. — Você não me reconhece? — indagou.

— Sim. O menino é você. Mas a outra mulher — apontei para Anneliese —, ela era a sua mãe.

Na fotografia, Anneliese estava voltada para outra direção, desconfortável. Você transferiu o seu olhar para ela.

— Esta?

— Anneliese. A esposa de Pavel.

Você bateu a unha sobre Marta.

— E quanto a ela? A que está tocando o meu ombro?

— Ela não era a sua mãe.

— Quem era ela?

— A sua babá.

— Ela não era minha mãe?

— Não. Ela era a minha mãe.

* * *

Anneliese Bauer desapareceu por completo. É difícil entender isso: alguém existe e depois não existe mais. Seu relógio de diamantes é tudo o que resta dela. Eu não podia acreditar que algo tão valioso tivesse sobrevivido por tanto tempo: a arquivista que me deu o relógio disse que o encontrara depois que os Milling morreram. Ela sabia, pela inscrição, que não pertencia a eles, e deduziu o restante pelas cartas no cofre. O relógio tinha parado, é claro. Mandei consertar. O tempo reassumiu o seu posto, retomou o trabalho pesado. A memória é uma pedra difícil de mudar de lugar. Especialmente no que tange à família. À de Pepík e à minha.

Éramos meios-irmãos. Tínhamos o mesmo pai. Pavel. De certa forma, a mesma mãe também. Marta era — devia ter sido — muito próxima de Pepík. Eu era, porém, sua única filha biológica. Há uma parte sua que só eu posso reivindicar.

O câncer já havia se espalhado por todo o corpo de Pepík quando nos encontramos pela primeira vez. Eu não sabia disso no dia em que o visitei, mas nada mais poderia ser feito. No início ele estava bem, e nos meses seguintes fui visitá-lo regularmente. Tomava o ônibus em Montreal e caminhávamos pela montanha à noite. Imaginávamos que a cidade que se estendia aos nossos pés era Praga, a última cidade onde nossos pais estiveram vivos. Conversávamos em voz alta sobre como seria nosso pai, Pavel Bauer. Será que ele chegara a passear com a mãe de Pepík, Anneliese, no quente e longo verão de 1939? Será que passeara com Marta — com a *minha* mãe? Éramos como adolescentes fofoqueiros, eu e Pepík. Fazíamos tudo juntos. Uma vez até fui à igreja com ele, embora tivesse me custado um pouco aproximar-me tanto da sua perda da fé. Eu própria não acredito em Deus, por isso não é a religião judaica que lamento, mas a cultura que a acompanha.

Ou talvez seja o contrário.

De qualquer maneira, quando penso no potencial humano roubado, nos milhões de pequenas luzes que se apagaram, não consigo evitar o desejo de uma espécie de redenção. Não consigo evitar o desejo de que os vivos, pelo menos, abracem aquilo que fora tomado dos mortos.

Não que eu seja a melhor pessoa para dizer isso.

Mas já que Marta não era judia, não me sinto particularmente bem-vinda. O judaísmo é transmitido pela mãe, então oficialmente eu não conto.

Eu teria sido judia o bastante para Hitler, é claro. Suponho que, também por isso, minha mãe tenha deixado os Bauer quando Pavel a engravidou. Ou talvez os Bauer a tivessem mandado embora. Era preciso pensar em Anneliese. Ainda assim, sofro pela minha metade judia que cresci desconhecendo e tento honrá-la à minha maneira. Tenho a estrela de davi que pertencia ao meu pai, Pavel — minha mãe me entregou antes de morrer. Uso-a debaixo do suéter, junto ao coração. Até observo o sabá, por assim dizer. Joseph — Pepík — recusava-se a fazer isso comigo/a me acompanhar nisso: dizia que não parecia natural. Então eu comia sozinha, atrapalhando-me com as orações diante do pão e do vinho. Ainda faço isso na maioria das noites de sexta-feira. Poderia procurar outras pessoas, mas não tenho nenhum desejo real. É o momento da semana em que me sinto mais intensamente sozinha. E encontro uma espécie de prazer perverso nisso.

Como já disse, certa época tive uma amante — uma mulher, sim —, mas já faz muito tempo.

A lista dos que foram perdidos cresce.

— Eu estava certo sobre sua irmãzinha? Ela foi morta? — perguntei a Pepík naquele dia em que visitei sua casa pela primeira vez. Tínhamos saído para o quintalzinho cercado. As nuvens estavam baixas e cinzentas.

— Sua irmã por parte de pai e de mãe — esclareci.

Ele virou o rosto para mim.

— Por que está me perguntando?

— Pensei que você poderia ter feito alguma pesquisa.

E afinal ele tinha feito mesmo. Naquela semana, desde que eu entregara as cartas, ele colocara as outras peças no lugar.

— Sim, você estava certa — disse ele. — Theresienstadt. Auschwitz. — A ponta de borracha da bengala se afundava na terra escura. — Pensei que era você. O bebê na foto.

Eu lhe disse novamente que não poderia ter sido. A data na parte de trás da foto dizia 1937, e eu nasci anos depois. Pepík já havia sido enviado para a Escócia. Então, o bebê da foto era uma segunda irmã que ele nunca conhecera.

Também foi difícil, no começo, fazê-lo acreditar que Marta não era sua mãe. Eu apontava repetidamente para Anneliese: ele passou um longo tempo olhando para o rosto dela.

Sim, ele disse, lembrava-se de algo. Sim, havia um lampejo.

Mas, quando ele olhava para Marta, a mão em seu ombro jovem, a palavra *mamãe* passava-lhe pela mente.

Entendo o que ele estava pensando. Na foto, Anneliese está ligeiramente à parte e olhando para o lado, como se outra coisa tivesse chamado sua atenção, algo um tanto assustador que está se movendo em direção a ela. Marta é aquela que está se inclinando para Pepík, cujo olhar se dirige a ele. Se eu tivesse que indicar a mãe entre as duas, também apontaria Marta. Há uma ternura nela, um calor que me faz saber que tive sorte de ser sua filha, mesmo durante o pouco tempo que vivemos juntas nesta terra. Havia também uma ingenuidade especial nela, algo quase infantil. Ela não sabia o que viria.

Minha mãe, Marta, morreu num campo de refugiados em 1946. Não tinha ninguém para ajudá-la. Ficou doente e morreu.

O que você esperava? Um final feliz?

Às vezes tenho inveja das crianças do Kindertransport sobre as quais estudo, que muitas vezes não têm memória de sua infância. Esse esquecimento parece não ter acontecido comigo. Há coisas da infância de que me lembro nos mínimos detalhes, dos anos anteriores e posteriores à morte da minha mãe. Coisas que não me ajudaram a ter uma vida feliz. Ah, não, muito pelo contrário.

Encontrar Pepík foi bom para mim, no entanto. Tivemos uma pequena janela de tempo para apreciar o presente que tínhamos achado. Passamos toda a nossa vida sozinhos, e de repente ambos tínhamos uma família. Quando ele ficou fraco demais para andar na montanha, íamos ao pequeno parque em frente à loja de conveniência, nos sentávamos no banco frio e ficávamos olhando os pombos bicando sacos de batatas fritas na calçada. Não houve exatamente alegria nos nossos encontros — estávamos velhos demais, presos demais aos hábitos —, mas a dor fora aliviada. O que sentíamos não era exatamente prazer, mas contentamento. Tínhamos ambos terminado a nossa busca.

A verdade é que não sei quase nada sobre o que aconteceu na casa dos Bauer entre o outono de 1938 e a primavera de 1939. Os acontecimentos que descrevi aqui parecem tão prováveis quanto quaisquer outros — é tudo. Eu tinha esperança, no último ano da vida do meu meio-irmão, de construir algum tipo de narrativa, uma história na qual ele pudesse se apoiar. Nos últimos meses, ele lembrava tanto uma criança, perdido sob as cobertas de sua cama de doente. Era como um menininho à espera de uma história antes de dormir, como se tivesse aguardado a vida inteira que alguém viesse ajeitá-lo nas cobertas.

E foi o que fiz. Escrevia durante o dia: a história de Pavel e Anneliese Bauer, a história da governanta dos seus filhos, Marta. Então, à noite, ia para a casa de Pepík e dispensava a enfermeira que havia contratado. Sentava-me ao lado da cama dele e lia a história, um capítulo de cada vez, à medida que escrevia. Usava as cartas que tinha para forjar uma versão dos acontecimentos, arranjar peças díspares em algo que parecia coeso. Pepík comentava quando o seu coração dizia-lhe que algo tinha sido diferente, eu fazia anotações nas margens e digitava as mudanças no dia seguinte. Algumas coisas nós registramos com um elevado grau de certeza. O restante nós inventamos, pegando pedaços dos nossos sonhos e colocando-os no papel para que fizessem sentido.

Como eu disse antes, porém, esta não é uma história com um final feliz.

Estão todos mortos agora.

Pavel, meu pai.

Marta, minha mãe.

A mãe de Pepík, Anneliese.

O próprio Pepík morreu um ano e quatro meses depois que eu o conheci. O câncer estava em toda parte; ele sentia tanta dor que não pude culpá-lo por recusar o tratamento, no fim. Só o que lamento é ele ter morrido antes que eu pudesse terminar de escrever a história. Queria muito que ele tivesse uma sensação de completude, alguma resolução — mesmo que imaginada — da tragédia que foi a sua vida.

Em vez disso, fiquei para escrever o capítulo final como um tributo. Coloquei-o aqui *in memoriam*. Para Pepík.

OITO

O SOLSTÍCIO DE VERÃO CHEGOU COMO um tapa no rosto. Os judeus foram oficialmente expulsos da vida econômica de Praga. Todo o protetorado da Boêmia e da Morávia seria *arianizado*: era a palavra que os nazistas estavam usando. Ficou proibido cantar "Má Vlast", a canção patriótica que causara tanta comoção no Teatro Nacional no inverno anterior, em bares e cafés. Era contra a lei vaiar durante noticiários alemães. Cortar linhas telefônicas alemãs era punível com a morte. E o Reichsprotektor Von Neurath podia agora fazer leis por conta própria. Nenhuma confirmação era necessária dos tribunais; seus caprichos iam se tornar parte do código criminal tcheco, simplesmente.

Karl Frank fizera um discurso: "Onde um dia a suástica adejou, ali há de adejar sempre."

Por lei — como Ernst tinha previsto e dito a Marta —, os Bauer foram obrigados a registrar todos os bens.

— Sou um cidadão respeitável — falou Pavel, tristemente, sentado na sala de jantar uma noite. — Dono de uma fábrica. Gentil com os meus funcionários. — Ele segurava um clipe de papel na mão, desdobrando-o até transformá-lo num arame reto. — Até apoiei a reforma agrária — disse. — O que significava abrir mão de terras por questão de princípios.

Seus papéis estavam espalhados em cima de cada móvel. Marta estava na cozinha, cortando cebolas. Perguntou-se como poderia arrumar a mesa para o jantar, quando estava coberta com papel-carbono e aparas de lápis.

— E se eu não fizer isso? — perguntou Pavel. — E se eu não registrar os meus bens?

Marta viu Anneliese erguer os olhos do *Tagblatt Prager*.

— Vai nos matar — falou ela, com um tom de voz uniforme. Usava um novo vestido azul-marinho, seus cachos escuros presos em dois coques em ambos os lados da cabeça.

— Mas como é que eles vão saber? — Marta ouviu Pavel perguntar. — A companhia, tudo bem. Mas os outros... — Ele pigarreou. Marta não tinha certeza se ele estava se referindo aos títulos da ferrovia canadense ou à vila de sua mãe no Sena ou às várias contas bancárias que ele podia ou não ter aberto em outros países. Ernst colocara as mãos em parte do dinheiro de Pavel, mas não conseguiu, Marta supôs, ter acesso à parte principal de suas propriedades. Então ao menos havia esse pequeno consolo.

A cebola irritou os seus olhos; ela enxugou uma lágrima com o braço. Da abertura da cozinha, viu Pavel bater no papel diante dele com a ponta do lápis.

— Como eles definem uma empresa judaica? — perguntou ele a Anneliese. — O que significa "sob influência decisiva dos judeus"? — Ele desenhou aspas no ar com os dedos. — Não significa nada. Você não pode provar que algo está "sob influência decisiva" de ninguém!

Anneliese largou o jornal e atravessou a sala. Ela estava de costas para o marido, olhando pela janela.

— Eles vão levar tudo agora. Entregar tudo ao *Treuhänder*. Sem exceções. — Ela levantou o pé, equilibrando-se num salto cor de rubi.

— Como você virou especialista nisso de repente?

— Não é preciso ser gênio — respondeu Anneliese.

Marta pensou que Anneliese parecia um pouco na defensiva. Limpou as mãos no avental e jogou as cascas de cebola no lixo. Entrou na sala de estar.

— Meu pai — dizia Pavel — lutou pelos alemães na Primeira Guerra Mundial.

— Mesmo? — perguntou Marta.

— Sim — disse ele, surpreso que ela já não soubesse. Pegou o clipe e cravou a ponta em seu polegar. — Então eles vão vir tomar o apartamento. E mandar-nos para onde? De férias?

— Espere um pouco mais. — A voz de Anneliese era firme. — Algo vai acontecer.

Mas Pavel afrouxou a gravata de seda azul, tirou-a e jogou-a sobre a mesa.

— O que você quer dizer com "algo vai acontecer"? Algo como Deus mandando uma praga egípcia? Ou algo mais ao estilo de o nosso filho ser enviado ao desconhecido e nunca mais termos notícias dele?

Porque era isso que estava no centro de tudo, Marta sabia, aquilo que ninguém dizia. Fazia quase um mês, e ainda não ouviram uma palavra dos Milling. Mathilde Baeck tinha recebido várias cartas, duas dos pais adotivos e um desenho feito por sua Clara, de Hoek van Holland, o sol nascendo sobre a proa de um grande navio em que um batalhão de crianças feitas com linhas estavam sorrindo. Marta tentava se sentir feliz pelos Baeck, feliz com o fato de que pelo menos algumas pessoas sabiam do paradeiro dos filhos, mas mesmo contra a vontade ela sentia a injustiça, e uma amarga inveja. Não que invejasse a sra. Baeck por ter notícias da filha, mas queria tanto que algo comparável acontecesse com Pepík. Seu anseio por notícias dele era físico; os seus braços doíam querendo abraçá-lo. Ela já estava começando a esquecer a sua voz, o barulhinho que ele fazia com a boca quando estava adormecendo. Seu trem estava abandonado; os trilhos haviam sido desmontados e empurrados para o fundo do armário. Os soldados de chumbo estavam enterrados como vítimas numa caixa de sapatos debaixo do beliche. Já não havia mais um trem sob a mesa da sala, agora, mas o espectro de um trem substituíra o real, e isso pelo menos estava vívido na imaginação de Marta. Ela podia vê-lo deslizando pelo circuito prateado, podia ouvir o sininho anunciando a sua partida.

Anneliese passava agora quase o tempo todo fora de casa. Reaparecia em horários estranhos, usando sapatos que Marta não reconhecia. Uma vez ela chegou em casa com um grande buquê de rosas — difíceis de conseguir, com os nazistas no poder —, e Marta encontrou um cartão rasgado em pedaços ilegíveis no lixo. Não que ela estivesse bisbilhotando, é claro. Era *tarefa sua* tirar o lixo.

Entrou no estúdio de Max para esvaziar o cesto que havia ali e encontrou Pavel sentado atrás da mesa. O quarto cheirava a mofo, poeira e tinta. A escuridão caíra; Marta atravessou o estúdio e acendeu o abajur. A pequenina poça de luz iluminou o rosto de Pavel por baixo; ele tinha uma expressão de perfeita tristeza, os cantos da boca virados para baixo.

A cara de Triste de Pepík.

— Está ocupado? — perguntou Marta.

Havia um papel diante de Pavel, uma folha do papel timbrado da Bauer and Sons. Ele segurava uma caneta-tinteiro.

— Não, nada ocupado — disse ele. Mas estava tentando cobrir a carta com o cotovelo, disfarçadamente.

— Eu posso... — disse ela, apontando para a porta. — Se estiver fazendo alguma coisa.

— Não — disse Pavel. — Por favor. — E apontou para a cadeira de encosto reto diante dele. Ela gostaria que ele saísse de trás da mesa e se sentasse com ela, como às vezes fazia, nas poltronas de veludo junto à janela. Sentia-se como uma cliente num escritório de advocacia, com a enorme extensão da mesa de madeira entre eles. O homem ficou onde estava, e Marta acomodou-se o mais confortavelmente possível. Pavel, ela viu, empurrara a folha de papel para baixo de um atlas.

— Recebi uma carta esperançosa ontem, da embaixada na Argentina — falou ele. — Mas, quando os procurei hoje, disseram que o nosso contato havia sido encerrado.

— Sinto muito por isso — disse Marta. Mas, na verdade, era de se esperar. Ninguém mais conseguia sair. Ela se surpreendia que Pavel ainda continuasse tentando.

— Onde está a lata de lixo? — perguntou, lembrando-se do que tinha ido fazer ali. Inclinou-se e olhou debaixo da mesa.

Pavel ignorou a pergunta.

— *Slivovice?* — ofereceu. Havia uma bandeja de prata com uma garrafa sobre a mesa, e dois copinhos.

Ela se endireitou e assentiu.

— Obrigada — disse. — Então, vamos escrever para Pepík.

Pavel abriu o decantador, que fez um *pop* alto. Pigarreou.

— Eu estava fazendo justamente isso.

— Claro — disse Marta, tentando manter a voz firme. Mas baixou os olhos e fitou as próprias mãos. Pensou que escrever para Pepík era algo que compartilhavam, uma atividade que os unia. Fazia dias que estavam escrevendo para ele — era como ler a alguém em coma: não havia modo de saber quanto estava sendo ouvido. Pavel escrevia com letras grandes, como se o filho pudesse ser capaz de lê-las ele próprio, e ela não lhe recordou que não era assim. Marta sentia que isso era uma desculpa à caligrafia infantil dela. Anotava o endereço nos dois envelopes, acrescentava uma etiqueta de VIA AÉREA e afixava o selo nazista. Enviava cada carta separadamente, para que Pepík tivesse mais envelopes para abrir.

Os dias se passavam, e eles esperavam. Nenhuma resposta.

— Eu estava escrevendo para os Milling, na verdade — disse Pavel agora, enchendo os copos. Marta sabia que ele escrevia com frequência aos pais adotivos do filho, agradecendo-lhes por ficar com ele. Nunca se esquecia de perguntar por Arthur, ele disse a ela, e estimar sua rápida recuperação. Chegava a lhes dizer que pensava nele em suas orações.

299

Pavel fechou a garrafa com a rolha e olhou para Marta.

— Eu estava perguntando se os Milling não precisam de um empregado. Você sabe — disse ele, falando rapidamente —, se eles não precisam de alguém para fazer pequenos serviços. Ou alguém para dirigir o carro.

Marta apertou os olhos, sem compreender.

— Se eles não precisam de mim para fazer qualquer trabalho — disse Pavel. Olhou para ela intensamente, envergonhado, mas desafiador, e ela percebeu de imediato: ele seria um mordomo, ou um motorista. Qualquer coisa para tirá-los dali. Era muito mais fácil obter os documentos de saída, ela sabia, se você tivesse uma carta de emprego.

Ainda assim, era errado. Não era a maneira como o mundo devia ser. Havia uma ordem para as coisas, e Marta não queria pensar em Pavel, tão gentil e honrado, como um criado na casa de outra pessoa. Não queria imaginá-lo humilhado dessa maneira. Se isso podia acontecer com ele, então ninguém estava a salvo; não havia como se proteger, afinal. A escuridão começou a penetrar no seu corpo. Era imediatamente reconhecível, uma névoa cinzenta que a fazia ver as coisas de um jeito diferente. E o peso no peito, a sensação de que estava se afogando...

Tentou mudar de assunto.

— Quem exatamente é esse Adolf Eichmann? — Ela ouvira alguém na fila do açougue dizer que esse nazista de alto escalão chegara a Praga.

A voz de Pavel era enérgica:

— O suposto especialista em judeus da SS. — Ele esvaziou o copo ao modo dos russos: educadamente, mas por completo. Levantou a mão. — Mais um?

Mas a bebida de Marta estava intacta.

— Eichmann comanda a Zentralstelle für Jüdische Auswanderung — falou Pavel. — O departamento da SS encarregado de roubar e expulsar os judeus. Eles se estabeleceram em Viena no ano passado. — Ele fez uma pausa, e ela sabia que estava pensando no seu irmão Misha, forçado a esfregar as ruas e depois beber do balde de água suja. Onde ele estava agora? E o seu filho Tomáš? E a jovem esposa Lore?

Pavel inclinou a cabeça para trás e engoliu novamente: duas curtas oscilações no seu pomo de adão. Na sala, a penumbra se transformara em escuridão. A luz do abajur mal a arranhava. Marta esperava que isso fosse o fim da conversa, mas Pavel disse:

— Eu o vi na semana passada. Eichmann. Passando na rua. Ele parecia... — Deu um meio sorriso. — Ele parecia um cão.

— Viu Eichmann?

Pavel fez que sim, e ela tentou imaginar o homem: olhinhos pretos como mensageiros da morte. Nesse instante, a campainha tocou. Marta pousou o copo e passou a mão sobre os cachos, levantou-se e ajeitou a saia. Foi até o vestíbulo, Pavel seguindo-a, ambos esperando um menino com um telegrama. Mas foi como se a descrição de Pavel tivesse evocado Eichmann do nada, e lá estivesse ele diante dos dois.

— *Guten Tag* — falou ele. — Sinto incomodá-lo. — Sua mandíbula era vagamente canina, verdade, mas ele estava barbeado, com o cabelo muito curto, e era tão cortês que Marta sentiu que o uniforme nazista era um erro: ele devia estar indo para algum tipo de festa a fantasia.

Atrás dela, sentiu Pavel gelar. Ele observava a suástica estilizada, as condecorações militares. Ela percebia que o seu instinto era se virar e correr, mas, confrontado com aquele homem, aquele paradigma de bom comportamento, o cavalheiro em Pavel emergiu à superfície.

— Por favor, entre — falou, num alemão perfeito. Um homem do mundo reconhecendo outro.

O homem se apresentou:

— *Ich bin* Werner Axmann.

Então não era Adolf Eichmann, afinal. Mas um nazista em sua porta só podia significar uma coisa.

E, no entanto, Marta pensou, o homem estava se comportando de forma estranha. Não parecia prestes a arrastá-los e jogá-los na prisão. Hesitava, como um garoto tímido chamado à frente da sala de aula para fazer um discurso. Como Pepík, ela pensou por um momento, mas a comparação era imprópria, e ela a empurrou depressa para fora de sua mente. O oficial continuava de pé, diante dela, esperando alguma inspiração, esperando que algo se materializasse do interior do apartamento para guiá-lo. Um momento de silêncio se passou. Ele baixou os olhos para suas mãos entrelaçadas como se estivesse tentando ler a cola para uma prova, escondida ali.

— Sinto muito incomodá-lo, sr. Bauer — disse novamente —, sua esposa se encontra?

A pergunta foi recebida com um olhar vazio de Pavel.

— *Sicherlich* — respondeu ele, mas não fez nenhum movimento para buscar Anneliese.

O queixo quadrado do oficial estava tenso. Ele tinha olhos verdes, Marta viu, que pareciam quase lascas de esmeralda. Ele pigarreou e transferiu o peso do corpo de um pé para o outro. Alguém tinha que fazer alguma coisa, Marta pensou. Ela se virou para chamar Anneliese e viu que a sra. Bauer já chegara à sala, estava atrás deles. Acabara de passar o batom vermelho, os olhos arregalados de medo. Marta disse:

— Sra. Bauer, há alguém aqui que...

E então a governanta olhou novamente e viu um tipo diferente de surpresa no rosto de Anneliese. A sra. Bauer já conhecia aquele jovem oficial. Ficou claro de imediato para Marta que Anneliese não estava prestes a ser levada para Dachau. Que o alemão vinha lhe fazer um tipo diferente de visita.

Anneliese olhou para o homem.

— O que você está fazendo aqui? — Ela fechou os olhos e balançou a cabeça de forma quase imperceptível. — Você prometeu que não iria...

Marta olhou para Pavel. Suas bochechas estavam muito vermelhas. Ele também estava começando a entender.

— Eu disse a você que nunca... — falou Anneliese, mas não conseguiu terminar. Seus olhos estavam cheios de lágrimas. Ela olhou do jovem para Pavel e de volta, duas partes de sua vida em colisão. O oficial deu um passo à frente no corredor. Suas botas guinchavam no assoalho. Ele era mais jovem do que Pavel, tímido, mas destemido. Não havia nada que Pavel pudesse fazer para atingi-lo.

Foi Pavel quem falou primeiro.

— Se tem negócios a tratar com a minha esposa — disse ele, friamente —, eu gostaria de pedir que fossem cuidar disso em outro lugar. — Ele não olhou para Anneliese.

O jovem concordou, pedindo desculpas.

— Vai levar só um momento.

Ele disse a Anneliese:

— Sinto muito incomodá-la, sra. Bauer. — Seu tom era formal, Marta pensou, mas sua expressão traiu a familiaridade. Ele ergueu as sobrancelhas para ela: *Vamos sair daqui.*

Anneliese não tinha escolha. Atravessou o vestíbulo e pegou o chapéu com a fita azul na chapeleira. Acompanhou o jovem oficial porta afora.

Ocorreu a Marta, então, que a vida era inerentemente instável. Que as coisas estavam sempre mudando, e, no momento em que você pensava ter chegado a uma espécie de equilíbrio, algum tipo de entendimento, tudo mudava outra vez. Que isso, em última análise, era a única coisa com a qual se podia contar. Ela acreditava conhecer Anneliese — e conhecia, de muitas maneiras —, mas ali estava o curinga, o ponto cego que de repente se fazia claro. E embora fosse fácil julgar o que agora via, percebeu também que não era tão simples.

O oficial, por exemplo: ele devia gostar muito de Anneliese. O que quer que estivesse acontecendo entre eles, estava disposto a arriscar sua posição — e talvez sua vida — para estar na companhia da mulher.

Eles ficavam bem juntos, Marta pensou. Um belo casal alemão.

Não daria para adivinhar. Se já não soubesse.

Naquela noite, Marta acompanhou Pavel ao estúdio. Ficaram ali dentro com a porta fechada por um bom tempo.

Não falaram do que tinha acontecido antes, do alemão ou da repercussão do que fora revelado. Em vez disso, escreveram a Pepík e depois ficaram sentados em silêncio bebendo chá.

— Recebi um telegrama esquisito de Ernst hoje — disse Pavel. — Às vezes tenho dúvidas sobre ele.

— Tem dúvidas?

— Tenho a sensação... Realmente não posso acreditar...

Marta parou com a xícara a meio caminho entre o pires e os lábios. O vapor com perfume de tília.

— Não pode acreditar em quê?

Mas Pavel só balançou a cabeça. Ele era leal demais, pensou Marta. Um otimista. Mesmo com o que tinha acabado de descobrir sobre a esposa, ainda estava em sua natureza dar às pessoas o benefício da dúvida. Marta admirava isso nele, como tantas outras coisas.

— Conheci um homem que esteve em Dachau — disse Pavel, então. — Os boatos são verdadeiros.

Marta pousou a xícara no pires. A porcelana tilintou muito de leve.

— Dachau. O campo — disse Pavel.

— Se quiser açúcar — ofereceu Marta, pois o que ouvira sobre os campos nas últimas semanas era o suficiente para se lembrar pela vida inteira. Ninguém parecia saber exatamente o que se passava neles, e ela não conseguia deixar de pensar na imagem da fileira de pequenas cabines de pesca que vira uma vez numa revista esportiva. Mas sabia que a verdade era mais ameaçadora. Queria mudar de assunto, mas Pavel não seria dissuadido.

— O homem que conheço que esteve em Dachau. Ele é um judeu dos Sudetos. — Olhou para ela. — Como nós. — Fez uma pausa. — Como eu — corrigiu, e desviou os olhos.

— O que ele disse? — perguntou Marta. — Sobre o campo.

— Ele não estava disposto a dizer nada. Nada significativo. — Pavel coçou a testa e ergueu os olhos para o lustre. — Ele foi libertado sob juramento.

— Mas eles o deixaram sair?

— Por causa dos negócios, provavelmente. Os filhos dele ainda estão lá. Sabem que não vai denunciar. Têm reféns.

— Então ele não disse nada?

— Só que viu o pior.

Ficaram em silêncio. Marta se perguntava o que exatamente *o pior* poderia significar.

Pavel estalou os dedos.

— Eu estava errado? — perguntou ele. — Sobre tudo isso? Ir embora, ser judeu? Anneliese estava certa e eu estava errado? — Ele fitava Marta, os olhos arregalados. — Minha vida desmoronou. Eu devia ter previsto que isso ia acontecer?

Algo se ergueu, então, dentro de Marta, um desejo intenso de proteger, não tão diferente do que sentira na estação de trem, meses antes, quando o menino Ackerman atirara a pedra em Pepík.

— Foi muito corajoso de sua parte — disse ela, suavemente.

— Fez o que julgava ser o melhor.

Pavel colocou a mão sobre a mesa.

— É verdade — disse, enérgico. — Fiz o que julgava ser o melhor. Simplesmente não poderia ter imaginado... — Suas palavras eram ditas em voz mais alta, depois em voz baixa outra vez. — Sinto falta do meu filho — sussurrou, a voz rouca.

Marta olhou para Pavel. Cobriu a mão dele com a sua.

Corria o boato de que Adolf Hitler estava compilando uma lista de todos os judeus. Por mais estranho que fosse, a imagem tinha peso na imaginação de Marta: um longo pedaço de papel preso numa máquina de escrever Underwood, desenrolando-se pela beirada de uma mesa de carteado através do piso polido de um escritório e continuando pela eternidade.

Ao fim, Pavel registrara os seus bens, assim, se tal lista existisse, ele estava nela.

— Mas o que os nazistas fariam com essa lista? — Marta arriscou a pergunta.

Pavel ergueu os olhos. Não respondeu.

Era agosto de 1939. O único assunto sobre o qual as pessoas falavam era o que aconteceria quando os alemães invadissem a Polônia. Marta recordou as palavras de Anneliese: *Espere um pouco mais. Algo vai acontecer.* Mas nada aconteceu. Marta esperou que a sra. Bauer explicasse, revelasse como exatamente o oficial Axmann viria resgatá-los. Anneliese recebera a promessa de que o seu oficial ajudaria. Se Axmann tinha sido sincero, porém, ele obviamente fora malsucedido. Nenhum visto, nenhuma declaração — seu homem falhara. Não havia nada que Anneliese pudesse dizer, então ela não se defendeu; era inútil. Pavel nunca acreditaria nela.

Marta entendia que Anneliese realmente estava tentando salvá-los, que uma bela mulher tinha pouquíssimas opções. Ela estava tentando da melhor maneira que lhe ocorria. Mas ainda assim o império dos Bauer ruía sob os olhos de Marta. Nunca haveria paz em seu tempo.

Pavel era cordial com a esposa, como se fosse uma hóspede. Em outra época, Marta pensou, eles podem ter mantido as aparências, enganando aqueles à sua volta para que pensassem que ainda tinham um casamento sólido. Mas, agora, com o país caindo aos pedaços e o único filho perdido, não fazia sentido. O alicerce da vida conjugal havia ruído. Anneliese ficava no quarto fumando cigarros e se maquiando. Pavel levou suas coisas para o quarto de hóspedes: as camisolas de algodão, o roupão. As camisas soltas e vazias nos ganchos como as camisas dos homens que foram para a execução.

Uma noite, ele levou Marta para um passeio.

— E quanto ao toque de recolher?

— O que tem? — indagou Pavel.

Eles evitaram a praça Venceslau, atendo-se às ruas secundárias, às avenidas arborizadas e aos parques. Marta viu que Pavel estivera se segurando em nome das aparências. Mas, agora que ele sabia que a esposa descumprira os seus votos, ia se permitir fazer o mesmo.

— Não é que eu tenha me comportado perfeitamente — disse Marta. Mas Pavel apenas riu.

— Você não poderia ser mais perfeita se tentasse.

Pavel ainda não sabia sobre os graves erros que ela cometera com Ernst, e Marta fingia que o amor dele equivalia ao perdão. Empurrou para fora dos seus pensamentos a preocupação por Anneliese estar em casa sozinha, sem ninguém. Ali, finalmente, estava a aceitação pela qual Marta ansiara por toda a sua vida. O amor que tanto desejara. Deixou Pavel guiá-la sob a lua cheia, pela noite em que uma leve brisa soprava, e disse a si mesma que não tivera escolha, disse a si mesma que não era responsável pelo que tinha ocorrido entre os Bauer. Sabia que isso não era inteiramente correto, mas a verdade era que algo fora rasgado dentro dela e algo ainda mais poderoso tinha sido libertado. Algo rápido e quente entre ela e Pavel, a que era incapaz de resistir.

Marta queria se deitar naquilo. Sentia o forte desejo de submergir, de se submeter. Havia palavras para esse sentimento?

— Estou feliz — disse ela.

Parecia improvável, em face da sua culpa, em face do que estava acontecendo ao seu redor, mas Pavel apenas apertou seu braço.

— Estou contente — disse ela.

Ele se inclinou e tocou-lhe a covinha com o nariz.

— Estou pronta.

Ele olhou para ela.

— Tenho certeza.

Ele falou:

— Siga-me.

O apartamento de Max e Alžběta ficava no último andar do edifício. Pavel levou Marta pela escada até o telhado. Ela pisou no calcanhar do sapato dele e ele vacilou, mas não soltou sua mão. Quando chegaram ao topo, havia uma portinha, como num conto de fadas: você podia se espremer através dela e sair em outro mundo completamente diferente.

Ficaram parados no topo do edifício; o ar tinha cheiro de borracha, ou de asfalto, e o perfume das flores de magnólia era quase opressivo. A escuridão baixara; as flores eram enormes e rosadas, como planetas orbitando a escuridão. De longe veio o som de uma sirene. As luzes de Praga se espalhavam debaixo deles, e acima deles os vaga-lumes. Era por aquilo que estavam esperando, por aquela noite especial, aquele lugar. Pavel tirou o casaco e Marta se deitou sem falar.

Não houve conversa, não houve preliminares, e ainda assim ele foi muito gentil. Ajoelhou-se e tirou o seu vestido; puxou as meias para baixo como se estivesse desembrulhando um presente muito precioso. Olhou para ela ali, exposta, com uma espécie de anseio no rosto que a assustou. Em seguida, abriu sua braguilha. Ela o viu, pela primeira vez, totalmente ereto, acima dela. Ele se ajoelhou ainda com as calças, abriu as pernas dela e a penetrou.

Não doeu — não como doera com outros homens — ou, antes, a dor era mais como um prazer insuportável. Ele cobriu o seu rosto de beijos. Tanta espera, tanto anseio acumulado; por mais rápido que ele se movesse, não parecia suficiente agora. Arremetia repetidas vezes, como se também tentasse se absolver de algo, ou ingressar num futuro que não podia imaginar.

Era como se tivesse aberto uma parte dela que Marta não sabia existir. Ela ouviu um gemido baixo e percebeu que o som saíra da própria boca. Pavel a estava recolhendo, todas as peças perdidas, atraindo-as para a superfície de sua pele. Cada pedaço seu vibrava; quando ela abriu os olhos, era como se voasse por um campo cheio de estrelas cintilantes. Passavam por ela zunindo em todas as direções, pequenas explosões de cor e luz, enchendo-lhe os olhos, o rosto e a boca até que ficasse completamente preenchida, até que cada parte do seu ser se transformasse em brilho e calor.

Marta era a estrela dos desejos de Pavel.

E eu? Eu era a resposta do que eles desejaram.

Meu nome, como lhe disse, é Anneliese.

Não lhe disse?

Apenas Lisa, para abreviar.

Não sei por que a minha mãe, Marta, resolveu dar o meu nome em homenagem a Anneliese Bauer. Em homenagem à mulher que deveria ter sido, pelo menos em alguns aspectos, sua adversária. Talvez ela se sentisse culpada pelos pecados que cometera. Ou talvez fosse um gesto de amor e respeito por alguém que acabara de ser deportada para o Leste.

Não tenho razão nenhuma para pensar que a minha mãe fora uma traidora, exceto pela ligeira tendência que já observei em mim mesma.

Dei alguns saltos ao escrever esta história. Fui fantasiosa, com certeza, como a um escritor se permite que seja. Como deve ser. E Pepík foi um colaborador muito generoso. Foi sua ideia que eu contasse a história do ponto de vista de Marta. Que fizesse Pavel escolher Marta em vez de Anneliese, deixando que o amor final do nosso pai fosse pela minha mãe, não pela mãe dele. Ambos estávamos cientes de que o oposto poderia ter sido verdade: a de que o caso de Pavel com Marta poderia ter sido um encontro breve, sem sentido, uma mera distração no meio do desespero que tomava conta de tudo.

Afinal, os Bauer tiveram dois filhos juntos. O bebê da foto, de quem Pepík não se lembra, foi para a câmara de gás também.

Não devia mais haver lugar para ela no transporte das crianças, ou talvez os pais não quisessem enviar um bebê tão pequeno. Eu lhe dei uma morte diferente. Foi só um sonho.

O primo de Pepík, Tomáš, deixou Viena, mas morreu nos bombardeios em Londres.

Eis as outras coisas que sei com certeza:

Pavel e Anneliese Bauer viviam numa cidadezinha na Boêmia. Logo após o Acordo de Munique, eles se mudaram para Praga. Uma cozinheira que trabalhava para eles foi deixada para trás. Escolheram, por algum motivo, levar a governanta — minha mãe — junto com eles. Há documentos que mostram que a família Bauer tentou deixar o país antes da criação do Protetorado da Boêmia e Morávia, pouco antes de os nazistas ocuparem Praga. Não sei exatamente o que aconteceu naquele dia, só sei que eles não conseguiram sair.

Pavel e Marta fizeram sexo pelo menos uma vez. Eu sou, como é que se diz?, a prova do crime.

O outro e último traço da existência do meu pai, Pavel, é a data em que ele foi deportado para Auschwitz.

Ernst Anselm existiu mesmo, e foi feita uma biografia sobre ele. Vivia na Morávia com a esposa e duas filhas adolescentes. Um homem gentil, conhecido em particular pelo seu amor aos animais, foi pessoalmente responsável pela traição de mais de quarenta famílias judias. Parece que isso se transformara num esporte para ele: fazer amizade com as famílias, ganhar sua confiança e então, na última hora, entregá-las. É um livro maravilhoso, um estudo perspicaz do lado mais obscuro da natureza humana — com o qual, no que supostamente são os meus "anos dourados", confesso que estou um pouco preocupada. Ernst Anselm vivia a horas de distância dos Bauer, por isso é improvável que os conhecesse pessoalmente. Está incluído aqui apenas para expô-lo ainda mais. É a minha modesta forma pessoal de responsabilizá-lo.

Quanto a mim, contei-lhe o que me propus contar. Minha mãe, Marta, morreu quando eu era muito jovem, e o que aconteceu nesse ínterim, entre esse evento terrível e a minha chegada ainda jovem ao Canadá, não diz respeito a ninguém. Você pode achar estranho — já que passei toda a minha vida profissional ouvindo e gravando as histórias de outras pessoas — que eu tenha preferido não revelar a maior parte da minha própria história. Bem, já contei que houve uma cura na narração, mas também há algo que se perde. O passado é passado, e não podemos recuperá-lo. Quando o registramos de um modo particular, as outras versões deslizam pelas fendas. Todas as possibilidades perdidas nas areias do tempo.

Há algo de que me lembro vividamente: quando dei a Pepík o relógio de diamantes da sua mãe, seus olhos ganharam uma expressão especial. Foi como se o tempo tivesse começado de novo, como se para *ele* não fosse tarde demais.

Não sei muito sobre a infância de Pepík. Ele próprio se lembrava muito pouco de sua vida em Praga ou da viagem que o levara da Escócia até aqui. Quando encontrei as cartas no arquivo em Glasgow, o casal Milling já havia morrido. Não há registro oficial de terem tido um filho; era bem comum que um casal sem filhos se inscrevesse para adotar. Mas há ainda a questão da carta de Pavel, da menção a Arthur ali.

Outra coisa que nunca descobri foi por que mandaram Pepík ao orfanato. Também isso, infelizmente, estava longe de ser incomum. Eram tempos de guerra, o dinheiro era escasso, as pessoas eram deslocadas por todo tipo de razão. As memórias que Pepík tinha do orfanato eram poucas e desconectadas, mas eram claras, ele disse, ainda vivas. Foi para proteger sua privacidade que eu não as incluí aqui.

O que quero dizer — hesitante, percebo — é que esta é apenas uma versão de como as coisas poderiam ter acontecido. Nada é certo, exceto o que nos recebe ao fim. Após a morte de Pepík, aprendi o Kadish, a oração dos mortos. Não menciona a morte, mas louva a Deus e dá graças. Fico maravilhada com isso, com a fé tecida em suas palavras. Sou uma mulher de idade agora, e é inevitável pensar nisso. Quem vai rezar por mim quando eu me for?

Tentei, todos esses anos, ver os seus rostos. Não as imagens congeladas em fotos, mas os seus *rostos*, os seus gestos, quem eles eram. Eu daria quase tudo — eu daria *tudo* — por uma única memória do meu pai. O modo como ele segurava uma caneta, as costas de suas mãos. Evocar o som de sua voz. E a minha mãe — o cheiro do seu cabelo, úmido depois do banho; o peso dos seus braços me puxando para si. No fim, porém, tudo o que tenho é uma lista de nomes e datas. E assim as inscrevo aqui, a família que nunca conheci. Pode parecer sombrio encerrar com os mortos, mas estou pensando na posteridade. Não preciso lhe dizer o motivo. Logo não haverá mais ninguém para lembrar.

Rosa (Berman) Bauer 1885–1943
Pavel Bauer 1907–1943
Marta Meuller 1915–1946
Anneliese (Bondy) Bauer 1912–1943
Eliza Bauer 1939–1942
Alžběta (Bondy) Stein 1914–1943
Max Stein 1890–1943
Eva Stein 1937–1943
Vera Stein 1934–1943
Misha Bauer 1905–1943
Lore (Leverton) Bauer 1910–1943
Tomáš Bauer 1935–1941

...

Joseph (Pepík) Bauer 1933–2008
Anneliese (Meuller) Bauer 1940–

O TREM DA MEMÓRIA DORME NOS TRILHOS. À noite, na estação, as sombras se reúnem em torno dele, esticando-se para tocar os lados do seu vulto negro. O trem se estende, foge do alcance da visão. O lugar de onde vem é uma incógnita.

Com a aurora, os fantasmas se vão, ocupam seu lugar como sombras nos cantos da estação de cúpula alta. O trem suspira nos trilhos, um viajante carregando malas muito pesadas. Rolamos nas nossas camas, tossimos, esticamo-nos um pouco; o trem da memória começa a se mover. Lentamente no início, mas ganhando velocidade. A paisagem passa como os últimos fragmentos de um sonho. Nas primeiras horas da manhã, o trem começa a se mover rumo ao oposto da memória. A um tempo futuro em que alguém vai olhar para trás, para nós, agora, imaginando como eram os nossos dias e por que fizemos as coisas que fizemos. Ou por que não agimos, como também poderia ser o caso.

Alguém será capaz de fazer com que a nossa vida tenha sentido.

O trem não oferece respostas, só impulsiona para a frente. Abrimos os olhos; ele avança muito rapidamente agora. Sempre adiante. Sem destino.

AGRADECIMENTOS

Muito obrigada a:
Canada Council for the Arts
Ontario Arts Council
Toronto Arts Council
Hadassah-Brandeis Institute

UE's Culture Programme e ao Odyssey Program 2007
Réseau Européen des Centres Culturels de Rencontre
Abbaye d'Ardenne do IMEC na Normandia, França
Schloss Bröllin em Pasewalk, Alemanha
Milkwood Artist Residence em Cesky Krumlov, República Tcheca

Michael Crummey
Steven Heighton
Lucy Pick
Hanna Spencer

Sarah MacLachlan e a todo mundo na House of Anansi Press
Mary-Anne Harrington na Headline, Reino Unido
Claire Wachtel na HarperCollins, Estados Unidos
Jacqueline Smit na Orlando/AW Bruna, Holanda
Ornella Robbiati na Frassinelli/Sperling & Kupfer, Itália
Zoe Waldie na Rogers, Coleridge, and White
Anne McDermid, Martha Magor Webb e Monica Pacheco na
The New Quarterly

Li muito sobre o Kindertransport e sobre a vida dos judeus tchecos na época do Acordo de Munique. Ainda que as minhas fontes sejam, em sua totalidade, numerosas demais para mencionar aqui, gostaria de listar as seguintes: *The Jews of Bohemia & Moravia: A Historical Reader*, organizado por Wilma Iggers; *Letters from Prague 1939-1941*, organizado por Raya Czerner Shapiro e Helga Czerner Weinberg; *Hanna's Diary 1938-1941*, de Hanna Spencer; *Pearls of Childhood*, de Vera Gissing; e *Into the Arms of Strangers: Stories of the Kindertransport*, de Mark Jonathan Harris e Deborah Oppenheimer.

Tommy Berman, uma das crianças dos Kindertransport, compartilhou comigo suas memórias, assim como as cartas escritas pelos seus pais biológicos na Tchecoslováquia para os seus pais adotivos na Escócia. Embora a história contada aqui não seja a sua, ele forneceu inspiração para ela.

Muito obrigada, como sempre, a Thomas, Margot e Emily Pick. Também, e principalmente, gostaria de agradecer ao meu parceiro Degan Davis, cuja ajuda em todos os níveis foi inestimável, e à minha maravilhosa editora Lynn Henry, com quem tive o prazer de trabalhar pela terceira vez. Eu não poderia estar mais grata.

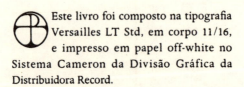
Este livro foi composto na tipografia
Versailles LT Std, em corpo 11/16,
e impresso em papel off-white no
Sistema Cameron da Divisão Gráfica da
Distribuidora Record.